KB171204

우리가 정말 알아야 할 동양고전

삼국지 8

펴낸곳 / (주)현암사
펴낸이 / 조근태
지은이 / 나관중
옮긴이 / 정원기
그린이 / 왕굉희 외 60명

주간 · 기획 / 형난옥
교정 · 교열 / 김성재
편집 진행 / 김영화 · 최일규
표지 디자인 / ph413
본문 디자인 / 정해욱
제작 / 조은미

초판 발행 / 2008년 10월 25일
등록일 / 1951년 12월 24일 · 10-126

주소 / 서울시 마포구 아현 2동 627-5 · 우편번호 121-862
전화 / 365-5051 · 팩스 / 313-2729
홈페이지 / www.hyeonamsa.com
E-mail / editor@hyeonamsa.com

글 ⓒ 정원기 · 2008
그림 ⓒ 현암사 · 2008

ISBN 978-89-323-1511-9 03820
ISBN 978-89-323-1515-7 (전10권)

정역삼국지 8

나관중 지음

정원기 옮김

왕굉희 외 60명 그림

ㅎ 현암사

천년 고전 『삼국지』를 옮기며

국내 번역 상황

천년이 넘는 조성 과정을 거쳐 14세기 후반에 완성된 『삼국지』는 6백 년이란 장구한 세월을 넘겼는데도 갈수록 독자들의 사랑을 더욱 끌어들이는 마력을 발휘하고 있다. 우리나라에는 조선 중기에 처음 소개된 이래로 필사본에서 구활자본에 이르기까지 현대어 번역 이전 판본이 이미 1백 종을 넘었다. 번역도 조선시대부터 완역과 부분 번역, 번안飜案(개작), 재창작 등 다양한 방식으로 진행되었으며 번역의 저본이 된 대상은 가정본·이탁오본·모종강본 등이었다. 그런데 현대어 번역이 시작되고부터는 모종강본 일색으로 통일되었다.

최근 인하대학교 한국학연구소에서 발표한 연구 결과에 의하면, 1920~2004년에 한국어로 출간된 완역본 『삼국지』가 모종강본毛宗崗本 계열의 중국본(즉 정역류正譯類)이 58종, 요시카와 에이지吉川英治 계열을 위주로 한 일본본(즉 빈인된 일본권 중역류重譯類)이 59종, 국내 작가에 의한 독자적 재창작 및 평역(즉 번안류)이 27종으로 모두 144종이고, 거기다 축약본 86종까지 합치면 230종이나 된다고 한다. 뿐만 아니라 만화 극 장르(애니메이션·영화·드라마·대본·연극), 참고서 등으로 발전한 응용서까지 포함하면 무려 342종이 넘고, 그 가운데는 발행 부수가 수십 쇄를 넘기는 종류도 상당수 된다고 하니, 근·현대기 한국에서 간행된 그 어떤 소설도 경쟁을 불허한다고 하지 않을 수 없다.

그런데 여기서 한 가지 놀라운 사실은 이렇게 144종이 넘는 정역류, 번안류, 번안된 일본판 중역류 가운데 단 한 종도 중국문학 전공자가 체계적인 『삼국지』 학습을 통하여 성실하고 책임 있는 완역을 시도한 경우를 찾아볼 수 없다는 것이다.

지금까지 국내에 번역 출간된 기존 『삼국지』에 나타난 문제점을 살펴보면, 무엇보다 중대한 것은 '『삼국지』 자체에 대한 무지'이다. 요약하면 『삼국지』 판본에 대한 무지, 저본 선택에 대한 무지, 원작자에 대한 무지로 나눌 수 있다. 이러한 무지는 어느 누구의 『삼국지』를 막론하고 종합적인 것으로, 그야말로 국내 기존 번역은 '『삼국지』의 근본에 대한 무지'에서 출발했다고 해도 과언이 아니다.

그 다음으로 중요한 문제는 '번역상의 오류'이다. 대별하면 저질 저본의 선택에서 비롯한 2차 오류, 원문을 한글로 옮기는 과정에서 발생한 3차 오류로 나눌 수가 있다. 이러한 오류도 거의 전반적인 현상으로 번역서의 대부분을 차지한다.

셋째 문제는 역자 자신이 원본을 마주하고 진지한 번역 작업을 수행한 것이 아니라 초창기의 부실한 번역을 토대로 기술적 변형 및 교묘한 가필과 윤색을 가한 경우나 아예 번안된 일어판을 재번역한 역본이 많다는 사실이다. 그러면서도 저마다 이구동성으로 '시중에 나도는 판본에 오류가 많아 자신이 원전을 방증할 만한 여러 책을 참고해서 완역했다'는 식이다. 이 때문에 수십 년 동안 동일 오류가 개선될 줄 모르고 답습되어 온 상황이다.

이러한 현상은 저명 문학가의 번역일수록 두드러지는 경향이 있는데, 그 자체가 내포한 엄청난 양의 오역으로 말미암아 재중 동포 작가가 단행본을 출간하여 신랄하게 비판하는 국제적 망신까지 당하는 일도 벌어졌다.

그러면 이와 같은 현상은 왜 일어나는 것일까? 이런 현상이 우리 풍토에서 고질적으로 반복되는 이유를 중문학자인 홍상훈 선생은 "기존 『삼국지』 번역이 중국 고전 소설에 대해 문외한에 가까운 이들에 의해 주도되었을 뿐만 아니라 상업성 높은 필자를 내세운 사이비 번역본이 국내 출판 시장을 주도하고 있기 때문"이라고 지적했다. 그렇다면 이렇게 사이비 번역이 판치는 우리 풍토에서 『삼국지연의』의 실체를 올바로 소개해 줄 정역은 진정 나오기 어려운 것일까?

진정한 정역

이 책은 나관중羅貫中이 엮고 모종강毛宗崗이 개편한 작품을 선뻬쥔沈伯俊의 교리 과정을 거쳐 중국 고전문학을 전공한 역자가 책임 의식을 가지고 번역한 『삼국지』다. 국내 『삼국지』 전래 사상 최초로 가장 확실한 저본을 통한 정역이라고 할 수 있다. 앞에서 살펴본 바와 같이 지금까지는 문명文名이나 광고에 현혹된 『삼국지』 시대로, 과장·변형·왜곡되거나 어딘가 결함을 가진 『삼국지』가 독자를 오도해 왔다. 우리는 이제 중국의 실체를 있는 그대로 파악하기 위해서라도 '과장되거나 왜곡된 『삼국지』' 읽기에서 과감히 벗어나야 한다. 다행히 지금은 『삼국지연의』를 다시 연의한 작품에 대한 비평과 반성으로부터 시작된 정역 붐이 한창이다. 그러나 『삼국지』 정역이란 한문을 좀 안다고 되는 것이 아니며, 글재주만으로 되는 것도 아니다. 더욱이 명성이나 의욕만 앞세운다면 더욱 곤란하다. 널린 게 『삼국지』, 손에 잡히는 게 『삼국지』지만『삼국지』의 실체를 있는 그대로 보여 준『삼국지』는 없었다. 그야말로『삼국지』를 전공한 전문가가 없었기 때문이다. 그러면『삼국지』의 정체는 무엇인가?

나관중 원본의 변화 발전

전형적 세대 누적형 역사소설인『삼국지』는 크게 보아 세 차례의 집대성을 거친 작품이다. 첫 번째는 나관중 원본이다. 14세기 후반인 원말 명초元末明初에 나관중은 천년이 넘는 세월을 거치며 다양한 형태의 민간 예술로 변화 발전해 오던『삼국지』이야기를 중국 최초의 완성된 장편 연의소설演義小說로 집대성하기에 이른다. 그런데 육필 원고로 된 이 나관중 원본은 종적이 사라지고 수많은 필사본으로 전해지며 변화 발전해 오다가 150년 정도의 세월이 흐른 명대明代 가정嘉靖 임오년壬午年(1522년)에 최초의 목각 인쇄본으로 출간되기에 이른다. 이것이 이른바 가정본嘉靖本(일명 홍치본弘治本)으로, 두 번째의 집대성이다. 그 후 다시 1백 수십 년의 세월 동안 유례없는 출판 호황기를 거치며 '가정본' 및 '지전본志傳本' 계열로 분화되어 발전을 거듭해 오다가 17세기 후반 청대淸代 초기에 모종강에 의해 다시 한 번 집대성되기에 이른다. 이것이 바로 모종강본으로, 세 번째의 집대성이다.

가정본과 모종강본 사이인 명대 만력萬曆·천계天啓 연간에는 출판 경쟁이 치열하게 벌어져 여러 출판사에서 각기 총력을 다 해 다양한 종류의『삼국지』를 시장에 내놓았다. 당시 유행한 판본이 지금도 30여 종이 나 남아 있다. 그러니 모종강본이 한 번 세상에 나오자 가정본은 물론 그 이후에 나타난 수많은 종류의 판본은 모두 경쟁력을 상실하고 말았다. 모종강본이 독서 시장을 장악하게 된 것이다. 모종강본은 그 이후로『삼국지』의 대명사가 되어 3백 년이 흐른 오늘날까지도 베스트셀러의 자리를 유지하고 있다. 따라서 지금 우리가 읽고 있는 144종이 넘는 국내『삼국지』는 예외 없이 모두 모종강본을 모태로 한 것이다. 그런데 대부분의 번역자는 나관중 이름만 내세우고 모종강 이름은 언급조차 하지 않고 있다. 게다가 일부 번역가는 가정본을 나관중의 원작으로 오인하고 있을 뿐만 아니라 가정본을 모종강본보다 우수한 작품이라 억단하는 경우도 있다. 그러나 사실상 나관중의 손으로 편집된 원본은 찾을 길이 없고, 찾는다고 해보아야 형편없이 얇고 볼품없는 육필 원고에 불과할 따름이다. 왜냐하면 나관중『삼국지』는 원본 형태를 유지하며 정체하고 있었던 게 아니라 모종강본 출현 이전 3백 년이란 세월 동안 부단히 진화되어 왔기 때문이다.

모종강본의 특징과 가치

모종강은 자字가 서시序始이고 호號는 혈암孑庵으로, 명나라 숭정崇禎 5년(1632년)에 출생하여 80세 가까이 살았다. 그는 눈 먼 부친(모륜毛綸)의『삼국지』평점評點 작업을 도우며『삼국지』공부를 시작하여 마침내『삼국지』를 개작하기에 이르렀다. 첫 작업은 부친이 생존한 청나라 강희康熙 5년(1666년) 이전에 이루어졌다. 그러나 경제적인 이유로 출판하지 못하자 부친이 세상을 떠난 후에도 쉼 없는 원고 수정 작업을 계속하다 마침내 강희 18년(1679년)에 정식 출판을 하게 되었다. 이것이 바로 '취경당본醉耕堂本'인데, 모종강의 육필 원고를 출간한 최초의 목판본으로 간주된다. 취경당본이 나온 이후로 모종강본은 다시 필사본·목각본·석인본石印本·연鉛 활자본 형태로 널리 전파되면서 각기 조금씩 다른 판본이 수십 종 이상으로 늘어났다. 학계에서 표현하는 청대 판본 70여 종 대다수는 바로 모종강본인 셈이다.

모종강본은 장기간에 걸쳐 여러 차례 출판되면서 책 이름도 몇 차례나 바뀌었다. 명칭의 변화를 시간 순서로 나열하면 사대기서제일종四大奇書第一種→ 제일재자서第一才子書→ 관화당제일재자서貫華堂第一才子書→ 수상김비제일재자서綉像金批第一才子書→ 삼국지연의三國志演義→ 삼국연의三國演義 가 된다. 여기서 사대기서제일종(일명 고본삼국지사대기서제일종古本三國志四大奇書第一種)이 바로 모종강본『삼국지』의 본래 명칭이다. 이것은 강희 18년에 간행된 취경당본의 명칭인데, 여기에는 김성탄의 서문序文이 아닌 이어李漁(이립옹李笠翁)의 서문이 실려 있다. 조선 숙종肅宗 연간에 유입되어 1700년을 전후로 국내에 널리 간행된 판본은 바로 모종강의 제3세대 판본에 속하는 관화당제일재자서 종류이다.

모종강본의 특징은 '어떻게『삼국지』를 읽어야 하는가'(별책 부록에 수록)에서 잘 나타난다. 모종강은 '어떻게『삼국지』를 읽어야 하는가'를 통해 작가로서의 역사관과 가치관을 드러냄은 물론『삼국지』의 문체와 서사 기법까지 상세히 분석했다. 즉

『삼국지』가 사대 기서 중에서도 첫 자리에 위치해야 할 당위성이나, 가정본에서는 피상적 서술에 불과하던 '정통론'과 '존유폄조尊劉貶曹'도 확실한 작가적 의도로 논리 정연한 사상적 체계를 이루었다. 그의 개편 작업은 앞서 나온 '이탁오본李卓吾本'에 대한 불만에서 출발했다. 협비夾批와 총평을 가하는 데서부터 시작하여 문체를 다듬고, 줄거리마다 적절한 첨삭을 가하며, 각 회목을 정돈하고, 논찬論贊이나 비문碑文 등을 삭제하며, 저질 시가를 유명 시인의 시가로 대체함으로써 문장의 합리성, 인물 성격의 통일성, 등장인물의 생동감, 스토리의 흥미도를 대폭 증가시켰다. 이에 과거 3백 년 간 내려오던 『삼국지』의 면모를 일신하고 종합적인 예술적 가치를 한 차원 제고시킴으로써 마침내 최종 집대성을 이루기에 이른다. 따라서 모종강본은 실실적인 면에서 과거 유통된 모든 『삼국지연의』의 최종 결정판이며, 개편자인 모종강 역시 『삼국지연의』 창작에 직접 참여한 작가임을 부정할 수 없다.

왜 교리본인가?

그런데 『삼국지연의』 원문 중에는 역사소설로서 갖추어야 할 기본적 사실에 위배되는 결함이 적지 않았다. 이 결함은 기술적인 면에서 발생한 문제이므로 '기술적 착오'라고 할 수 있다. '기술적 착오'는 작가의 창작 의도는 물론 작품상의 허구나 서사 기법과는 전혀 상관없이 발생한 것들로, 그 원인은 작가의 능력 한계나 십실상의 오류, 필사나 간행 과정에서 생긴 오류 능으로 나눌 수 있다. 이러한 오류들은 최종 결정판인 모종강 본에 이르러 일정 부분 삭제되거나 수정되었다. 하지만 그 중 대부분은 그대로 답습되며 사안에 따라 모종강본 자체에서 새로 발생시킨 오류도 적지 않다.

선뻬쥔의 '교리본'은 바로 이러한 '기술적 착오'를 교정 정리한 판본이다. 여기서 '교리校理'란 '교감 및 교정 정리'를 줄인 말인데, 이 교리본은 26년 간 『삼국지연의』 연구에만 몰두해 온 선뻬쥔 선생의 노작勞作이다. 선 선생은 『교리본 삼국연의』 작업을 진행하면서 취경당본 『사대기 서제일종』을 저본으로, 선성당본善成堂本과 대도당본大道堂本 『제일재자서』를 보조본으로 삼고, 가정본과 지전본류는 물론 관련 사서史書나 전적을 광범위하게 참고했다. 장기간에 걸친 교리 작업이 완성되자 중국 저명 학자인 츠언랴오陳遼, 주이쉬앤朱一玄, 치

우전성丘振聲 선생들로부터 '심본沈本 삼국지연의', '삼국지연의 판본사상 새로운 이 정표', '모종강 이후 최고의 판본'이란 격찬을 받았다. 따라서 본 번역의 범위는 기술적 착오 부분까지 포함하였다. 이는 타쓰마시 요우스케立間祥介 교수의 일어판 및 모스 로버츠Moss Roberts 교수의 영문판에서도 손대지 못한 작업이다.

모종강본을 교정 정리한 것으로 선뿨쿤의 '교리본' 이전에도 인민문학출판사人民文學出版社의 '정리본整理本'과 사천문예출판사四川文藝出版社의 '신교주본新校注本'이 있다. 하지만 이들의 작업은 전면적이고 지속적이지 못했고, 여러 이유로 일정 한계를 넘어서지 못한 채 중단되고 말았다. 따라서 이들의 '기술적인 착오' 정리는 선뿨쿤의 교리본에서 완성한 숫자에 비하면 그 10분의 1 정도에 불과하다.

준비 작업까지 치면 8년이란 세월이 지났고, 본격적으로 투자한 시간만 해도 5년이나 된다. 더욱이 최종 3년은 거의 모두 이 작업에 몰두한 시간이라 해도 과언이 아니다. 뿐만 아니라 지금까지 출간된『최근 삼국지연의 연구 동향』→『삼국지평화』→『설창사화 화관색전』→『여인 삼국지』→『삼국지 사전』→『다르게 읽는 삼국지 이야기』→『삼국지 상식 백가지』→『삼국지 시가 감상』등의 작업이 이번 정역을 귀결점으로 모두 하나의 고리로 연결되어 있다. 한마디로 말해 지난 10여 년 동안의『삼국지』관련 연구와 번역 작업은 모두 이번 정역을 탄생시키기 위한 기초 작업이었던 셈이다. 동시에 그동안 나름대로 계획하고 실행해 온 일련의『삼국지』관련 프로젝트 역시 일단락을 보게 되었다.

완벽한 번역이란 하나의 이상일지 모른다. 그러나 역자는 자신이 수행한 작업에 나름대로 자부심을 가진다. 왜냐하면 단순한 의욕이나 열정만으로 손을 댄 것이 아니라 충분한 사전 학습과 면밀한 기초 작업을 거치면서 이루어 낸 번역이기 때문이다. 따라서 근 1세기 동안이나 답습되어 온 왜곡과 과장과 오류로 점철된 사이비 번역의 공해를 걸어 내고 일반 독자에게는 원전 본래의 진미를, 연구나 재창작을 계획하는 전문가에게는 신뢰할 수 있는 한국어 텍스트를 제공할 수 있게 되기를 기대한다. 특히 원전의 1차적 오류까지 해소한 선뿨쿤의 '교리 일람표'를 별책 부록으로 발행하니, 기간된『삼국지 시가 감상』과 곧 개정증보판이 나올『삼국지 사전』등과 연계한다면『삼국지』에 관한 이해를 한 차원 높이리라 생각한다.

2008년 10월
옮긴이 정원기

차례

주요 등장인물

유비 현덕

관우 운장

강유 백약

장비 익덕

제갈량 공명

황충 한승

조운 자룡

유선 공사

조조 맹덕

사마염 안세

손견 문대

여포 봉선

등애 사재

손책 백부

조비 자환

원소 본초

주유 공근

허저 중강

손권 중모

86

촉과 오의 화해

진복은 웅변으로 장온을 힐난하고
서성은 화공으로 조비를 깨뜨리다
難張溫秦宓逞天辯　破曹丕徐盛用火攻

동오의 육손이 위나라 군사를 물리치자 오왕은 육손을 보국장군輔
國將軍 강릉후江陵侯에 봉하고 형주 목을 겸하게 했다. 동오의 군권은
모두 육손의 손으로 들어갔다. 장소와 고옹이 오왕에게 연호를 고치
도록 청하자 손권은 이를 받아들이고 마침내 연
호를 고쳐 황무黃武(222~229년) 원년이라 했다. 그
럴 때 위주가 파견한 사자가 당도했다는 보고가
들어왔다. 손권이 불러들이자 사자가 위주의 뜻을
펼쳐 놓았다.

　"촉이 전날 위에 구원을 청하므로 위에서 한
때 밝게 살피지 못하고 군사를 출동시켜 그에
호응했습니다. 지금은 크게 뉘우치고 네 길로
군사를 일으켜 서천을 치고자 하니 동오에서
후원해 주시기 바라오. 촉 땅을 얻게 되면 절
반씩 나누기로 하겠습니다."

손권은 결단을 내리지 못하고 곧바로 장소와 고옹 등 신하들에게 물었다. 장소가 말했다.

"육백언에게 높은 견해가 있을 것이니 그에게 물어보는 게 좋겠습니다."

손권은 즉시 육손을 불러오게 했다. 육손이 아뢰었다.

"조비는 중원을 누르고 앉아 있어 단시일 내에 도모할 수 없으며 지금 그의 말을 따르지 않으면 원수를 맺게 될 것입니다. 그러나 신이 헤아려 보건대 위나 오에는 제갈량을 당할 적수가 없습니다. 지금은 억지로나마 잠시 응낙해 두었다가 군사를 정돈하고 준비하면서 네 길로 보낸 군사들의 동정을 탐지하도록 하십시오. 만약 네 길로 보낸 군사들이 승리하고 서천이 위급하여 제갈량이 머리와 꼬리를 돌보지 못할 형편이 되거든 주상께서 군사를 움직여 위나라에 호응하십시오. 그리하여 위나라보다 먼저 성도를 차지한다면 참으로 상책이 될 것입니다. 그러나 네 길의 군사가 패할 경우엔 달리 상의하도록 하십시오."

손권은 그 말을 좇아 위의 사자에게 말했다.

"군수 물자가 아직 마련되지 않았소이다. 확실한 날짜가 정해지는 대로 군사를 일으키겠소."

사자는 감사 인사를 올리고 돌아갔다.

손권은 사람을 시켜 각지의 상황을 알아보게 했다. 서번西番 군사는 서평관으로 나오다가 마초를 보자 싸워 보지도 않고 스스로 물러갔다 하고, 남만의 맹획은 군사를 일으켜 4개 군으로 쳐들어갔으나 위연이 의병 작전으로 무찌르자 그만 자기네 동洞(고대 소수민족이 살던 지역)으로 돌아가 버렸다고 했다. 또 상용의 맹달이 거느린 군사는 중도에서 맹달이 갑자기 병이 나는 바람에 더 이상 움직이지 못했고, 조진의 군사는 양평관으로 나갔지만 조자룡이 각 지역의 험한 길을 막고 있어 꼼짝할 수 없어 '한 장수가 관을 지키면 만 명의 군사도 열지 못한다'는 말대로 되었다. 결국 조진은 야곡斜谷 길에 군사를 주둔하다가 끝내 이기지 못하고 돌아갔다는 것이었다. 이 소식을 들은 손권은 곧바로 문무 관원들에게 말했다.

"육백언의 말이 참으로 신묘하구려. 내가 함부로 움직였다면 서촉과 다시 원한을 맺을 뻔했소."

이때 별안간 서촉에서 등지가 왔다는 보고가 들어왔다. 장소가 말했다.

"이는 우리 군사의 진격을 막으려는 제갈량의 계책입니다. 등지는 우리를 설득하러 온 세객說客일 것입니다."

손권이 물었다.

"그렇다면 어떻게 대답해야 좋겠소?"

장소가 계략을 올렸다.

"우선 궁전 앞에 큰 가마솥 하나를 걸고 기름 수백 근斤을 넣고 숯불을 피우십시오. 기름이 펄펄 끓기를 기다려 허우대 좋고 얼굴도 넙데데한 무사 1천 명을 뽑아서 각기 칼을 들고 궁문에서부터 전각 위까지 죽 늘어서게 하십시오. 그래 놓고 등지를 불러들이십시오. 등지가 들어오면 입을 열어 말을 할 겨를을 주지 마시고 역이기酈食其가 제齊나라를 설득한 옛일*을 본받아 너를 삶아 죽이겠다고 꾸짖

* 역이기가……옛일ㅣ초한楚漢 전쟁 때 유방의 모사 역이기가 제나라 왕 전광田廣을 설득하여 한에 귀순시켰다. 그런데 유방 수하의 대장 한신韓信이 기회를 타고 제를 공격하자 전광은 속았다고 여겨 역이기를 기름 솥에 넣어 삶아 죽였다.

玉殿前又見非鎮內珍油正沸左右武士以目祝之但漸々而笑康居荀月雪三國誌章回吳門王弼麟

왕석기 그림

으십시오. 그리하여 그 사람이 어떻게 대답하는지 두고 보시지요."

손권은 장소의 말대로 기름 솥을 걸어 놓고 병기를 든 무사들을 좌우에 늘어서게 한 다음 등지를 불러들였다. 등지는 옷매무새를 바로잡고 관을 똑바로 쓴 채 오왕의 궁궐로 들어섰다. 궁문 앞에 이르러 보니 위풍이 늠름한 무사들이 저마다 강철 칼, 큰 도끼, 긴 창, 짧은 검 등 갖가지 무기를 들고 전각 위에 이르기까지 두 줄로 늘어서 있었다. 이내 그 속내를 알아차린 등지는 조금도 두려워하는 기색 없이 고개를 쳐들고 당당히 걸어갔다. 전각 앞에 이르니 기름이 펄펄 끓고 있는 커다란 가마솥이 눈에 들어왔다. 좌우에 늘어선 무사들이 무서운 눈길로 노려보았지만 등지는 그저 잔잔한 미소만 머금을 따름이었다. 근신의 인도를 받아 주렴 앞에 이른 등지는 길게 읍만 할 뿐 절을 올리지는 않았다. 손권이 주렴을 걷어 올리며 버럭 호통을 쳤다.

"어째서 절을 하지 않는가?"

등지는 고개를 쳐들고 늠름하게 대꾸했다.

"상국 황제의 사신은 작은 나라의 군주에게 절을 하지 않는 법이오."

손권은 몹시 화가 났다.

"네놈은 주제 파악을 못하고 세 치 혓바닥을 놀려 역생酈生(역이기)이 제나라를 달래던 일을 흉내 내려는 것이렷다! 당장 기름 솥으로 들어가라!"

등지는 껄껄 웃었다.

"동오에는 훌륭한 인재가 많다고들 하더니 한낱 선비 따위를 이처럼 두려워할 줄이야 뉘 알았겠소?"

손권은 더욱 화가 났다.

"내가 어찌 너 따위 한낱 필부를 두려워하겠느냐?"

등지는 한번 더 자극을 주었다.

"등백묘를 두려워하지 않는다면서 어찌하여 내가 당신들을 설득할 걸 근심한단 말이오?"

손권이 다그쳤다.

"너는 제갈량의 세객으로 우리에게 위와 관계를 끊고 촉과 동맹을 맺으라고 설득하러 온 게 아니냐?"

등지는 당당히 소리쳤다.

"나는 촉중의 일개 선비에 불과하나 특별히 오나라의 이해관계를 밝히러 왔소. 그런데 이렇게 삼엄하게 군사를 벌여 세우고 가마솥을 걸어 일개 사자를 막다니 어찌 이토록 도량이 좁아터졌단 말이오?"

손권은 그 말을 듣고 부끄러워하며 즉시 무사들을 꾸짖어 물리쳤다. 그런 다음 등지를 전각 위로 불러 올려 자리에 앉히고 정중히 물었다.

"오와 위의 이해관계가 어떠하오? 원컨대 선생께서 나에게 가르쳐 주시오."

등지가 되물었다.

"대왕께서는 촉과 화친하려 하십니까? 아니면 위와 화친하려 하십니까?"

손권이 솔직하게 대답했다.

"나는 촉주와 강화하고 싶지만 촉주가 나이 적고 식견이 얕으므로 처음 약속한 일을 끝까지 지켜 내지 못할까 염려될 따름이오."

등지는 준비한 말을 시작했다.

"대왕께서는 당세의 이름난 영웅이시고 제갈량 역시 이 시대의 준걸입니다. 촉에는 험한 산천이 있고 오에는 삼강三江의 견고함이 있으니 만약 두 나라가 연합하여 이와 입술처럼 서로 돕는다면 나아가서는 천하를 삼킬 수 있고 물러나서는 솥발처럼 나란히 설 수 있을 것입니다. 그러나 지금 대왕께서 위에 예물을 바치고 몸을 굽혀 신하라 일컫는다면 위는 반드시 대왕에게 위의 조정에 들어오기를 바라고 태자를 불러들여 내시로 삼으려 할 것입니다. 대왕께서 그 말을 따르지 않으신다면 위는 군사를 일으켜 쳐들어올 것이고 그리되면 촉 또한 물길을 따라 내려오면서 공격할 것입니다. 이렇게 되면 강남의 땅은 더 이상 대왕의 소유가 되지는 않을 것입니다. 대왕께서 이 사람의 말이 옳지 않다고 여기신다면 이 사람은 당장 대왕 앞에서 목숨을 끊어 세객이라는 말을 듣지 않겠습니다."

말을 마친 등지는 옷자락을 걷어 올리고 전각에서 내려가 펄펄 끓는 기름 솥을 향하여 뛰어 올랐다. 손권은 급히 명령을 내려 말리게 한 다음 뒤편 전각으로 청해 들여 상빈의 예로 대접했다. 손권이 물었다.

"선생의 말씀이 바로 내 뜻과 같소. 내가 지금 촉주와 연합하려 하니 선생은 내 입장을 촉주에게 이해시켜 주시겠소?"

등지가 대꾸했다.

"방금 소신을 삶아 죽이려 하신 분도 바로 대왕이셨고 이제 소신을 부리려는 분 역시 대왕이 아니십니까? 대왕께서 아직도 의심하며 마음을 정하지 못하고 계시면서 어찌 다른 사람의 믿음을 얻으려 하십니까?"

손권이 다짐했다.

"나의 뜻은 이미 결정되었소. 선생은 의심하지 마시오."

오왕은 등지를 머물게 하고 여러 관원들을 소집하여 물었다.

"나는 강남 81개 주를 장악하고 더욱이 형초荊楚(형주) 땅까지 가졌지만 오히려 외지고 궁벽한 서촉보다 못하구려. 촉에는 등지가 있어 주인을 욕되게 하지 않는데 오에는 촉으로 들어가서 나의 뜻을 전할 사람이 한 명도 없단 말이오?"

갑자기 한 사람이 반열에서 나와 아뢰었다.

"신이 사자가 되겠습니다."

모두들 보니 바로 오군吳郡 오현吳縣 사람 장온張溫이었다. 장온은 자가 혜서惠恕로 이때 중랑장中郎將으로 있었다. 손권이 염려했다.

"경이 촉으로 가서 제갈량을 만났을 때 내 뜻을 제대로 전할 수 있을지 걱정이오."

장온이 장담했다.

"공명도 역시 사람일 뿐입니다. 신이 어찌 그를 두려워하오리까?"

손권은 크게 기뻐하며 장온에게 무거운 상을 내리고 등지와 함께 서천으로 들어가 두 나라의 우호를 맺게 했다.

이보다 앞서 공지가 떠난 뒤 공명이 후주에게 아뢰었다.

"등지는 이번에 가서 틀림없이 일을 성사시킬 것입니다. 동오에는 훌륭한 인재가 많으니 반드시 답례하러 오는 사람이 있을 것입니다. 폐하께서는 예를 갖추어 대하시어 그가 오로 돌아가 두 나라 사이에 좋은 동맹을 맺도록 하소서. 오가 우리와 화해하면 위는 우리 촉에 감히 군사 행동을 하지 못할 것입니다. 오와 위가 조용해지면 신은 남쪽으로 정벌을 나가 만인蠻人의 지방을 평정하고 그런 다음에 위를 도모하려 하옵니다. 위를 제거하고 나면 동오 역시 오래 가지는 못할 것이니 그리되면 통일천하의 기업을 회복할 수 있을 것입니다."

후주는 고개를 끄덕였다.

그때 동오에서 답례하기 위해 장온을 파견하여 등지와 함께 서천으로 들어왔다는 보고가 들어왔다. 후주는 궁궐 계단 위 붉은 칠을 한 회랑回廊에 문무백관을 모은 다음 등지와 장온을 불러들이게 했다. 장온은 스스로 뜻을 이룬 듯 사뭇 고개를 쳐들고 전각으로 올라와 후주에게 예를 올렸다. 후주는 비단 방석을 내려 대전의 왼쪽에 앉히고 연회를 열어 대접했다. 후주는 그저 깍듯이 예를 차릴 따름이었다. 연회가 끝나자 문무백관들이 장온을 역관까지 배웅했다. 이튿날은 공명이 잔치를 베풀어 장온을 대접했다. 공명이 장온에게 말했다.

"선제께서 계실 때는 오와 화목하지 못했으나 이미 세상을 떠나셨소. 지금의 주상께서는 오왕을 깊이 사모하시어 지난날의 원한을 버리고 길이 동맹을 맺어 힘을 합쳐 위를 깨뜨리려 하시오. 바라건대 대부께서는 돌아가 오왕께 좋은 말로 아뢰어 주시오."

장온은 쾌히 응낙했다. 술이 거나하게 취하자 장온은 거침없이 웃으며 떠드는데 오만한 기색이 역력했다.

이튿날 후주는 장온에게 황금과 비단을 하사하고 성 남쪽 역관에다 잔치를 베풀며 모든 관원들에게 장온을 전송하게 했다. 공명은 정성껏 술을 권했다. 한창 술을 마시고 있는데 느닷없이 술 취한 사람 하나가 불쑥 들어오더니 머리를 든 채 길게 읍하고는 자리에 앉았다. 장온은 괴이하게 여기고 공명에게 물었다.

"저 사람은 누굽니까?"

공명이 대답했다.

"저 사람은 성은 진秦씨이고 이름은 복宓이며 자는 자칙子勅이라 하오. 지금 익주 학사益州學士로 있지요."

장온이 씩 웃으며 진복에게 말을 걸었다.

"명칭은 학사라지만 흉중에 무엇을 배웠는지 모르겠소이다?"

진복은 정색하고 대꾸했다.

"촉중에서는 삼척동자도 모두 배우거늘 하물며 이 사람이겠소?"

장온이 다시 물었다.

"그럼 공이 배운 바는 무엇이오?"

진복이 대답했다.

"위로는 천문天文에서 아래로는 지리地理에 이르기까지 삼교구류三教九流와 제자백가諸子百家에 통하지 않는 것이 없고, 고금의 흥망과 성현의 경전에 이르기까지 읽어 보지 않은 것이 없소."

장온은 히죽이 웃었다.

"공이 큰소리를 치니 그럼 하늘에 대해 물어보겠소. 하늘에도 머리가 있소?"

진복이 즉각 대답했다.

"머리가 있지요."

장온이 다그쳤다.

"머리가 어느 쪽에 있소?"

진복이 서슴없이 대답했다.

"서쪽에 있소. 『시경詩經』에 '내권서고乃眷西顧(이에 안타까워 서쪽을 돌아본다)'라 했으니 이로써 미루어 본다면 하늘의 머리는 서쪽에 있는 것이지요."

장온이 또 물었다.

"하늘에는 귀가 있소?"

진복이 대답했다.

"하늘은 높은 곳에 있으면서 낮은 곳의 소리를 듣지요. 『시경』에 '학명구고鶴鳴九皐 성문어천聲聞於天(학이 높은 곳에서 울면 그 소리가 하늘에 들린다)'라 했소. 귀가 없이 어떻게 듣겠소?"

장온은 계속 물었다.

"하늘에는 발이 있소?"

진복은 주저 없이 대답했다.

"발이 있지요. 『시경』에 '천보간난天步艱難(하늘의 걸음이 몹시 힘들다)'이라 했으니 발이 없으면 어떻게 걷겠소?"

장온이 또 물었다.

"하늘은 성姓이 있소?"

진복은 즉각 대답했다.

"어찌 성이 없겠소?"

장온이 다그쳤다.

"성은 무엇이오?"

진복은 짧게 대답했다.

"성은 유씨劉氏요."

장온이 물었다.

"어떻게 그것을 아시오?"

진복은 당당하게 대답했다.

"천자께서 유씨이니 그런 줄 알지요."

장온이 또 물었다.

"해는 동쪽에서 떠오르지 않소?"

진복이 대답했다.

"동쪽에서 떠오르지만 서쪽으로 지지요."

진복의 말이 너무나 분명하고 대답이 물 흐르듯 막힘이 없는 걸 보고 자리에 앉은 사람들이 모두 놀랐다. 장온은 할 말이 없어졌다. 이번에는 진복이 물었다.

"선생은 동오의 명사이신데 하늘에 대해 물으셨으니 필시 하늘의 이치를 깊이 아시리라 보오. 옛적에 혼돈混沌이 나뉘어 음양陰陽으로 갈라지니 가볍고 맑은 것은 위로 떠올라 하늘이 되고 무겁고 탁한 것은 아래로 엉기어 땅이 되었소. 뒤에 공공씨共工氏가 싸움에 지자 머리로 불주산不周山을 들이받는 바람에 하늘을 받친 기둥이 부러지고 땅을 붙들어 맨 밧줄이 끊어져 하늘은 서북쪽으로 기울고 땅은 동남쪽이 꺼졌다고 하오. 이미 하늘이 가볍고 맑아서 위로 떠올라 이루어진 것이라면 어떻게 서북쪽으로 기울 수 있소? 가볍고 맑은 것 외에 또 어떤 물건이 있는 것인지 모르겠소. 선생께서 이 사람에게 가르쳐 주시기 바라오."

장온은 대답할 말이 없어 자리를 피하며 사과했다.

"촉중에 이처럼 준걸이 많을 줄은 몰랐소이다. 방금 강론하신 말씀을 들으니 이 사람은 풀 덩굴로 가로막혔던 길이 확 열리는 듯합니다."

공명은 장온이 무안할까 염려되어 좋은 말로 풀어 주었다.

"술자리에서 묻는 말은 모두가 농담이오이다. 공께서는 나라를 안정시킬 도리를 깊이 알고 계신 분인데 어찌 말장난에 놀아난단 말이오?"

장온이 절을 하며 감사했다. 공명은 다시 등지에게 장온과 함께 오로 들어가 답례하게 했다. 장온과 등지 두 사람은 공명에게 하직을 고하고 동오를 향해 떠났다.

한편 오왕은 촉으로 들어간 장온이 돌아오지 않자 문무 관원들을 모아 대책을 상의했다. 이때 별안간 근신이 아뢰었다.

"촉에서 등지를 파견하여 장온과 함께 입국했는데 답례 차로 왔다고 합니다."

손권이 불러들였다. 장온은 전각 앞에서 절을 올리고 후주와 공명의 덕을 칭송했다. 또 촉에서는 영원히 우호관계를 맺기 바라며 그런 뜻에서 특별히 등상서尙書를 다시 보내 답례하게 했다고 보고했다. 손권은 크게 기뻐하며 즉시 연회를 베풀어 등지를 대접했다. 손권이 등지에게 물었다.

"오와 촉 두 나라가 합심해서 위를 멸하고 천하를 안정시킨 다음 두 나라 군주가 천하를 나누어 다스린다면 어찌 즐겁지 않겠소?"

등지가 대답했다.

"하늘에는 두 해가 없고 백성에게는 두 임금이 없다고 하였으니 위를 멸한 뒤에 천명이 과연 누구에게 돌아갈지는 알 수가 없습니다.

다만 임금 된 분들이 각기 덕을 닦고 신하 된 자들이 충성을 다한다면 전쟁이 비로소 그칠 것입니다."

손권은 껄껄 웃었다.

"그대의 정성과 간절함이 이와 같구려!"

그러고는 등지에게 두터운 선물을 주어 촉으로 돌려보냈다. 이로부터 오와 촉은 우호를 맺고 왕래하며 지냈다.

위나라 첩자가 이 소식을 탐지하여 부리나케 중원에다 보고했다. 위주 조비는 이 말을 듣고 크게 노했다.

"오와 촉이 화해하여 연합했다니 틀림없이 중원을 도모할 뜻을 가진 게로다. 차라리 짐이 먼저 그들을 정벌하리라."

이에 문무백관을 크게 모은 조비는 군사를 일으켜 오를 정벌할 계책을 상의했다. 이때 대사마 조인과 태위 가후는 이미 죽은 뒤였다. 시중 신비辛毗가 반열에서 나와 아뢰었다.

"중원은 땅은 넓지만 백성은 적어 용병用兵을 하려 해도 이로울 게 없습니다. 지금은 10년 동안 군사를 기르면서 농사를 짓게 하는 것이 무엇보다 좋은 계책입니다. 그리하여 식량이 넉넉해지고 군사가 불어난 연후에 군사를 움직이면 오와 촉을 깨뜨릴 수 있을 것입니다."

조비는 화를 냈다.

"이는 썩은 선비의 논리로다! 지금 오와 촉이 연합했으니 조만간 국경을 침범할 게 틀림없는데 어느 겨를에 10년씩이나 기다린단 말인가?"

그는 즉시 군사를 일으켜 오를 치려고 했다. 사마의가 아뢰었다.

"오에는 장강이라는 험한 장벽이 있으니 배가 아니고는 건너지 못합니다. 폐하께서 기필코 친정을 하시겠다면 크고 작은 전선을 선별하시어 채하蔡河와 영수潁水를 거쳐 회수淮水로 들어가 수춘을 취하고 광릉에 이르러 강구江口를 건너 바로 남서南徐를 치십시오. 이것이 상책입니다."

조비는 그 말을 따르기로 했다. 이리하여 밤낮으로 일을 다그쳐 용주龍舟(황제의 배) 10척을 만들었는데, 길이는 스무 길이 넘고 2천여 명을 태울 수 있었다. 그리고 전투선 3천여 척을 마련했다. 위 황초黃初 5년(224년) 가을 8월, 조비는 대소 장병들을 모은 다음 조진에게 선두 부대를 거느리게 하고 장료, 장합, 문빙, 서황 등을 대장으로 삼아 먼저 떠나게 했다. 허저와 여건을 중군호위中軍護衛로 삼고 조휴를 후군으로 삼았으며 유엽과 장제는 참모관으로 삼았다. 수륙의 군마 30여만 명이 전후로 날을 잡아 길을 떠났다. 조비는 사마의를 상서복야尙書僕射로 삼아 허창에 남겨 두고 모든 국정대사를 판단하여 결정하도록 맡겼다.

위군이 길을 떠난 일은 이야기하지 않기로 한다. 한편 동오의 첩자가 이 사실을 탐지하여 오나라로 들어가 보고했다. 근신이 황망히 오왕에게 아뢰었다.

"지금 위주 조비가 친히 용주를 타고 수륙 대군 30여만 명을 거느린 채 채하와 영수를 거쳐 회수로 나온다고 합니다. 그들은 반드시 광릉을 취한 다음 장강을 건너 강남으로 내려올 것입니다. 그 기세가 너무나 날카롭습니다."

깜짝 놀란 손권은 즉시 문무 관원을 모아 대책을 상의했다. 고옹이 아뢰었다.

"이제 주상께서는 서촉과 화친을 하셨으니 제갈공명에게 편지를 보내시어 그에게 군사를 일으켜 한중으로 나가 위군의 세력을 양분하게 하십시오. 한편으로는 대장 한 명을 파견하여 남서에 군사를 주둔하고 위군을 막도록 하십시오."

손권이 말했다.

"육백언이 아니고는 이런 중책을 감당할 수 없을 것이오."

고옹이 반대했다.

"육백언은 형주를 지키고 있으므로 가벼이 움직여서는 아니 됩니다."

손권이 대꾸했다.

"나도 그 사실을 모르는 바는 아니나 눈앞에 그를 대신할 사람이 없으니 어찌하겠소?"

말이 미처 끝나기도 전이었다. 반열 안에 있던 한 사람이 그 소리에 맞추어 뛰쳐나왔다.

"신이 비록 재주는 없으나 한 부대의 군사를 거느리고 나가서 위군을 감당해 보겠습니다. 조비가 직접 대강大江(장강)을 건너온다면 신이 반드시 산 채로 잡아 전하께 바치겠습니다. 그가 강을 건너오지 않더라도 역시 위군의 태반을 죽여 다시는 감히 눈을 똑바로 뜨고 우리 동오를 바라보지 못하게 하겠습니다."

손권이 보니 바로 서성이었다. 손권은 대단히 기뻐했다.

"경이 강남 일대를 지켜 준다면 내가 무엇을 근심하겠소?"

손권은 즉시 서성을 안동장군安東將軍으로 삼아 건업과 남서의 군마를 총지휘하게 했다.

서성은 오왕에게 사은하고 명령을 받들고 물러 나왔다. 그는 즉시 전군에 명령을 전해 무기와 깃발을 많이 마련하면서 강변 방위 대책을 세우게 했다. 별안간 한 사람이 썩 나섰다.

"오늘 대왕께서 장군에게 중임을 맡기신 것은 위군을 격파하고 조비를 사로잡으라는 뜻이오. 그런데 장군은 어찌하여 속히 군마를 내어 강을 건너 회남淮南 땅에서 적과 맞서 싸우려 하지 않으시오? 이대로 조비의 군사가 이르기를 기다리고 있다가는 때를 놓치지나 않을까 두렵소이다."

서성이 보니 바로 오왕의 조카 손소孫韶였다. 손소는 자가 공례公禮로 일찍이 광릉을 수비했고 이때는 양위장군楊威將軍으로 있었다. 나이는 어리지만 항상 의기가 왕성한 데다 담력이 크고 용감했다. 서성이 대답했다.

"조비의 형세가 워낙 큰 데다 명장을 선봉으로 삼았으니 강을 건너 적과 맞서서는 아니 되오. 나는 적의 전선이 모두 북안에 모이기를 기다렸다가 계책을 써서 격파하려 하오."

손소는 자신의 주장을 내세웠다.

"내 수하에 3천 명의 군사가 있고 광릉의 길과 지세를 잘 알고 있으니 강북으로 가서 조비와 죽기를 무릅쓰고 싸워 보겠소. 이기지 못하면 군령을 달게 받겠소이다."

서성은 그 말을 따르지 않았다. 손소는 기어이 가겠다고 고집을 부렸지만 서성은 한사코 허락하지 않았다. 그래도 손소가 두 번 세 번 가겠다고 나서자 서성은 마침내 노했다.

"그대가 이처럼 명령을 듣지 않는다면 내가 어떻게 여러 장수들을 통제할 수 있겠소?"

서성은 무사에게 손소를 끌어내어 목을 치라고 호통을 쳤다. 도부수들이 손소를 에워싸고 원문 밖으로 나가 검은 깃발을 세웠다.

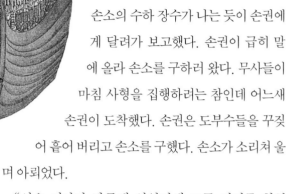

손소의 수하 장수가 나는 듯이 손권에게 달려가 보고했다. 손권이 급히 말에 올라 손소를 구하러 왔다. 무사들이 마침 사형을 집행하려는 참인데 어느새 손권이 도착했다. 손권은 도부수들을 꾸짖어 흩어 버리고 손소를 구했다. 손소가 소리쳐 울며 아뢰었다.

"신은 지난날 광릉에 있었기에 그곳 지리를 훤히 알고 있습니다. 바로 그곳에서 조비를 무찌르지 않고 이대로 장강까지 내려오기를 기다렸다간 동오는 그들이 지정한 날짜에 끝장나고 말 것입니다!"

손권은 그 길로 서성의 영채로 들어갔다. 서성은 군막 안으로 손권을 영접한 다음 아뢰었다.

"대왕께서는 신을 도독으로 삼아 군사를 거느리고 위군을 막으라고 명하셨습니다. 지금 양위장군 손소는 군법을 준수하지 않고 명령을 어기니 마땅히 목을 잘라야 하옵니다. 그런데 대왕께서는 무슨 까닭으로 그를 용서하셨나이까?"

손권이 부탁했다.

"손소가 왕성한 혈기만 믿고 군법을 범했으니 제발 너그러이 용서해 주기 바라오."

서성이 단호한 어조로 말했다.

"법은 신이 세운 것도 아니고 대왕께서 세우신 것도 아니며 바로 국가의 전형典刑(예로부터 정하여져 변치 않는 법)이옵니다. 가까운 사람이라 하여 용서해 준다면 어떻게 무리들을 호령할 수 있겠사옵니까?"

손권이 다시 부탁했다.

"손소가 법을 범했다면 마땅히 장군의 처분에 맡겨야 옳겠지요. 그러나 이 아이는 본래 유씨兪氏였으나 나의 형님이 사랑하여 손씨 성을 하사하셨소. 또한 나를 위해서도 많은 공을 세웠소. 지금 그를 죽인다면 형님에 대한 의리를 저버리게 되오."

서성의 태도가 누그러졌다.

"대왕의 체면을 보아 잠시 죽을죄를 적어 두겠사옵니다."

손권이 손소에게 절을 올려 사죄하라고 분부했다. 그러나 손소는 서성에게 절을 하기는커녕 사나운 음성으로 외쳤다.

"내 판단으로는 오직 군사를 거느리고 가서 조비를 격파하는 길밖에 없소! 당장 죽더라도 당신의 생각에는 복종할 수 없소!"

서성은 얼굴빛이 확 변했다. 손권은 손소를 꾸짖어 물리친 다음 서성에게 말했다.

"이 아이가 없기로 군사에 무슨 손해가 있겠소? 이후로 다시는 쓰지 마시오."

말을 마친 손권은 돌아갔다. 이날 밤 부하가 서성에게 보고했다.

"손소가 수하의 정예병 3천 명을 거느리고 몰래 강을 건너갔습니다."

서성은 손소에게 실수라도 생기면 오왕을 뵐 면목이 없을 것 같았다. 즉시 정봉을 불러 비밀 계책을 일러 주었다. 정봉은 3천 명의 군사를 거느리고 강을 건너가 손소를 후원하기로 했다.

한편 위주는 용주를 몰아 광릉에 당도했다. 이때 선두 부대를 거느린 조진은 이미 대강 기슭에 군사를 늘어놓고 있었다. 조비가 조진에게 물었다.

"강기슭에는 적병이 얼마나 되오?"

조진이 대답했다.

"건너편 기슭을 멀리 살펴보았으나 사람 하나 보이지 않고 정기나 영채조차 없습니다."

조비가 말했다.

"이는 틀림없이 속임수요. 짐이 직접 가서 허실을 살펴보겠소."

조비는 물길을 크게 열어 용주를 띄우게 하고 곧바로 물살을 가르며 대강으로 나아가 강기슭에 정박했다. 배 위에는 용, 봉, 해, 달을 수놓은 오색 깃발을 세우고 천자의 의장과 수레 따위를 겹겹이 차려놓으니 그 찬란한 광채에 눈이 부실 지경이었다. 조비가 배 위에 단정히 앉아 멀리 강남을 바라보니 정말로 사람이라곤 그림자조차 얼씬거리지 않았다. 조비는 유엽과 장제蔣濟를 돌아보며 물었다.

"강을 건너도 되겠소?"

유엽이 대답했다.

"병법에 실실허허實實虛虛라 했습니다. 저들이 대군이 오는 것을 보고도 준비를 하지 않았을 리가 있겠습니까? 폐하께서는 아직 나가시면 아니 되옵니다. 우선 사나흘 정도 기다리면서 적의 동정을 살펴보신 후에 선봉을 시켜 강을 건너가 적정을 탐지토록 하소서."

조비가 고개를 끄덕였다.

"경의 말이 바로 짐의 뜻과 같구려."

이날은 날이 저물어 강에 머물러 자게 되었다. 달도 없는 캄캄한 밤이었지만 군사마다 제각기 등불과 횃불을 켜 들고 하늘과 땅을 비추니 마치 대낮처럼 밝았다. 그러나 멀리 강남을 바라보니 불빛이라곤 단 한 점도 보이지 않았다. 조비가 좌우의 부하들을 돌아보고 물었다.

"이게 어찌된 까닭이냐?"

근신이 아뢰었다.

"폐하의 천병天兵이 왔다는 소문만 듣고도 쥐구멍을 찾아 달아난 것이라 생각하나이다."

이 말에 조비는 소리 없이 웃었다. 차츰 날이 밝아 오자 짙은 안개가 자욱이 강을 뒤덮어 얼굴을 마주하고도 상대를 알아볼 수 없을 지경이었다. 잠시 후 바람이 일어나면서 안개가 흩어지고 구름이 걷혔다. 바라보니 강남 일대가 모조리 성으로 이어졌는데 성루 위에는 창칼이 햇빛을 받아 번쩍이고 성벽을 따라 깃발과 신호 띠들이 빈틈없이 꽂혀 있는 것이었다. 잠깐 사이에 사람들이 몇 차례나 달려와 보고했다.

"남서로부터 강변을 따라 석두성石頭城(건업)에 이르기까지 수백 리에 성곽과 배, 수레가 꼬리에 꼬리를 물고 이어졌는데 이것이 모두 하룻밤 사이에 이루어진 것들입니다."

조비는 깜짝 놀랐다. 그런데 이는 본래 서성이 갈대를 묶어 사람 모양을 만들어 푸른 옷을 입히고 깃발을 들려서 가짜 성벽과 거짓 성루 위에 세워 놓은 것이었다. 위나라 군사들은 성 위에 나타난 수많은 인마를 보고 모두가 간담이 서늘해졌다. 조비가 탄식했다.

"우리 위에는 숱한 무사들이 무리를 이루고 있지만 아무 짝에도 쓸모가 없구나. 강남의 인물들이 이러하니 아직은 도모하지 못하겠구나!"

조비가 한창 놀라고 의아해 하고 있는데 별안간 광풍이 크게 몰아치더니 흰 물결이 하늘까지 치솟아 올랐다. 그 바람에 강물이 소낙비처럼 쏟아져 조비의 용포를 적시고 엄청나게 큰 배가 금방이라도 뒤집힐 듯이 요동을 쳤다. 다급해진 조진이 황급히 문빙에게 명하여 황제를 구하게 했다. 문빙은 작은 배로 삿대를 저어 급히 조비를 구하러 갔다. 용주에 탄 사람들은 배가 흔들리는 통에 제대로 서 있을 수도 없을 지경이었다. 서둘러 용주로 뛰어오른 문빙은 조비를 들쳐 업고 작은 배로 뛰어내려 급히 포구로 들어갔다. 거기서 조비는 잠시 정박하여 피해 있었다. 그때 별안간 유성마가 달려와 보고했다.

"조운이 군사를 아끌고 양평관을 나와 곧장 장안을 치려고 한답니다."

이 말을 들은 조비는 대경실색하여 즉시 군사를 돌리라고 명했다. 장병들은 제각기 앞을 다투어 도망쳤다. 배후에서 오군이 바짝 추격하자 조비는 성지를 내려 황제가 사용하는 물건들을 모조리 내버리고 달아나게 했다. 용주가 막 회하로 들어가려 할 즈음이었다. 별안간 북소리 나팔 소리가 일제히 울리고 고함 소리가 크게 진동하며 옆쪽에서 한 떼의 군사가 쳐들어왔다. 앞장선 대장은 바로 손소였다. 위군은 당해 내지 못하고 태반이 목숨을 잃었다. 강물에 빠져 죽는 자도 수없이 많았다.

장수들은 있는 힘을 다해 위주를 구출했다. 위주가 회하를 건너려고 배를 몰아가는데 30리도 가지 못해 강 가운데 우거진 갈대밭에서 불길이 확 일어났다. 미리 생선 기름을 뿌려 둔 터라 순풍을 따라 불이 번지는데 바람이 거세게 몰아치자 화염이 하늘을 뒤덮으며 용주의 진로를 막아 버렸다. 소스라치게 놀란 조비는 급히 작은 배로 옮겨 타고 강기슭으로 다가갔다. 이때 용주에는 어느새 불이 붙었다. 조비는 황급히 말에 올랐다. 바로 이때 언덕 위에서 한 떼의 군사가 돌격해 왔다. 앞장 선 장수는 바로 정봉이었다. 장요가 말을 다그쳐 몰며 정봉과 맞서려 했지만 정봉이 쏜 화살이 옆구리에 맞고 말았다. 다행히 서황이 구원하여 함께 위주를 보호하며 달아났다. 이 바람에 잃은 군사는 수도 없이 많았다. 배후를 추격하던 손소와 정봉이 빼앗은 말과 수레 선박과 전투기기機器들은 이루 셀 수 없을 지경이었다. 위군은 크게 패해서 돌아갔다. 이 싸움에서 오나라 장수 서성은 완전한 대승을 거두었다. 오왕은 서성에게 무거운 상을 내렸다. 허창으로 돌아간 장료는 화살 맞은 상처가 터지면서 끝내 죽고 말았다. 조비가 후히 장사지내 준 것은 더 말할 나위가 없다.

한편 조운은 군사를 이끌고 양평관에서 치고 나가려던 참이었다. 그때 갑자기 승상이 보낸 문서가 도착했다는 보고를 받았다. 툭하면 난폭하게 구는 익주의 수령 옹개雍闓가 만왕 맹획과 손잡고 만병 10만을 일으켜 4개 군을 침략하여 승상이 몸소 남방 정벌을 떠나려 하니 조운은 군사를 되돌리고 마초는 양평관을 굳게 지키고 있으라는 명령이었다. 조운은 급히 군사를 거두어 돌아갔다. 이때 공명은 성도에서 군마를 정돈하며 친히 남방 정벌을 준비하고 있었다. 이야말로 다음 대구와 같다.

방금 동오가 북쪽의 위에 대항하더니 /
또 서촉이 남만과 싸우는 것을 보네.
方見東吳敵北魏　又看西蜀戰南蠻

승부는 어떻게 될 것인가, 다음 회를 보라.

87

남만 정벌

남쪽 도적을 정벌하려 승상은 크게 군사를 일으키고
천자의 군사에 항거하다 만왕은 처음 결박을 당하다
征南寇丞相大興師 抗天兵蠻王初受執

제갈승상은 성도에서 일이라면 크건 작건 모든 것을 직접 공정하게 처리했다. 동천과 서천의 백성들은 즐거이 태평성대를 누리면서 밤에도 문단속을 하지 않고 자며 길에 물건이 떨어져도 줍는 사람이 없었다. 더욱이 다행하게도 해마다 풍년이 드니 늙은이나 어린이나 배를 두드리며 노래하고 부역이라도 있으면 서로 앞을 다투어 해치웠다. 이로 인하여 군수품과 무기를 비롯한 모든 필요한 물건들이 완비되지 않은 것이 없고 곡식은 곳간마다 가득 차고 재물은 부고府庫에 넘쳐났다.

건흥建興 3년(225년) 익주에서 급보가 날아들었다.

"만왕 맹획이 만병 10만 명의 대군을 일으켜 국경을 침범하여 약탈을 일삼고 있습니다. 한나라 시방후什方侯 옹치雍齒의 후손인 건녕建寧 태수 옹개도 맹획과 결탁하여 반기를 들었습니다. 장가군牂牁郡 태수 주포朱褒와 월수군越嶲郡 태수 고정高定은 벌써 만왕에게 성을 바쳐 항복했고 오직 영창永昌 태수 왕항王伉만이 반란에 가담하지 않고 있습니다. 지금 옹개와 주포, 고정 세 사람의 수하 군사들이 맹획의 길잡이가 되어 영창군을 공격하고 있습니다. 왕항이 공조功曹, 여개呂凱와 더불어 백성들을 모아 죽기로써 성을 지키고 있는데 그 형세가 매우 위급합니다."

공명은 즉시 조정으로 들어가 후주에게 아뢰었다.

"신이 살피건대 남만이 복종하지 않는다면 실로 나라의 큰 걱정거리가 될 것입니다. 신이 직접 대군을 거느리고 정벌하러 나가겠습니다."

후주가 염려했다.

"동쪽에는 손권이 있고 북쪽에는 조비가 있는데 지금 상보께서 짐을 버리고 가셨다가 만일에 오와 위가 쳐들어오기라도 하면 그 일을 어찌하겠습니까?"

공명이 대답했다.

"동오는 이제 막 우리와 강화를 했으므로 다른 마음을 먹지 않을 것입니다. 설사 딴 마음을 먹는다 해도 이엄이 백제성에 있으니 그 사람이면 육손을 감당할 수 있습니다. 조비는 방금 전쟁에 패하여 기세가 꺾였으므로 아직은 먼 곳을 도모할 엄두를 내지 못할 것입니다. 더구나 마초가 한중의 여러 관을 지키고 있으니 근심할 필요가 없습니다. 신은 또 관흥과 장포 등을 남겨 군사를 양분하여 구원하게 하여 만에 하나라도 실수 없이 폐하를 보호해 드리도록 하겠습니다. 이제 신은 먼저 남쪽으로 가서 오랑캐들이 사는 땅을 소탕하고 그런 연후에 북쪽 정벌로 중원을 도모하여 선제께서 세 번 초가를 찾아 주신 은혜에 보답하고 아드님을 부탁하신 무거운 책임을 다 하겠나이다."

후주가 말했다.

"짐은 나이 어리고 아는 것이 없으니 상보께서 모든 것을 짐작해 하십시오."

그 말이 미처 끝나기도 전에 반열에서 한 사람이 불쑥 나섰다.

"아니 되오! 아니 됩니다!"

사람들이 보니 그는 바로 남양南陽 사람 왕련王連이었다. 왕련은 자가 문의文儀로 이때 간의대부諫議大夫로 있었다.

"남방은 불모의 땅으로 무서운 장기瘴氣(풍토병을 일으키는 습하고 뜨거운 기운)가 들끓는 고장입니다. 승상께서는 나라의 중책을 맡으신 몸인데 친히 먼 곳을 정벌하시는 건 마땅치 않습니다. 또한 옹개의 무리는 옴 같은 하찮은 병에 불과하니 승상께서는 그저 대장 한 명을 파견하여 토벌하게 하십시오. 그렇게 하더라도 반드시 성공할 것입니다."

공명이 말했다.

"남만 지역은 나라에서 멀리 떨어져 있고 임금의 덕화德化를 입지 못한 자가 많아 이들을 거두어들이거나 복종시키기는 매우 어렵소. 내가 직접 가서 정벌하여 때로는 강하게 다루고 때로는 부드럽게 달래며 그때그때 형편을 따져 대처해야 하니 아무렇게나 남에게 맡길 일이 못 되오."

왕련이 두 번 세 번 간곡히 말렸으나 공명은 끝내 듣지 않았다.

이날 공명은 후주에게 하직을 고하고 장완蔣琬을 참군參軍으로, 비의費褘를 장사長史로, 동궐董厥과 번건樊建을 연사椽史로 삼았다. 그리고 조운과 위연을 대장으로 삼아 군마를 총지휘하게 하고 왕평과 장익을 부장을 삼은 다음 양천의 장수 수십 명과 함께 천병川兵 50만 대군을 일으켜 익주를 향하여 출발했다. 이때 뜻밖에도 관공의 셋째 아들 관색關索이 군중으로 들어와 공명을 만나 뵙고 지난 일을 이야기했다.

"형주가 함락되고 나서 난을 피해 포가장鮑家莊에서 병을 치료하고 있었습니다. 늘 서천으로 가서 선제를 만나 뵙고 아버님의 원수를 갚으려 했으나 상처가 좀처럼 아물지 않아 떠날 수가 없었습니다. 최근에야 병이 완쾌되어 소식을 알아보니 동오의 원수들은 이미 다 죽임을 당했다고 하더군요. 그길로 서천으로 황제를 뵈러 가던 중인데 마침 중도에서 남방 정벌을 떠나는 군사와 만났기에 일부러 찾아와서 뵙습니다."

그의 말을 들은 공명은 탄식하기를 마지않았다. 그러고는 사람을 조정으로 보내 이 사실을 보고하는 한편 관색을 선두 부대의 선봉으로 삼아 함께 남정을 떠났다. 대부대의 인마가 각기 대오에 맞추어 행군하는데 배가 고프면 밥을 먹고 목이 마르면 물을 마시며 밤에는 머무르고 날이 밝으면 길을 떠났다. 지나는 곳마다 추호도 백성들을 건드리는 일이 없었다.

한편 공명이 직접 대군을 통솔하고 온다는 소식을 들은 옹개는 즉시 고정과 주포를 불러 대책을 상의하고 군사를 세 길로 나누었다. 고정은 가운데 길을 맡고 옹개는 왼편, 주포는 오른편을 맡아 각각 군사 5,6만씩을 거느리고 적을 맞아 싸우기로 했다. 고정은 악환鄂煥을 선두 부대의 선봉으로 삼았다. 악환은 신장이 9척에다 몰골은 추악한데 한 자루 방천극方天戟을 잘 쓰며 만 명의 군사가 덤벼도 당하지 못할 용맹을 지녔다. 그는 촉군을 맞아 싸우려고 수하의 군사를 거느리고 본부 영채를 나섰다.

이때 공명은 대군을 통솔하고 이미 익주 경계까지 이르렀다. 선두 부대의 선봉 위연이 부장 장익, 왕평과 함께 막 경계의 입구로 들어서다가 때마침 악환의 군마와 마주쳤다. 양군이 마주 보고 둥그렇게 진을 이루자 위연이 말을 타고 나오며 크게 꾸짖었다.

"반적은 어서 빨리 항복하라!"

악환이 말에 채찍을 가하며 달려 나오더니 위연과 맞붙어 싸웠다. 싸움이 몇 합 어울리지도 않아서 위연이 거짓으로 패한 척 달아났다. 악환이 그 뒤를 쫓는데 몇 리도 달리지 못해 함성이 크게 진동하면서 장익과 왕평의 두 갈래 군사가 돌격해 나오며 악환의 뒷길을 끊어 버렸다. 위연도 되돌아섰다. 세 장수가 힘을 합해 들이쳐서 악환을 사로잡아 버렸다. 세 장수는 악환을 본부 영채로 압송해 가서 공명에게 보였다. 공명은 결박한 밧줄을 풀어 주고 술과 음식을 대접하도록 했다. 그러고는 악환에게 물었다.

"너는 누구 수하의 장수냐?"

악환이 대답했다.

"저는 고정의 수하 장수입니다."

공명이 말했다.

"고정은 본래 충의로운 인물인데 지금 옹개의 꼬임에 빠져 이러는 줄을 나는 알고 있다. 이제 너를 놓아줄 터이니 돌아가서 고태수에게 빨리 귀순해서 큰 화를 당하지 않도록 하라고 전하라.”

악환은 절을 올려 감사하고 떠났다. 돌아가 고정을 만난 악환이 공명의 덕을 칭송하자 고정 역시 감격해 마지않았다.

이튿날 옹개가 영채로 찾아왔다. 인사가 끝나자 옹개가 물었다.

“어떻게 해서 악환이 돌아오게 되었소?”

고정이 대답했다.

“제갈량이 의롭게 놓아주었다 하오.”

옹개가 말했다.

“이것은 제갈량의 반간계反間計요. 우리 둘 사이를 갈라놓으려고 꾀를 쓴 것이오.”

고정이 반신반의하며 머뭇거리고 있는데 별안간 촉군 장수가 싸움을 건다는 보고가 들어왔다. 옹개가 직접 3만 명의 군사를 이끌고 나가서 맞았다. 그러나 몇 합 어울리지도 않아서 옹개가 말머리를 돌려 달아났다. 위연이 군사를 거느리고 20여 리나 쫓아가며 무찔렀다.

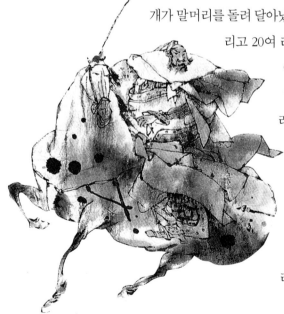

이튿날 옹개는 또 군사를 일으켜 싸우러 왔다. 그러나 공명은 연달아 사흘이나 나오지 않았다. 나흘째 되는 날이었다. 옹개와 고정은 군사를 두 길로 나누어 촉군의 영채를 빼앗으러 갔다.

공명은 위연에게 군사를 두 길로 나누어 적군을 기다리게 했다. 과연 두 길로 들어오던 옹개와 고정의 군사는 매복한 군사에게 걸려 태반이 죽거나 다쳤으며 사로잡힌 자는 수를 헤아릴 수 없을 지경이었다. 사로잡힌 자들은 모조리 본부 영채로 압송되었다. 공명은 옹개의 장병들은 이쪽에, 고정의 장병들은 저쪽에 가두고 군사를 시켜 소문을 퍼뜨렸다.

"고정 쪽 사람들만 살려 주고 옹개 쪽 사람들은 모조리 죽여 버린다더라."

군사들은 이 말을 곧이들었다. 조금 지나자 공명이 옹개 쪽 사람들을 장막 앞으로 끌고 오게 해서 물었다.

"너희들은 모두 누구의 부하들이냐?"

군사들은 거짓말을 했다.

"고정 수하의 사람들입니다."

공명은 그들을 모두 살려 주라고 이르고 술과 밥을 먹인 다음 좋은 말로 위로했다. 그리고는 사람을 시켜 경계 밖까지 배웅하여 자기네 영채로 돌아가도록 놓아주게 했다. 공명은 다시 고정 쪽 사람들을 불러들여서 물었다. 모두들 하소연했다.

"저희들이야말로 정말 고정 수하의 군사들입니다."

공명은 그들 역시 모두 살려 주고 술과 밥을 내린 다음 이렇게 떠벌렸다.

"옹개가 오늘 사람을 보내 항복하면서 너희들 주인과 주포의 머리를 바쳐 자기네 공로로 삼겠다고 했다. 하지만 나는 차마 그렇게 할 수가 없었다. 너희들이 고정의 수하 군사라고 하여 놓아주는 것이니 돌아가거든 다시는 배반하지 말라. 만약 다시 잡혀 오는 날에는 결코 가벼이 용서하지 않을 것이니라."

군사들은 모두가 절하여 감사하고 자기네 영채로 돌아갔다. 그들은 고정에게 들어가 이 사실을 알렸다. 고정이 비밀리에 사람을 보내어 옹개 영채의 분위기를 탐지하게 했다. 그곳에서도 역시 촉군에 잡혀갔다가 놓여난 자들이 공명의 덕을 칭송하고 있었다. 이 때문에 옹개 수하의 군사들 중에는 고정에게 귀순할 마음을 가진 자가 많았다. 사정이 비록 이러했지만 고정은 마음이 놓이지 않았다. 그래서 이번에는 공명의 영채로 사람을 보내 허실을 탐지하게 했다. 그런데 이 사람이 그만 길에 매복한 군사에게 붙잡혀 공명 앞으로 끌려가게 되었다. 공명은 짐짓 그를 옹개 쪽 사람으로 오인한 척하면서 장막 안으로 불러들여 물었다.

"너희 원수元帥가 고정과 주포의 머리를 바치겠다고 약속하고선 어째서 날짜를 어겼느냐? 네 이 녀석 그렇게 세밀하지 못하고서야 어떻게 첩자 노릇을 한단 말이냐?"

그 사람은 말을 얼버무리며 대충대충 대답했다. 공명은 그에게 술과 밥을 내린 다음 밀서 한 통을 써 주며 부탁했다.

"이 편지를 옹개에게 주고 일을 그르치기 전에 빨리 손을 쓰라고 전하라."

첩자는 절하여 감사하고 떠났다. 고정에게 돌아간 그는 공명의 편지를 올린 다음 옹개가 이러저러하게 약속했다고 일러바쳤다. 글을 읽고 난 고정은 크게 노했다.

"나는 진심으로 대했는데 제 놈이 도리어 나를 해치려 들다니, 정이나 이치로 보아 도저히 용납할 수 없다!"

그는 즉시 악환을 불러 대책을 상의했다. 악환이 말했다.

"공명은 어진 분이므로 그를 배반하는 것은 좋지 못합니다. 우리가 반란을 꾀하고 나쁜 짓을 한 것은 모두 옹개 탓입니다. 차라리 옹개를 죽이고 공명에게 항복하는 것이 좋겠습니다."

고정이 물었다.

"어떻게 손을 쓴단 말인가?"

악환이 대답했다.

"술자리를 마련하고 옹개를 초청하시지요. 그에게 다른 마음이 없다면 태연히 올 것입니다. 오지 않는다면 틀림없이 다른 마음을 품은 것입니다. 주공께서는 앞을 들이치시고 저는 영채 뒤 샛길에 매복하고 기다린다면 옹개를 사로잡을 수 있을 것입니다."

고정은 그 말에 따라 술자리를 준비해 놓고 옹개를 청했다. 옹개는 과연 전날 공명에게서 놓여난 군사들의 말에 의심을 품고 겁이 나서 오지 않았다.

이리하여 이날 밤 고정이 군사를 이끌고 가서 옹개의 영채를 들이쳤다. 공명이 죽이지 않고 놓아 보낸 군사들은 모두 고정을 고맙게 생각하고 있었으므로 기회를 타고 고정을 도왔다. 이 바람에 옹개의 군사는 싸우기도 전에 자중지란에 빠지고 말았다. 옹개는 말에 올라 산길로 달아났다. 그러나 채 2리도 못 가 북소리가 울리는 곳에 한 떼의 군사가 나타났다. 바로 악환이었다. 악환은 선두에서 방천극을 꼬나들고 질풍같이 말을 달렸다. 옹개는 미처 손을 놀려 보지도 못한 채 단 한번 내지른 악환의 방천극에 찔려 말 아래로 거꾸러졌다. 악환이 그 머리를 잘랐다. 옹개 수하의 군사들은 모두 고정에게 투항했다. 고정은 두 부대의 군사들을 이끌고 가서 공명에게 항복했다. 옹개의 머리도 군막 아래 바쳤다. 그런데 군막 위에 높이 앉았던 공명이 좌우의 부하들에게 고정을 끌어내다 당장 목을 벤 뒤 보고하라고 호령했다. 고정이 놀라서 물었다.

"저는 승상의 큰 은혜에 감격해서 옹개의 수급을 들고 항복하러 온 것인데 무슨 까닭으로 목을 베려고 하십니까?"

공명이 한바탕 크게 웃더니 말했다.

"거짓으로 항복하는 주제에 감히 나를 속이려 들다니!"

고정이 다시 물었다.

"승상께서는 무엇을 가지고 거짓 항복이라 하십니까?"

공명은 목갑 속에서 편지 한 통을 꺼내 고정에게 보였다.

"주포가 이미 사람을 시켜 비밀리에 항복 문서를 바치며 너와 옹개는 생사를 같이하기로 한 친구였다고 했다. 그런데 어찌 하루아침에 갑자기 이 사람을 죽일 수 있단 말이냐? 이 때문에 내가 너의 항복이 거짓임을 알았느니라."

고정은 억울하다고 소리쳤다.

"주포가 반간계反間計를 쓴 것입니다. 승상께서는 절대로 믿어서는 아니 됩니다!"

공명이 말했다.

"나 역시 한쪽 말만 믿기는 어렵다. 네가 주포를 잡아온다면 그때는 진심이 드러날 것이다."

고정이 큰소리쳤다.

"승상께서는 의심하지 마십시오. 제가 가서 주포를 잡아온 다음 승상을 뵙는다면 어떻겠습니까?"

"그렇게 한다면 내 의심이 풀릴 것이다."

고정은 즉시 부하 장수 악환과 수하의 군사를 이끌고 주포의 영채로 쳐들어갔다. 주포의 영채에서 10리쯤 떨어진 곳에 이르렀을 때 산 뒤에서 한 떼의 군사가 쏟아져 나왔다. 바로 주포였다. 주포는 고정의 군사가 오는 것을 보고 황급히 말을 걸려고 하는데 고정은 다짜고짜 욕설을 퍼부었다.

"너는 어째서 제갈승상께 글을 보내고 반간계를 써서 나를 해치려 했느냐?"

눈이 휘둥그레진 주포는 입을 딱 벌린 채 대답할 수가 없었다. 이때 갑자기 고정의 말 뒤에서 악환이 돌아 나오며 단번에 방천극을 내질러 주포를 말 아래로 떨어뜨렸다. 고정이 사나운 목소리로 외쳤다.

"순순히 따르지 않는 자는 모조리 죽여 버리겠다!"

군사들이 일제히 절을 올리며 항복했다. 고정은 두 부대의 군사들을 거느리고 와서 공명을 뵙고 주포의 머리를 군막 아래 바쳤다. 공명이 껄껄 웃었다.

"내 이 두 도적을 죽여 충심을 표현하도록 일부러 자네를 부추긴 것이네."

공명은 고정을 익주 태수로 임명하여 세 군을 총괄하여 다스리게 하고 악환을 아장牙將으로 삼았다. 이리하여 세 길의 군마는 평정되었다.

영창 태수 왕항이 성에서 나와 공명을 영접했다. 공명은 성으로 들어가서 왕항에게 물었다.

"누가 공을 도와 이 성을 이토록 잘 지켰소?"

왕항이 대답했다.

"제가 이 군을 무사히 지켜 낸 것은 영창永昌 불위不韋(현 이름) 사람

여개呂凱 덕분입니다. 그는 자를 계평季平이라 하는데 모든 것이 이 사람의 힘입니다."

공명은 즉시 여개를 불러오게 했다. 여개가 들어와서 예를 마치자 공명이 물었다.

"공이 영창에서 이름난 인재라는 말을 들은 지는 오래요. 다행히 공이 이 성을 지켜 주었구려. 내가 지금 남만 지역을 평정할 생각인데 공에게 무슨 고견이라도 있소?"

여개는 도본 한 장을 꺼내서 공명에게 바치며 말했다.

"제가 벼슬길에 들어선 이래로 남방 사람들이 모반을 꾀하려 한 지가 오래되었다는 것을 알았습니다. 이 때문에 비밀리에 그들의 경내로 사람을 들여보내 군사를 주둔시키고 전투를 치를 만한 자리를 살피게 하여 도본 한 폭을 그렸습니다. 그 명칭을 '평만지장도平蠻指掌圖(남만 평정 지침도)'라 붙였습니다. 이 지도를 명공께 바치겠습니다. 한번 살펴보시면 남만을 정벌하는 데 도움이 될 것입니다."

공명은 크게 기뻐하고선 즉시 여개를 행군교수行軍敎授 겸 향도관으로 삼았다. 그런 다음 대군을 거느리고 진군하여 남만의 경내로 깊숙이 들어갔다.

대군이 한창 행군하고 있는데 별안간 천자의 사자가 당도했다는 보고가 들어왔다. 공명이 중군으로 청해 들이니 흰 도포에 소복을 입은 사람이 들어왔다. 바로 마속이었다. 그의 형 마량이 방금 세상을 떠났기에 상복을 입은 것이었다. 마속이 말했다.

"주상의 칙명을 받들어 군사들에게 하사하는 술과 비단을 싣고 왔습니다."

공명은 조서를 받고 칙명에서 지시한 대로 일일이 나누어 주고는 마속을 군막 안에 머무르게 하고 이야기를 나누었다. 공명이 먼저 물었다.

"나는 지금 천자의 조서를 받들어 만인 지역을 평정하려 하네. 유상幼常(마속의 자)의 식견이 높다는 말을 들은 지 오래이니 좋은 가르침을 바라네."

마속이 말했다.

"어리석은 제가 한 말씀 올릴 테니 승상께서는 살펴 주십시오. 남만은 땅이 멀고 산세가 험하므로 만인들은 이것을 믿고 순종하지 않은 지가 오래되었습니다. 비록 오늘 그들을 격파하더라도 내일이면 다시 배반할 것입니다. 승상의 대군이 거기에 이르면 틀림없이 만인들을 평정하겠지요. 그러나 회군한 뒤에는 반드시 북으로 조비를 정벌하는 데 군사를 사용해야 할 것입니다. 그때 나라 안이 텅 빈 것을 알면 만인들은 금방 다시 배반할 것입니다. 대저 군사를 부리는 이치는 '마음을 공격하는 것이 상책이고 성을 치는 것은 하책이며, 심리전이 상책이고 무기를 이용한 싸움은 하책'이라고 했습니다. 바라건대 승상께서는 그들의 마음을 복종시키도록 하십시오."

공명은 감탄했다.

"유상이 내 마음을 환히 꿰뚫어 보고 있네그려!"

공명은 마속을 참군參軍으로 임명하고 즉시 대군을 통솔하여 앞으로 나아갔다.

이때 만왕 맹획은 공명이 계책을 써서 옹개의 무리를 격파했다는 말을 듣자 곧 세 동洞의 원수들을 모아 대책을 상의했다. 첫째 동의 원수는 금환삼결金環三結, 두 번째 동의 원수는 동도나董荼那, 세 번째 동의 원수는 아회남阿會喃이었다. 세 동의 원수가 맹획을 뵈러 들어오자 맹획이 입을 열었다.

"지금 제갈승상이 대군을 거느리고 와서 우리 경계를 침범하니 힘을 합쳐 그들과 싸우지 않을 수 없다. 너희 세 사람은 군사를 세 길로 나누어 전진하도록 하라. 승리하는 자가 동주洞主가 될 것이다."

이에 금환삼결은 가운데 길로 나아가고 동도나는 왼쪽 길, 아회남은 오른쪽 길을 맡아 각기 만병 5만 명씩을 이끌고 맹획의 명령에 따라 움직였다.

공명이 영채 안에서 군사 일을 의논하고 있는데 갑자기 척후병이 나는 듯이 달려와 보고를 올렸다. 세 동의 원수들이 세 길로 군사를 나누어 오고 있다는 것이었다. 공명은 즉시 조운과 위연을 불러들였다. 그런데 정작 두 장수가 도착하자 그들에게는 아무런 분부도 내리지 않고 왕평과 마충馬忠을 불러 당부했다.

"지금 만병이 세 길로 쳐들어오고 있는데 자룡과 문장文長(위연의 자)을 보내고 싶지만 이 두 사람은 지리를 모르니 쓰지 못하겠다. 그러니 왕평은 왼쪽 길로 가서 적을 맞아 싸우고 마충은 오른쪽 길로 가서 적을 맞아 싸우도록 하라. 내 자룡과 문장에게 뒤이어 후원토록 하겠다. 오늘은 군마를 정돈해 두었다가 내일 날이 밝으면 출발

하라.”

두 사람이 명령을 받고 나가자 공명은 또 장억張嶷과 장익張翼을 불러 분부했다.

“너희 두 사람은 한 부대의 군사를 거느리고 중간 길로 가서 적을 맞아 싸우도록 하라. 오늘은 군마를 점검해 두었다가 내일 왕평, 마충과 미리 만날 약속을 정한 뒤 전진하라. 자룡과 문장을 보내고 싶지만 두 사람은 지리를 모르니 감히 쓸 수가 없구나.”

장억과 장익도 명령을 받고 나갔다.

공명이 자기들을 써 주지 않자 조운과 위연의 얼굴에는 화난 기색이 역력했다. 공명이 변명했다.

“내가 두 분을 쓰지 않으려는 것이 아니라 중년의 나이에 험한 곳으로 들어갔다가 만인들의 계책에 빠지기라도 한다면 그 날카로운 기세를 잃지나 않을까 두렵기 때문이오.”

조운이 반박했다.

“만약 우리가 지리를 안다면 어찌하시겠소?”

그러나 공명은 심드렁하게 대꾸했다.

“두 분은 그저 조심하면서 함부로 움직이지 않는 게 좋겠소.”

두 사람은 불만을 가득 품고 물러났다. 조운이 위연을 자기 영채로 청해 대책을 상의했다.

“우리 두 사람이 선봉인데 지리를 모른다는 이유로 써 주지 않는구려. 지금 우리를 제쳐 두고 저런 후배들만 쓰니 이게 대체 무슨 수치란 말이오?”

위연이 제의했다.

“우리 두 사람이 지금 즉시 말을 타고 직접 나서서 알아보기로 합시다. 토착민을 붙잡아 길을 안내하게 하면서 만병과 대적한다면 큰 일을 이룰 수 있을 것입니다."

조운은 그 말을 따르기로 하고 얼른 말에 올라 곧장 가운데 길로 나갔다. 겨우 몇 리를 가지 못했는데 멀리서 먼지가 자욱하게 일어났다. 조운과 위연이 산비탈에 올라가 바라보니 과연 수십 기의 만병이 말을 달려 이쪽으로 오고 있었다. 두 사람은 두 길로 나뉘어 돌격했다. 이 광경을 본 만병들은 깜짝 놀라 달아났다. 조운과 위연은 각기 몇 명씩을 사로잡아 본채로 돌아왔다. 두 사람은 그들에게 술과 음식을 주어 대접하면서 적정을 자세히 물었다. 만병들이 대답했다.

"앞쪽이 금환삼결 원수의 본부 영채인데 바로 산 입구에 있습니다. 영채 곁으로 난 동쪽과 서쪽의 두 길은 오계동五溪洞으로 통하는데 동도나와 아회남의 영채 뒤쪽이 됩니다."

이 말을 들은 조운과 위연은 즉시 정예군 5천 명을 점검하고 사로잡은 만병들에게 길을 안내하게 했다. 군사를 일으킬 무렵엔 어느새 2경이 되었는데 달이 밝고 별도 총총했다. 그들은 달빛을 받으며 행군했다. 금환삼결의 본부 영채 앞에 이르렀을 때는 대략 4경쯤이었다. 만병들은 이제 막 일어나 아침밥을 지으며 날이 밝으면 싸울 준비를 하는 중이었다. 이때 갑자기 조운과 위연이 두 길로 쳐들어가니 만병들은 큰 혼란에 빠지고 말았다. 조운은 곧바로 중군으로 쳐들어가다가 금환삼결 원수와 맞닥뜨렸다. 두 말이 서로 어울리자마자 조운이 단창에 금환삼결을 찔러 말 아래로 거꾸러뜨리고 바로 그 머리를 잘랐다. 남은 군사들은 그대로 무너져서 흩어지고 말았다. 여기서 두 사람은 군사를 나누었다. 위연은 군사 절반을 거느리고 동쪽 길로 해서 동도나의 영채로 질러가고 조운도 나머지 군사를 거느리고 서쪽 길로 해서 아회남의 영채로 질러갔다. 이들이 만병의 본부 영채로 쇄도할 무렵엔 날이 이미 훤히 밝아 있었다.

위연이 동도나의 영채로 쳐들어가자 동도나는 영채 뒤로 적군이 쳐들어온다는 말을 듣고 즉시 군사를 이끌고 영채에서 나가 적을 막았다. 별안간 영채 앞문에서 함성이 일어나면서 만병들이 크게 어지러워졌다. 어느새 왕평의 군마가 들이닥친 것이었다. 양쪽에서 협공을 가하자 만병들은 크게 패했다. 동도나가 길을 앗아 달아나자 위연이 뒤를 쫓았다. 그러나 따라잡을 수가 없었다.

한편 조운이 군사를 이끌고 아회남의 영채 뒤로 쇄도할 때는 마충도 어느새 영채 앞쪽으로 쳐들어왔다. 여기서도 앞뒤로 협공을 가하자 만병은 여지없이 패했고 아회남은 혼란한 틈을 이용하여 달아나 버렸다. 장수들은 각기 군사를 거두어 돌아가 공명을 뵈었다. 공명이 물었다.

"세 동의 만병 가운데 두 동의 주인을 놓쳤다면 금환삼결 원수의 수급은 어디 있는가?"

조운이 금환삼결의 머리를 바치며 공을 신고했다. 여러 장수들이 말했다.

"동도나와 아회남은 말을 버리고 고개를 넘어 도망치는 바람에 따라잡지 못했습니다."

공명이 큰소리로 웃고 나서 말했다.

"그 두 사람은 내가 이미 사로잡아 놓았소."

조운과 위연을 비롯한 모든 장수들은 아무도 그 말을 믿을 수가 없었다. 조금 있으려니 장억이 동도나를 압송해 오고 장익이 아회남을 묶어 왔다. 여러 사람이 모두들 놀라고 의아해 하자 공명이 설명했다.

　"나는 여개의 도본을 보고 미리부터 만인들이 세운 영채에 대해 알고 있었소. 그래서 일부러 자룡과 문장의 날카로운 기세를 자극하

섭웅 그림

여 적진 깊숙이 들어가게 했지요. 두 분은 먼저 금환삼결을 격파하면 곧바로 군사를 좌우로 나누어 적의 영채 뒤로 질러갈 것이므로 왕평과 마충을 시켜 후원하게 했던 것이오. 자룡과 문장이 아니고는 이소임을 감당할 수 없었을 것이오. 나는 또 동도나와 아회남이 반드시 산길을 따라 달아날 것이라고 짐작했기에 장억과 장익을 파견하여 군사를 매복시켜 놓고 그들을 기다리게 하고 관색에게 후원케 하여 이 두 사람을 사로잡은 것이오."

여러 장수들은 땅에 엎드려 절을 올렸다.

"승상의 놀라운 기지와 절묘한 계획은 귀신도 측량하지 못하겠습니다!"

공명은 동도나와 아회남을 군막 안으로 끌고 오게 했다. 동도나와 아회남이 들어오자 공명은 그들의 결박을 풀어 주고 술과 음식에다 입을 옷까지 내린 다음 각기 자기네 동으로 돌아가 다시는 악한 자를 돕지 말라고 타일렀다. 두 사람은 눈물을 흘리며 공명에게 절을 올리고 나서 각기 샛길을 통해 돌아갔다. 공명은 장수들에게 말했다.

"내일은 틀림없이 맹획이 직접 군사를 이끌고 와서 싸울 것인데 그때 사로잡아야겠소."

그는 곧바로 조운과 위연에게 계책을 주며 당부했다. 두 사람은 각기 5천 명의 군사를 이끌고 떠났다. 또 왕평과 관색을 부르더니 둘이 함께 한 부대의 군사를 이끌고 계책을 받아 떠나게 했다. 군사 배치를 마친 공명은 군막에 앉아 첩보를 기다렸다.

한편 만왕 맹획이 군막 안에 똑바로 앉아 있는데 척후병이 와서 보고를 올렸다. 세 동의 원수가 모두 공명에게 사로잡혀 갔으며 수하의 군사들도 모조리 궤멸되어 흩어졌다는 내용이었다. 크게 화가 난 맹획은 즉시 만병들을 일으켜서 길게 줄을 지어 구불구불 진격했다. 그러다 왕평의 군사와 정면으로 마주쳤다. 양편 군사가 마주 보고 둥 그렇게 진을 치고 나자 왕평이 칼을 가로든 채 말을 달려 나갔다. 멀리 바라보니 적진의 문기가 양쪽으로 갈라지는 곳에 수백 명의 남만 기병과 장수들이 말을 타고 양편으로 좍 벌여 섰다.

그 가운데로 맹획이 말을 타고 나타났다. 머리에는 보석을 박은 자색 금관金冠을 쓰고 몸에는 술을 달아 치장한 붉은 비단 전포를 걸쳤는데 허리에는 옥을 갈아 사자 모양을 새긴 띠를 두르고 발에는 매부리처럼 뾰족한 녹색 가죽신을 신고 털이 곱슬곱슬한 적토마를 타고 있었다. 소나무 껍질 무늬를 새긴 두 자루 보검을 허리에 드리운 맹획은 오만하게 머리를 쳐들어 왕평의 군사 쪽을 바라보더니 좌우의 만장蠻將들을 돌아보며 말했다.

"사람들이 매양 이르기를 제갈량은 군사를 잘 부린다고 했는데 지금 저 진을 보니 깃발들은 마구 뒤섞이고 대오는 혼란스럽다. 게다가 창칼과 전투 기구들이 우리보다 하나도 나을 게 없으니 전에 들은 말들이 다 허튼소리임을 알겠다. 이런 줄 진작 알았다면 내 벌써 옛날에 배반했을 것이다. 누가 나가서 촉장을 사로잡아 우리 군의 위엄을 떨쳐 보이겠는가?"

그 말이 미처 끝나기도 전에 한 장수가 응답하며 나왔다. 그의 이름은 망아장忙牙長이었다. 한 자루 절두대도截頭大刀를 쓰는 망아장은 흰 점이 박힌 누런 황표마黃驃馬를 타고 왕평에게 덤벼들었다. 두 장수가 창칼을 맞부딪치며 싸우기 시작한 지 몇 합이 못 되어 왕평이 달아났다. 맹획이 크게 군사를 몰아 진격하며 구불구불 뒤를 추격했다. 관색도 내달아 대충 싸우는 척하더니 역시 달아나 20여 리나 퇴각했다. 맹획이 뒤를 쫓아 한창 몰아치고 있는데 별안간 함성이 크게 일어나더니 왼편에서는 장억, 오른편에서는 장익이 두 길로 쏟아져 나오면서 퇴로를 차단해 버렸다. 어느 결에 왕평과 관색도 다시 군사를 돌려 쳐들어왔다. 앞뒤로 협공을 당하여 만병은 크게 패하고 말았다. 맹획은 부하 장수들을 이끌고 죽기로써 싸워 간신히 적진을 벗어나자 금대산錦帶山을 향하여 달아났다. 등 뒤로는 세 길의 군사가 계속 무찌르며 추격해 왔다.

　맹획이 한창 바삐 달아나고 있는데 앞쪽에서 함성이 크게 일어나며 한 떼의 군사가 나타나 길을 막았다. 앞장선 대장은 바로 상산 조자룡이었다. 기겁을 한 맹획은 황망히 금대산 샛길로 도망쳤다. 조자룡이 한바탕 들이치니 만병은 크게 패해서 사로잡힌 자가 부지기수였다. 맹획은 겨우 수십 기를 데리고 달아나 산골짜기로 들어갔다. 하지만 등 뒤의 추격군은 바짝 따라오는데 앞쪽은 길이 좁아 말이 달리지도 못했다. 맹획은 말을 버리고 산으로 기어올라 고개를 넘어 달아났다. 그런데 별안간 산골짜기에서 한바탕 북소리가 울렸다. 공명의 계책을 받은 위연이 5백 명

의 보병을 이끌고 이곳에 매복해 있었던 것이다. 맹획은 더 이상 당해 내지 못하고 위연에게 사로잡히고 말았다. 따르던 무리들도 모두 항복했다.

위연은 맹획을 압송하여 본부 영채로 와서 공명을 뵈었다. 어느새 공명은 소와 양을 잡아 영채 안에 잔치를 베풀고 있었다. 장막 안에는 일곱 겹으로 위자수圍子手*를 벌여 세웠는데, 칼과 창, 검과 극이 서릿발을 뿌리듯 찬연하게 번쩍였다. 또 천자가 내린 황금 도끼와 곡병산개曲柄傘蓋(자루가 굽은 일산)를 들고 앞뒤로는 우보羽葆(새깃으로 장식한 의장儀杖)와 타악기, 취주악기 등을 벌여 놓고, 좌우로는 어림군御林軍을 늘여 세웠는데 그 배치가 실로 엄숙했다. 공명은 군막에 단정히 앉아 무수한 만병들이 분분히 묶여 들어오는 것을 보고 있었다. 공명은 그들을 군막 안으로 불러들여 남김없이 결박을 풀어 주면서 위로했다.

"너희들은 모두 선량한 백성인데 불행히도 맹획에게 잡혀가는 바람에 이번에 놀라게 되었구나. 생각해 보면 너희들의 부모 형제와 처자식들은 틀림없이 사립문에 기대어 너희가 돌아오기만을 고대하고 있을 것이다. 너희들이 싸움에 패했다는 소식을 듣는다면 가슴이 찢어지고 창자가 끊어지며 피눈물을 흘릴 것이다. 그래서 나는 지금 너희들을 모두 놓아주어 너희의 부모 형제와 처자식들의 마음을 편하게 해주려 한다."

공명은 말을 마치고 한 사람 한 사람에게 술과 음식을 내리고 식량까지 주어서 떠나보냈다. 만병들은 그 은덕에 깊이 감격하여 눈물

*위자수 | '위숙군圍宿軍'의 속칭. 궁성에서 조회할 때 빙 둘러서서 호위하던 군대. 원대元代 초기 황궁에 담장이 건립되기 전의 일이다.

을 흘리며 절을 올리고 떠났다. 공명은 무사들에게 맹획을 끌고 오게 했다. 조금 지나자 무사들이 결박한 맹획을 앞에서 잡아끌고 뒤에서 떠다밀며 군막 앞으로 데려왔다. 맹획이 막사 안에서 무릎을 꿇자 공명이 호령했다.

"선제께서 너를 박대하지 않으셨거늘 네 어찌 감히 배반한단 말이냐?"

맹획이 꿋꿋한 자세로 반박했다.

"양천兩川 땅은 모두가 다른 사람의 땅이었는데 너희 주인이 강제로 빼앗고는 스스로 천자라 일컬었다. 나는 대대로 이곳에서 살아왔는데 너희들이 무례하게 내 땅을 침노하고도 어찌 나더러 배반했다고 하느냐?"

공명이 다시 물었다.

"내가 지금 너를 사로잡았다. 너는 진심으로 항복하겠느냐?"

맹획이 대꾸했다.

"외진 산 좁은 길에서 실수로 너의 손에 걸려든 것일 뿐인데 어찌 항복하겠느냐?"

공명이 뜻밖의 말을 했다.

"네가 항복하지 않겠다면 놓아주겠다. 어떠냐?"

맹획이 대답했다.

"네가 나를 놓아준다면 돌아가서 다시 군마를 정돈하여 너와 자웅을 결해 보겠다. 만약 다시 나를 사로잡는다면 그때는 항복하겠다."

공명은 즉시 그의 결박을 풀어 주게 했다. 그러고는 옷을 주어 입게 하고 술과 음식을 내렸다. 게다가 안장 지운 말을 주면서 사람을 시켜 길목까지 바래다주게 했다. 맹획은 자신의 영채로 떠나갔다.
바로 다음 대구와 같다.

손안에 들어온 도적을 도로 놓아 보내건만 /
교화 받지 못한 자라 항복할 줄 모르네.
寇入掌中還放去　人居化外未能降

다시 와서 싸운다면 어찌될 것인가, 다음 회를 보라.

88

두 번 세 번 맹획을 사로잡다

노수를 건너서 두 번째로 번왕을 결박하고
거짓 항복 알아채고 세 번째로 맹획을 사로잡다
渡瀘水再縛番王 識詐降三擒孟獲

공명이 맹획을 놓아 보내자 장수들이 군막으로 와서 물었다.

"맹획은 남만의 괴수입니다. 다행히 이번에 그를 사로잡아 남방을 곧 평정할 수 있었습니다. 그런데 승상께서는 무슨 까닭으로 놓아 보냈습니까?"

공명은 빙그레 웃었다.

"내가 이 사람을 사로잡는 거야 주머니 속 물건을 꺼내듯 쉬운 일이오. 그러나 결국에는 그 마음을 항복 받아야만 자연히 남방이 평정될 것이오."

장수들은 아무도 그 말을 믿지 않았다.

이날 맹획은 노수瀘水(지금의 금사강金沙江)에 이르러 수하의 패잔병들을 만났다. 그들은 모두 맹획을 찾아다니던 참이었다. 맹획을 만난 군사들은 놀람과 기쁨으로 절을 올리며 물

었다.

"대왕께서는 어떻게 하여 다시 돌아오실 수 있었습니까?"

맹획이 허풍을 쳤다.

"촉인들이 나를 군막 안에 가두고 감시했지만 내가 10여 명을 쳐 죽이고 캄캄한 어둠을 이용하여 도망을 쳤네. 한창 달려오는 중에 척후병들을 만났는데 그놈들 역시 죽여 버리고 이 말을 뺏어 탔지. 그래서 탈출할 수 있었네."

군사들은 모두 뛸 듯이 기뻐하며 맹획을 둘러싸고 노수를 건넜다. 영채를 세운 맹획이 각 동의 추장들을 소집하고 또 잡혀갔다 놓여난 만병들을 불러 모으니 속속 모여들어 대략 10여만 기나 되었다. 이때 동도나와 아회남은 이미 자기네 동에 돌아와 있었다. 맹획이 사람을 시켜 오라고 불렀다. 그들은 겁이 났지만 하는 수 없이 자기네 동의 병졸들을 이끌고 오는 수밖에 없었다. 맹획이 명령을 내렸다.

"내 이미 제갈량의 계략을 알았다. 그와 싸워서는 아니 된다. 싸움이 붙었다 하면 그놈의 간사한 계략에 떨어지고 말 것이다. 서천 군사들은 먼 길을 오느라 잔뜩 고생을 했다. 하물며 요즘 날씨가 이토록 무더우니 저 군사들이 어찌 오래 머물 수 있겠느냐? 우리에게는 이 노수라는 험한 요충이 있으니 배와 뗏목을 모조리 남쪽 기슭에 묶어 두어야 한다. 이 일대에 토성을 쌓은 다음 도랑을 깊이 파고 보루를 높이 쌓도록 하라. 그래 놓고 제갈량이 무슨 꾀를 부리는지 어디 한번 구경이나 해보자꾸나!"

추장들이 그 계책에 따라 배와 뗏목을 모조리 남쪽 기슭에 묶어 놓고 일대에 토성을 쌓았다. 강을 끼고 늘어선 절벽에는 높은 적루敵樓을 세우고 그 안에 활과 쇠뇌와 돌 포탄을 많이 설치하여 오래 지킬 준비를 했다. 군량과 말먹이 풀은 각 동에서 공급하기로 했다. 맹획은 이로써 만반의 대책을 세운 것이라 여기고 아무런 걱정 없이 태평스럽게 지냈다.

한편 공명이 대군을 거느리고 진군하고 있는데 노수에 먼저 도착한 선두 부대로부터 나는 듯이 척후병이 달려와 보고를 올렸다.

"노수에는 배나 뗏목이 한 척도 없는 데다 물살은 몹시 급합니다. 맞은편 기슭에는 만병들이 토성을 쌓고 지키고 있습니다."

때는 마침 5월이라 더위가 한창인데 특히 남쪽 지방의 날씨는 찌는 듯했다. 군사들은 갑옷조차 입을 수 없을 지경이었다. 공명은 몸소 노수 가로 가서 적정을 자세히 살펴본 다음 본채로 돌아왔다. 그런 다음 장수들을 군막 안에 모아 명령을 전했다.

"지금 맹획은 노수 남쪽에 군사를 주둔시켜 놓고 도랑을 깊이 파고 보루를 높이 쌓아 우리 군사를 막고 있소. 내가 군사를 거느리고 이곳까지 온 이상 어찌 빈손으로 돌아가겠소? 그대들은 각자 산을 끼고 수목이 무성한 곳을 골라 군사와 말을 쉬게 하시오."

공명은 노수에서 1백 리쯤 떨어진 곳으로 여개를 파견하여 그늘

지고 서늘한 자리를 골라 영채 넷을 세우게 했다. 그러고는 왕평, 장억, 장익, 관색에게 각각 영채를 하나씩 맡아 지키면서 영채 안팎에다 초막을 지어 말들을 가려 주고 장수와 군졸들도 서늘한 곳에서 무더위를 피하게 했다. 참군 장완이 이 광경을 보고 군막으로 들어가 공명에게 물었다.

"제가 보기에는 여개가 만든 영채들은 아주 좋지 못합니다. 지난날 선제께서 농오에 패하시던 때의 지세와 같은 잘못을 범하고 있습니다. 만약 만병들이 몰래 노수를 건너와 불을 지르며 영채를 급습한다면 무슨 수로 구하시겠습니까?"

공명은 빙그레 웃었다.

"공은 너무 의심하지 마시오. 나에게 묘한 계책이 있소."

장완을 비롯한 사람들은 아무도 그 뜻을 알 수 없었다.

그때 마대馬岱가 촉중에서 더위를 치료하는 약이며 군량미를 가지고 왔다는 보고가 들어왔다. 공명이 불러들였다. 마대는 인사를 마치고 식량과 약을 네 영채에 나누어 보냈다. 공명이 물었다.

"그대는 군사를 얼마나 데리고 왔는가?"

마대가 대답했다.

"3천 명입니다."

공명이 다시 물었다.

"내가 거느린 군사는 여러 차례 전투를 치르느라 지쳐 있네. 그대의 군사를 썼으면 하는데 기꺼이 나가 주겠는가?"

마대가 흔쾌히 대답했다.

"모두가 조정의 군사인데 어찌 내 군사 네 군사를 가리겠습니까? 승상께서 쓰시겠다면 비록 죽음을 맞을지라도 사양하지 않겠습니다."

공명이 자기 계획을 말했다.

"지금 맹획이 노수를 막고 있어서 물을 건널 방법이 없네. 나는 먼저 그들의 군량 나르는 길을 끊어 적군을 자중지란에 빠뜨릴 생각이네."

마대가 물었다.

"어떻게 하면 보급로를 끊을 수 있을까요?"

공명이 대답했다.

"여기서 150리를 가면 노수 하류에 사구沙口라는 곳이 있는데 그곳은 물살이 느려서 뗏목으로 건널 수 있네. 자네는 수하의 3천 군사를 거느리고 물을 건너 곧바로 만인들의 동洞으로 들어가 우선 그들의 군량 보급로를 끊어 버리게. 그런 다음 동도나와 아회남 두 동주를 만나 안에서 호응하도록 하게. 실수가 있어서는 아니 되네."

마대는 기꺼이 군사를 거느리고 떠났다. 사구에 당도한 그는 군사들을 몰아 물을 건너게 했다. 보기보다 물이 얕아 군사들의 태반이 뗏목도 타지 않고 옷을 벗은 채 물을 건넜다. 그런데 그 병졸들은 반쯤 건너가다가 모두들 픽픽 쓰러졌다. 급히 구해 강기슭으로 올려놓자 입과 코로 피를 흘리면서 죽었다. 깜짝 놀란 마대는 밤길을 달려가 공명에게 이 사실을 보고했다. 공명이 즉시 길잡이로 있는 토착민에게 물었다. 토착민이 대답했다.

"지금은 한창 무더위라 노수에 독기가 모인 것입니다. 대낮에는 날씨가 더욱 뜨거워서 독기가 기승을 부리지요. 이때 물에 들어가면 영락없이 그 독기에 다칩니다. 어쩌다가 이 물을 마시면 꼼짝없이 죽고 말지요. 만약 꼭 건너야 한다면 한밤중 물이 차가워져서 독기가 일어나지 않을 때를 기다려야 합니다. 그때 밥을 든든히 먹고 건너면 아무 탈이 없습니다."

공명은 즉시 토착민에게 길을 인도하라고 명하는 한편 건장한 군사 5,6백 명을 뽑아 마대를 딸려 보냈다. 노수의 사구에 이른 그들이 나무로 뗏목을 엮어 한밤중에 물을 건너니 과연 무사했다. 마대는 2천 명의 건장한 군사를 거느리고 토착민에게 길을 인도하게 하여 곧바로 여러 만동蠻洞에서 군량을 운반해 오는 길목인 협산욕夾山峪으로 갔다. 이 협산욕이라는 곳은 양편이 산이요 가운데 길이 하나 있는데, 겨우 사람 하나 말 한 필이 지나갈 수 있을 정도였다. 마대는 협산욕을 점거하고 군사를 나누어 영채와 목책을 세웠다. 동 안에 있던 만병들은 그런 줄도 모르고 군량을 호송해 오다가 마대가 앞뒤로 길을 끊는 바람에 군량을 1백여 수레나 뺏기고 말았다. 만병들은 맹획이 있는 본부 영채로 들어가서 급보를 알렸다.

이때 맹획은 본부 영채 안에서 하루 종일 술을 마시고 즐기며 군사 업무는 돌보지 않고 있었다. 그는 여러 추장들에게 말했다.

"우리가 제갈량과 대적하다가는 그의 간계에 빠질 것이 틀림없다. 지금 이 험한 노수에 의지하여 도랑을 깊이 파고 보루를 높이 쌓은 채 기다린다면 촉인들은 이 지독한 더위에 배겨내지 못하고 반드시 물러갈 것이다. 그때 내가 자네들과 함께 뒤를 추격하면 가히 제갈량을 사로잡을 수 있을 것이야."

말을 마치자 한바탕 호탕하게 웃었다. 그때 반열에서 한 추장이 말했다.

"사구는 수심이 얕은데 촉군들이 그곳으로 잠입하여 건너온다면 정말 큰일입니다. 군사를 나누어 지키도록 하는 게 좋겠습니다."

맹획이 껄껄 웃었다.

"자네는 이곳 토박이이면서도 어떻게 그토록 캄캄하단 말인가? 나는 촉군이 그 물을 건너 주기를 바라네. 멋모르고 건너다가는 틀림없이 물속에서 죽어 자빠질 테지."

추장이 걱정을 했다.

"만약 토착민 중에 누군가가 밤중에 건너는 법을 일러 주기라도 하면 어떻게 합니까?"

맹획은 대수롭지 않게 여겼다.

"너무 의심할 필요는 없네. 우리 경내 사람이 어째서 적을 돕는단 말인가?"

한창 이야기를 주고받고 있는데 별안간 숫자를 알 수 없는 촉군이 몰래 노수를 건넜다는 보고가 들어왔다. 그들은 협산夾山의 군량 보급로를 끊었는데 '평북장군 마대'라는 기치를 들고 있다고 했다.

맹획은 픽 웃었다.

"그 따위 조무래기쯤이야 무얼 입에 담는단 말인가?"

맹획은 즉시 부장 망아장에게 군사 3천 명을 이끌고 협산욕으로 가라고 했다.

한편 멀리서 만병들이 다가오는 것을 본 마대는 2천 명의 군사를 산 앞에 늘어 세웠다. 양편 군사들이 마주 보고 둥그렇게 진을 치자 망아장이 말을 달려 나와 마대와 맞붙었다. 그러나 망아장은 단번에 마대의 칼을 맞고 말에서 떨어져 죽어 버렸다. 크게 패한 만병들은 달아나서 자기네 영채로 돌아갔다. 그들은 맹획을 만나 자기들이 겪은 전황을 자세히 보고했다. 맹획이 여러 장수들을 불러서 물었다.

"누가 감히 가서 마대와 대적하겠는가?"

그 말이 채 떨어지기 전에 동도나가 나섰다.

"내가 가보겠소."

맹획은 크게 기뻐하며 그에게 3천 명의 군사를 주어 보냈다. 촉군이 다시 노수를 건너지나 않을까 걱정이 된 맹획은 아회남을 시켜 3천 명의 군사를 이끌고 사구를 지키도록 했다.

이때 동도나가 만병들을 이끌고 협산욕에 도착하여 영채를 세우자 마대가 군사를 이끌고 맞서러 나왔다. 마대의 수하 군사 중에 동도나를 알아본 자가 있어 마대에게 동도나가 잡혔다가 풀려난 사실을 이야기해 주었다. 마대가 말을 달려 앞으로 나가며 큰소리로 꾸짖었다.

"의리 없이 은혜를 저버린 녀석아! 우리 승상께서 목숨을 살려주셨는데 이제 다시 배반을 하다니, 어찌 스스로 수치를 모르느냐!"

할 말이 없어진 동도나는 얼굴 가득 부끄러운 빛을 띠고 싸우지도 않고 물러갔다. 마대는 한바탕 그 뒤를 몰아치다가 돌아갔다. 동도나가 돌아가 맹획을 보고 말했다.

"마대는 영웅이라 그 용맹을 대적할 수가 없었소이다."

맹획은 크게 노했다.

"네놈이 제갈량의 은혜를 입은 사실을 내 다 알고 있다! 그 때문에 일부러 싸우지도 않고 물러난 것이 아니냐? 이는 바로 일부러 져준 계책이다!"

즉시 무사들에게 호령하여 동도나를 끌어내다 목을 치라고 했다. 여러 추장들이 두 번 세 번 애걸하고 나서야 겨우 죽음을 면했다. 그러나 맹획은 기어이 동도나를 굵은 몽둥이로 1백 대나 치게 한 다음에야 자기 영채로 돌려보냈다. 많은 추장들이 동도나를 찾아와 말했다.

"우리는 비록 남만 땅에 살고 있지만 아직까지 중국을 침범한 적이 없고 중국 역시 한번도 우리를 침범한 일이 없소. 이번에 맹획이 힘을 앞세워 핍박하는 바람에 하는 수 없이 반란에 가담하게 되었지만 공명의 신묘한 계략은 귀신도 측량할 수가 없어 조조와 손권조차 두려워한다는 사실을 생각하면 우리 같이 미개한 지역 사람들이야 말해 무얼 하겠소? 더구나 우리는 모두 그분으로부터 목숨을 살려준 은혜를 입었지만 보답할 길이 없었소. 지금 한번 목숨을 버릴 각오로 맹획을 죽이고 공명에게 항복한다면 모든 동의 백성들을 도탄에 빠지는 고통에서 벗어나게 해줄 수 있을 것이오."

동도나가 장병들에게 물었다.

"자네들 마음은 어떠한지 모르겠네."

그들 가운데는 공명이 놓아주어 돌아온 사람들이 있어 목소리를 합쳐 일제히 소리쳤다.

"가겠습니다!"

동도나는 강철 칼을 집어 들더니 1백 명이 넘는 군사를 이끌고 곧바로 본부 영채로 달려갔다. 이때 맹획은 술에 잔뜩 취한 채 군막 안에 있었는데 칼을 든 동도나가 무리들을 이끌고 들이닥쳤다. 군막 안에는 장수 두 명이 시립하고 있었다. 동도나는 칼끝으로 그들을 가리키며 소리쳤다.

"너희들도 역시 제갈승상께서 살려주신 은혜를 입은 자들이니 마땅히 보답해야 할 것이 아닌가?"

두 장수가 말했다.

"장군께서 손을 쓰실 필요도 없습니다. 저희들이 맹획을 사로잡아다 승상께 바치겠습니다."

두 장수는 일제히 휘장 안으로 들어가더니 맹획을 꽁꽁 묶어 노수가로 끌고 갔다. 그리고는 배를 몰아 곧장 북쪽 기슭으로 건너가서 우선 사람을 시켜 공명에게 알리게 했다.

한편 공명은 이미 첩자로부터 이 사실을 들어서 훤히 알고 있었다. 그는 비밀리에 명령을 전해 각 영채의 장병들에게 군기를 정돈하게 했다. 그리고는 우두머리 추장들만 맹획을 압송하여 군막 안에 들어오게 하고 나머지는 모두 자신의 영채로 돌아가 명령을 기다리라고 일렀다. 동도나가 먼저 중군으로 들어와 공명을 뵙고 이번 일을 자세히 설명했다. 공명은 그 노고에 후한 상을 내리고 좋은 말로 위로한 다음 동도나에게 여러 추장들을 데리고 돌아가게 했다. 그런 다음 도부수에게 맹획을 끌고 들어오라고 했다. 공명이 빙긋 웃으며 물었다.

"너는 지난번에 다시 사로잡히면 항복하겠다고 했다. 오늘은 어떻게 하겠느냐?"

맹획이 대꾸했다.

"이는 당신의 능력이 아니라 내 수하 놈들이 자기 편을 해치는 바람에 이 지경에 이른 것이다. 그러니 내 어찌 항복하겠는가?"

공명이 다시 뜻밖의 제의를 했다.

"내가 이번에 다시 너를 놓아준다면 어떻게 하겠느냐?"

대답하는 맹획의 말투가 바뀌었다.

"내 비록 만인이지만 병법을 제법 알고 있소. 만약 승상께서 정말로 나를 놓아주어 우리 동으로 돌아가게 해준다면 내 마땅히 군사를 거느리고 다시 한번 승부를 겨루어 보겠소. 그래서 승상이 이번에도 나를 사로잡는다면 그때는 진심으로 항복하여 다시는 마음을 바꾸지 않겠소."

공명이 목소리를 가다듬고 경고했다.

"다음번에 사로잡혀도 항복하지 않는다면 절대로 쉽게 용서치 않으리라."

공명은 부하들에게 지시하여 맹획의 결박을 풀어 주고 전과 마찬가지로 술과 음식을 내리고 군막에다 벌여 앉혔다. 제갈량이 말했다.

"나는 초려草廬에서 나온 이래로 싸우면 이기지 못한 적이 없고 공격하면 빼앗지 못한 곳이 없었다. 너는 미개한 지역의 사람으로서 어찌 그리 순종하지 않느냐?"

맹획은 입을 꾹 다물고 대답하지 않았다.

술자리가 끝나고 공명이 맹획을 불러 함께 말에 올라 본부 영채를 나섰다. 그러고는 여러 영채에 쌓아 놓은 군량과 말먹이 풀, 그리고 군기들을 둘러보게 했다. 공명은 손으로 그것들을 가리키며 맹획에게 말했다.

"네가 나에게 항복하지 않는다면 참으로 어리석은 사람이다. 나에게는 이런 정예병과 맹장이 있고 군량과 말먹이 풀이며 병기가 넉넉한데 네가 무슨 수로 나를 이기겠다는 것이냐? 네가 만약 일찌감치 항복한다면 내 마땅히 천자께 아뢰어 네가 왕위를 잃지 않고 자자손손 길이 남만 지역을 다스리게 하겠다. 네 생각은 어떠하냐?"

맹획이 대답했다.

"내가 아무리 항복하려 해도 동에 있는 사람들은 아직 진심으로 복종할 마음이 없습니다. 만약 승상께서 저를 돌아가도록 놓아주신다면 수하들을 설득하여 모두가 한마음이 된 다음에 투항하여 귀순하도록 하겠습니다."

공명은 흔쾌한 마음으로 맹획과 함께 다시 본부 영채로 돌아왔다. 날이 저물 때까지 술을 마시고 맹획이 하직을 고했다. 공명은 친히 맹획을 노수까지 바래다주고 배를 태워 자신의 영채로 돌려보냈다.

자신의 영채로 돌아온 맹획은 군막 안에 도부수를 매복시켜 놓고 심복을 동도나와 아회남의 영채로 보냈다. 맹획의 심복들은 공명의 명령을 받은 사자가 와 있다는 거짓말로 두 장수를 속여서 본부 영채로 그들을 데려갔다. 두 장수가 군막 안에 이르자 맹획은 이들을 모두 죽이고 시체를 시냇물에다 던져 버렸다. 맹획은 뒤이어 가까이 믿는 사람들을 보내 험한 요충을 굳게 지키게 하고 자신은 몸소 군사를 이끌고 협산욕으로 갔다. 마대와 싸울 작정이었지만 그곳에 이르고 보니 사람이라고는 단 한 명도 볼 수가 없었다. 그곳에 사는 토착민들에게 물었더니 간밤에 식량과 말먹이 풀을 깡그리 날라 다시 노수를 건너 자기네 본부 영채로 돌아가 버렸다고 했다. 자신의 동으로 돌아온 맹획은 친아우 맹우孟優와 대책을 상의했다.

"이제는 제갈량의 허실을 모두 알았다. 너는 가서 이러저러하게 해라."

형이 준 계책을 받은 맹우는 1백여 명의 만병을 이끌고 황금과 구슬, 보배와 상아, 무소뿔 따위를 수레에 싣고 노수를 건너 곧바로 공명의 본부 영채로 갔다. 그런데 강을 건너자마자 앞쪽에서 북소리 나팔 소리가 일제히 울리며 한 떼의 군사가 벌려 섰다. 앞장선 대장은 바로 마대였다. 맹우는 소스라치게 놀랐다. 마대는 찾아온 까닭을 묻고 나서 맹우에게 밖에서 기다리라고 이른 다음 공명에게 사람을 보내 보고했다. 공명이 군막 안에서 마속, 여개, 장완, 비의 등과 함께 남만을 평정할 일을 의논하고 있는데 한 사람이 들어와 맹획이 아우 맹우를 시켜 보물을 바치러 왔다고 보고했다. 공명이 마속을 돌아보며 물었다.

"그대는 맹우가 온 뜻을 알겠는가?"

마속이 대답했다.

"감히 드러내 놓고 말씀드릴 수는 없습니다. 종이에 적어 바치겠으니 승상의 생각과 같은지 보십시오."

七擒七縱之二 庚辰季初夏日 姜椎盘於滬上墨戲齋

섭웅 그림

공명이 그리하라고 하자 마속이 글을 적어 공명에게 바쳤다. 그것을 보고 난 공명은 손뼉을 치면서 껄껄 웃었다.

"맹획을 사로잡을 계책으로 내 이미 사람들을 파견하려 하노라. 그대의 소견이 바로 나의 생각과 똑같다."

공명은 즉시 조운을 불러 귀에다 대고 이리저리 하라고 분부했다. 다시 위연을 불러 역시 낮은 소리로 분부하고 다음에는 또 왕평, 마충, 관색을 불러 비밀리에 분부했다.

각자가 계책을 받고 명령에 따라 나가자 비로소 맹우를 군막 안으로 불러들였다. 맹우는 군막 안에서 두 번 절을 올리고 말했다.

"저의 형님 맹획은 승상께서 목숨을 살려주신 은혜에 감격하고 있으나 변변히 바칠 만한 물건이 없었습니다. 그래서 황금과 구슬과 보물을 얼마간 갖추어 왔으니 우선 군사들에게 상을 내리는 데 써 주십시오. 뒤에 별도로 천자께 진상할 예물을 바치겠다고 합니다."

공명이 물었다.

"네 형은 지금 어디에 있느냐?"

맹획이 대답했다.

"승상의 하늘같은 은혜에 감격하여 은갱산銀坑山으로 보물을 마련하러 갔습니다. 오래지 않아 돌아올 것입니다."

공명이 다시 물었다.

"너는 사람을 얼마나 데리고 왔느냐?"

맹우가 대답했다.

"감히 많이 데리고 올 수가 없어 1백여 명만 데리고 왔사온데 모두가 짐을 운반하는 자들입니다."

공명이 그들을 군막 안으로 불러들여 보니 모두들 눈알은 푸르고 얼굴은 검으며 머리카락은 노랗고 수염은 붉었다. 귀에는 금귀고리를 달고 머리카락은 마구 헝클어졌으며 발은 맨발인데, 다들 키가 크고 힘깨나 씀직한 군사들이었다. 공명은 차례대로 자리에 앉히고 장수들을 시켜 술을 권하면서 정성껏 대접하게 했다.

이때 맹획은 군막 안에서 아우의 소식만 기다리고 있는데 문득 부하 두 명이 돌아왔다는 보고가 들어왔다. 불러들여 물어보니 그들이 대답했다.

"예물을 받은 제갈량은 더할 나위 없이 기뻐하며 따라간 사람들을 모두 군막 안으로 불러들여 소 잡고 양 잡아 잔치를 벌여 대접하고 있습니다. 둘째 대왕께서 저희를 보내 오늘 밤 2경에 안팎에서 합세하여 대사를 이루자고 대왕께 보고하라고 하셨습니다."

맹획은 대단히 기뻐했다. 즉시 만병 3만 명을 일으켜 세 부대로 나누었다. 그리고 각 동의 추장들을 불러 분부했다.

"각 군은 모두 불을 지를 화구火具를 휴대하라. 오늘밤에 촉군의 영채에 당도하면 불을 질러 신로를 보내라. 내가 직접 중군을 쳐서 제갈량을 사로잡겠다."

수많은 만인 장수들은 계책을 받았다. 황혼 무렵에 모두 노수를 건넜다. 맹획은 심복 장수 1백여 명을 거느리고 곧장 공명이 있는 본부 영채로 갔다. 앞을 막는 군사는 아무도 없었다. 그대로 영채 문 앞에 이른 맹획은 장수들을 인솔하고 질풍같이 말을 몰아 영채 안으로 쳐들어갔다. 그러나 영채 안은 텅 비어 있고 사람이라곤 단 한 명도 보이지 않았다. 중군 안으로 돌격해 들어가 보니 군막 안에는 등불과 촛불만 휘황한데 맹우와 만병들이 모조리 술에 취해 쓰러져 있었다. 맹우는 공명의 계략에 빠진 것이었다. 원래 공명은 마속과 여개에게 맹우와 그 수하들을 대접하게 했다. 두 사람은 악인樂人들을 불러 잡극雜劇을 공연하며 맹우 일행에게 은근히 술을 권했다. 그런데 그 술에 약을 탔기 때문에 모조리 취해서 정신을 잃고 죽은 사람처럼 쓰러져 있었던 것이다.

맹획이 군막으로 들어가서 어찌된 일인지 물으니 그 중에서 깨어난 자가 말은 못하고 손으로 입만 가리켰다. 맹획은 계책에 떨어진 걸 알고 급히 맹우와 그 무리들을 구했다. 그길로 달아나 자신의 중군으로 돌아가려는데 앞에서 함성이 크게 진동하며 불빛이 갑자기 일어났다. 만병들은 제각기 뺑소니쳤다. 한 떼의 군사가 치고 들어오는데 바로 촉장 왕평이었다. 깜짝 놀란 맹획은 급히 왼쪽 부대로 달아나려 했다. 그러나 또다시 불빛이 하늘을 찌르며 한 떼의 군사가 쏟아졌다. 앞장 선 촉장은 바로 위연이었다. 맹획은 황망히 오른쪽 부대를 향하여 말을 달렸다. 그러나 다시 불빛이 확 일어나더니 또 한 떼의 군사가 쳐들어왔다. 앞장 선 촉장은 바로 조운이었다.

세 길의 군사들이 협공해 들어오니 사방을 둘러보아도 달아날 길이라곤 없었다. 맹획은 군사들을 버리고 필마단기로 노수를 향하여 달아났다. 때마침 노수에는 수십 명의 만병이 작은 배 한 척을 몰고 있었다. 맹획은 다급하게 소리쳐 배를 기슭에 갖다 대게 했다. 그러나 사람과 말이 막 배에 오르는 순간 군호 소리 한번에 맹획은 그만 꽁꽁 묶이고 말았다. 계책을 받은 마대가 수하의 군사들을 만병으로 분장시켜서 이곳에서 배를 젓고 있다가 맹획을 유인해서 사로잡은 것이었다.

공명이 만병들에게 항복을 권하자 귀순하는 자가 수도 없이 많았다. 공명은 일일이 위로하며 털끝만치도 해치지 않았다. 그러고는 군사들을 시켜 타다 남은 불을 끄게 했다. 조금 지나자 마대가 맹획을 사로잡아 오고 조운은 맹우를 사로잡아 왔으며 위연, 마충, 왕평, 관색도 각 동의 추장들을 사로잡아 왔다. 공명은 맹획을 가리키며 웃었다.

"너는 먼저 네 아우를 시켜 예물을 바치며 거짓으로 항복하게 했다. 하지만 그렇게 해서야 어떻게 나를 속일 수 있겠느냐? 또 사로잡혔으니 이번에는 복종하겠느냐?"

맹획이 대꾸했다.

"이는 내 아우가 음식을 탐하다가 당신들이 친 독약을 잘못 먹고 대사를 그르친 것이오. 내가 직접 오고 아우더러 군사를 거느리고 후원하게 했더라면 틀림없이 성공했을 것이오. 이것은 하늘이 나를 패하게 만드신 것이지 내 능력이 모자라서가 아니오. 그런데 어찌 항복할 수 있겠소?"

공명이 물었다.

"이번이 벌써 세 번째인데 어째서 항복하지 않겠다는 것이냐?"

맹획은 머리를 숙인 채 말이 없었다. 공명이 빙그레 웃었다.

"내가 다시 너를 놓아 돌려보내 주마."

맹획이 입을 열었다.

"승상께서 만약 우리 형제를 놓아 돌려보내 주신다면 집안에 있는 친척과 장정들을 모두 모아 승상과 한바탕 크게 싸워 보겠소. 다시 나를 사로잡는다면 그때는 그야말로 죽을 때까지 변함없는 항복을 드리도록 하겠소."

공명이 근엄한 목소리로 경고했다.

"다시 사로잡힐 경우에는 반드시 가벼이 용서치 않을 것이다. 모

든 일을 조심해서 하고 육도삼
략六韜三略을 부지런히 공부
하며, 가깝고 믿을 수 있는 군
사들을 재정비하여 일찌감치
좋은 계책을 써서 후회가 없
도록 하라."

공명은 무사를 시켜 밧줄을
풀고 맹획을 놓아주게 했다.
아울러 맹우를 비롯한 각
동의 추장들도 모두 놓아
주었다. 맹획을 비롯한 만인 무
리들은 절을 올려 감사하고 떠났
다. 이때 촉군은 이미 노수를 건너가 있었다.

맹획의 무리가 노수를 건너니 강기슭엔 촉군 장병들이 늘어서서 진
을 친 광경이 보이고 기치들이 여기저기서 나부끼고 있었다. 맹획이
영채 앞에 당도하자 높직이 앉아 있던 마대가 검을 들어 맹획을 겨
누며 호령했다.

"이번에 사로잡으면 기필코 쉽사리 놓아주지 않으리라!"

맹획이 자신의 영채로 가보니 어느새 조운이 영채를 차지한 채 군
사들을 늘여 세워 놓고 있었다. 큰 깃발 아래 앉은 조운이 검을 틀어
쥐며 훈계했다.

"승상께서 이처럼 잘 대해 주시니 크나큰 은혜를 잊지 말라!"

맹획은 연신 "네, 네" 하며 그곳을 지나갔다. 양군의 경계선을 이
루는 산비탈 입구를 막 지나려는데 정예군 1천 명을 산비탈에 벌려

세운 위연이 고삐를 당겨 말을 멈추고 서서 사나운 음성으로 소리
쳤다.

"내 이미 너의 소굴로 깊이 들어가 너희들의 험한 요충지를 빼앗
았다. 너는 아직도 어리석음에 빠져 대군에 항거하려 드느냐? 이번
에 잡히는 날에는 결코 가벼이 용서하지 않고 네 몸뚱이를 가루로 만
들어 버리겠다!"

맹획의 무리는 머리를 싸매고 놀란 쥐새끼 도망치듯 자기네 동을
향해 달아났다. 후세 사람이 시를 지어 찬탄했다.

오월에 군사 이끌고 불모지로 들어가니 /
달 밝은 노수에는 장기가 높이 오르네. //
삼고초려 보답하는 웅략 세워 맹세하니 /
남만 정벌 칠종칠금 노고 어찌 두려우리.

五月驅兵入不毛, 月明瀘水瘴煙高. 誓將雄略酬三顧, 豈憚征蠻七縱勞.

공명은 노수를 건너 영채를 세우고 삼군에게 크게 상을 내렸다. 그
런 다음 장수들을 군막 아래 모아 놓고 입을 열었다.

"맹획이 두 번째 사로잡혔을 때 내가 그를 데리고 각 영채를 두루
돌며 허실을 보인 것은 그가 영채를 습격하도록 유인하기 위함이었
소. 나는 맹획이 제법 병법에 밝다는 사실을 알고 있었으므로 겉으
로는 군마와 양초를 보이며 그의 눈을 현혹시켰지만 실은 맹획에게
우리의 허점을 보여 화공을 쓰도록 유도한 것이오. 그자가 제 아우
를 보내 거짓으로 항복한 것은 안에서 호응하려는 계획에 지나지 않
았소. 내가 맹획을 세 번이나 사로잡고도 죽이지 않은 것은 진심으로

복종하게 만들려는 것이며, 그 종족을 없애고 싶지 않기 때문이오. 내 이제 그대들에게 분명히 알리나니 수고를 마다하지 말고 전심전력으로 나라에 보답하시오."

여러 장수들이 땅에 엎드려 절을 올렸다.

"승상께서는 지智, 인仁, 용勇의 세 가지 덕을 모두 갖추셨으니 비록 자아子牙(강태공)와 장량張良(한나라 개국 공신)이라도 승상을 따를 수는 없겠습니다."

공명이 손을 저었다.

"내 어찌 감히 옛사람과 같이 되기를 바라겠소? 모두가 그대들의 힘을 믿고 의지하여 함께 공을 이루려 할 뿐이오."

군막 아래 있던 장수들은 공명의 말을 듣고 모두들 즐거워했다.

한편 세 번이나 사로잡히는 수모를 당한 맹획은 분노가 치밀어 씩씩거리며 은갱동銀坑洞으로 돌아와서는 심복에게 황금과 구슬 등 보물을 주고 8번番 93전甸* 등지의 만인 부락에 갖다 주고 방패와 칼을 쓰는 요정獠丁(소수민족 병사들을 얕잡아 부르던 이름) 군사 수십만을 빌려 오게 했다. 정해진 날짜에 불러 모으니 각 부대의 인마가 구름처럼 몰려오고 안개처럼 밀려들어 모두가 맹획의 명령에 따라 움직였다. 매복했던 군사가 이 일을 탐지하여 공명에게 보고했다. 공명이 웃으며 말했다.

"내 마침 만병들을 모조리 모아 놓고 나의 능력을 보여주려던 참이야."

---

*8번 93주ㅣ원대元代 귀주貴州와 운남雲南 지방에 살던 부족과 그들의 거주지. 8이니 93이니 하는 것은 실제의 숫자가 아니라 많다는 뜻. 당시 촉한의 남부 지역에 살던 소수민족과 그 부락을 포괄적으로 표현하는 말이다.

그는 곧 작은 수레를 타고 나섰다. 바로 다음 대구와 같다.

동주들의 위풍이 사납지 않고서야 /
군사의 높은 수단 어찌 드러나랴
若非洞主威風猛　怎顯軍師手段高

승부는 어떻게 될 것인가, 다음 회를 보라.

89

독룡동의 샘물

무향후는 네 번째로 계책을 쓰고
남만왕은 다섯 번째 사로잡히다
武鄕侯四番用計　南蠻王五次遭擒

공명은 작은 수레를 타고 몸소 수백 기를 거느린 채 앞으로 나아가
길을 탐색했다. 앞쪽에 강이 하나 나타났는데 이름을 서이하西洱河
(일명 이수洱水)라 했다. 물살은 느렸지만 배도 뗏목도 단 한 척도 보이
지 않았다. 공명은 나무를 베어 뗏목을 만들어 강을 건너라는 명령
을 내렸다. 그러나 벌목한 나무는 물에 넣기만 하면 모조리 가라앉
아 버렸다. 공명이 여개에게
대책을 물으니 여개가 대
답했다.

"서이하 상류에 산이 하나
있는데 그 산에는 대나무가 많
아 굵은 것은 몇 아름이나 된다
고 합니다. 그것을 베어다가 강
위에 대나무 다리를 만들면 군
마가 건널 수 있을 것입니다."

공명은 즉시 군사 3만 명을 산으로 들여보내 대나무 수십만 그루를 베어 물에 띄워 내려 보내게 했다. 그것으로 강폭이 좁은 곳에 너비가 10여 길이나 되는 부교浮橋를 설치했다. 대군을 움직여 강의 북쪽 기슭에 한 일一 자로 영채를 세우니 강물은 해자가 되고 부교는 문이 되었다. 그 위에 다시 흙을 쌓아올려 성벽으로 삼았다. 또 다리 건너 남쪽 기슭에는 한 일 자로 큰 영채 세 채를 세우고 만병을 기다리게 했다.

이때 수십만의 만병을 이끈 맹획이 원한과 분노로 씨근거리며 진군했다. 서이하 가까이 이른 맹획은 칼과 방패를 들고 앞장선 1만 명의 오랑캐 군사들을 거느리고 곧바로 맨 앞의 영채로 다가와서 싸움을 걸었다. 머리에 푸른 비단 띠로 만든 관건綸巾을 쓰고 몸에는 학창의鶴氅衣를 걸친 공명이 깃털 부채를 들고 네 마리 말이 끄는 수레를 타고 좌우로 장수들에게 둘러싸여 나타났다. 공명이 보니 무소 가죽으로 만든 갑옷에 주홍색 투구를 쓰고 왼손에는 방패, 오른손에는 칼을 든 맹획이 털이 붉은 소등에 올라탄 채 갖은 욕설을 퍼부어 댔다. 그 수하의 1만여 명 오랑캐 군사들은 각기 칼과 방패를 휘두르면서 이리저리 촉군 진영을 들이쳤다. 공명은 급히 군사들을 영채로 불러들인 다음 사방의 문을 굳게 닫고 나가 싸우지 못하게 했다. 만병들은 모두들 벌거숭이 알몸으로 곧바로 영채 앞까지 쫓아와서 소리를 지르며 더러운 욕설을 퍼부었다. 크게 노한 장수들이 모두 공명에게 와서 건의했다.

"저희들은 영채를 나가 한바탕 결사전을 벌이고 싶습니다!"

공명은 허락하지 않았다. 그래도 장수들은 자꾸만 나가서 싸우려고 했다. 공명이 그들을 만류하며 말했다.

"남만 지역 사람들이 황제의 덕화를 따르지 않으려고 지금 이렇게 미친 듯이 발악을 하는 것이니 맞서서는 아니 되오. 우선 며칠 동안은 굳게 지키면서 그 창궐하는 기세가 조금 누그러지기를 기다려 봅시다. 나에게 저들을 깨뜨릴 묘한 계책이 있소."

이리하여 촉군은 며칠 동안 영채를 굳게 지키기만 했다. 공명이 높은 언덕에 올라가 가만히 살펴보니 만병들의 자세가 상당히 해이해져 있었다. 그는 즉시 장수들을 모아서 물었다.

"이제는 그대들이 나가서 싸워 보겠는가?"

장수들은 기꺼이 나가 싸우겠다고 했다. 공명은 먼저 조운과 위연을 군막으로 불러 귀에 입을 대고 이리저리 하라고 분부했다. 두 사람은 계책을 받고 먼저 나갔다. 이번에는 왕평과 마충을 군막으로 불러서 계책을 주어 떠나보냈다. 또 마대를 불러서 분부했다.

"나는 지금 이 세 영채를 버리고 강의 북쪽으로 물러갈 것이다. 내 군사가 물러가는 길로 너는 즉시 부교를 뜯어 하류로 옮겨서 조운과 위연의 군마가 건널 수 있도록 도와주라."

마대가 계책을 받고 떠나자 공명은 또 장익을 불러 분부했다.

"내 군사가 물러가면 영채 안에 등불을 많이 켜 두어라. 맹획이 알면 반드시 나를 추격할 테니 그때 자네는 뒤를 끊도록 하라."

장익도 계책을 받고 물러갔다. 공명은 관색만 남겨 자기가 탄 수레를 호위하게 했다. 모든 군사들이 다 물러가고 영채 안에는 등불만 휘황하게 켜져 있었다. 이것을 본 만병들은 감히 쳐들어오지 못했다.

이튿날 날이 밝을 무렵 맹획이 대부대의 만병을 이끌고 촉군 영채에 당도했다. 그러나 세 영채에는 인마라곤 그림자조차 없고 군량과 말먹이 풀을 실은 수레만 수백 대나 넘게 남아 있을 따름이었다. 맹우가 말했다.

"제갈량이 영채를 버리고 달아났으니 혹시 무슨 계책이라도 있는 게 아닐까요?"

맹획이 대답했다.

"내 짐작에는 제갈량이 치중을 버리고 간 걸 보면 틀림없이 나라 안에 긴급한 일이 생긴 것 같다. 오가 침범하지 않았다면 분명 위에서 정벌을 나왔겠지. 그래서 등불을 밝혀서 허장성세로 군사들이 있는 것처럼 해 놓고는 수레들을 버리고 간 것이야. 속히 추격하자. 이 기회를 놓쳐서는 안 된다."

맹획은 직접 선두 부대를 휘몰아 곧바로 서이하 강변에 이르렀다. 건너편 북쪽 언덕 위의 영채를 바라보니 깃발들이 평소와 다름없이 정연하게 꽂혀 나부끼는데 마치 구름을 수놓은 고급 비단처럼 찬란했다. 강변 일대에도 기치가 끝없이 이어져 아름다운 비단으로 만든 성이 길게 늘어선 것만 같았다. 만병들은 척후병을 보내 알아보고 감히 앞으로 진군하지 못했다. 맹획이 맹우에게 말했다.

"제갈량은 내가 추격할 게 두려워서 북쪽 기슭에 잠시 머무는 것이다. 이틀이 못 가서 틀림없이 달아날 것이다."

맹획은 즉시 만병들을 강기슭에 주둔시키는 한편 사람들을 산 위로 보내 대나무를 찍어다 뗏목을 엮어 강을 건널 준비를 하도록 했다. 그러고는 용감하게 잘 싸우는 군사들을 골라 모두 영채 앞으로 옮겨오게 했다. 하지만 촉군들이 어느새 자기 영역으로 들어와 있는 줄은 모르고 있었다.

이날은 미친 듯 바람이 세차게 몰아치는데, 사방으로 환한 불빛이 성벽을 이루더니 요란한 북소리와 함께 촉군이 무서운 기세로 쏟아져 들어왔다. 원래 있던 만병은 물론 새로이 참전한 오랑캐 군사들은 자기네끼리 치고받았다. 소스라치게 놀란 맹획은 급히 종족과 동의 장정들을 이끌고 한 줄기 혈로를 뚫고 곧장 예전 영채로 달려갔다. 그런데 한 떼의 군사가 영채에서 돌격해 나왔다. 바로 조운의 군사였다. 황망히 서이하로 돌아온 맹획은 후미진 산속을 향해 달아났다. 그러자 또 한 떼의 군사가 쇄도했다. 바로 마대의 군사였다. 수하에 겨우 수십 명의 패잔병만 남은 맹획은 산골짜기를 향해 달아났다. 남쪽, 북쪽, 서쪽 세 방면에는 흙먼지가 일어나고 불빛이 비추었다. 이 때문에 그곳으로는 감히 나가지 못하고 하는 수없이 동쪽을 향하여 바삐 달아났다. 바야흐로 산 어귀를 돌아 나가는데 큰 숲이 나타나고 그 앞에 사람들이 보였다. 수십 명의 종자들이 작은 수레 한 채를 끌고 나오는데 수레 위에 단정히 앉은 공명이 한바탕 너털웃음을 웃더니 소리쳤다.

"만왕 맹획! 하늘이 너를 패하게 하여 이 지경에 이르렀구나. 내 이미 너를 기다린 지 오래이다!"

화가 머리끝까지 치밀어 오른 맹획이 좌우를 돌아보며 소리쳤다.

"내가 저놈의 간계에 속아 세 번이나 굴욕을 당했는데 지금 다행히 여기서 만났구나. 너희들은 젖 먹던 힘을 다해 달려가서 사람과 수레를 한꺼번에 찍어 아주 가루로 만들어 버려라!"

몇 기의 만병이 말을 몰아 무서운 기세로 돌진했다. 맹획이 앞장서서 소리를 질렀다. 다투어 숲 앞으로 달려가는데 갑자기 '와지끈 쾅!' 하는 소리와 함께 말발굽 아래의 땅이 꺼지면서 일제히 함정 속으로 굴러 떨어지고 말았다. 숲속에서 돌아 나온 위연이 수백 명의

섭웅 그림

군사를 이끌고 내달아 만병들을 하나하나 끌어내어 밧줄로 꽁꽁 묶었다. 공명은 한 걸음 먼저 영채로 돌아가 만병들을 비롯하여 여러 전旬에서 온 추장과 각 동의 장정들에게 항복을 권했다. 이때 태반은 이미 자기네 고장으로 돌아가 버렸고 죽고 상한 자들을 제외한 나머지는 모조리 항복했다. 공명은 술과 고기를 내어 대접하면서 좋은 말로 위로하고 모두 집으로 돌아가도록 놓아주었다. 만병들은 모두 감탄하면서 떠났다. 조금 지나서 장익이 맹우를 압송해 왔다. 공명이 맹우를 훈계했다.

"네 형이 어리석어서 깨우치지 못한다면 네가 마땅히 충고했어야 할 것이다. 이제 네 번씩이나 나에게 사로잡혔으니 무슨 면목으로 다시 사람들을 만나겠느냐?"

맹우는 얼굴 가득 부끄러운 기색을 띠며 땅에 엎드려 살려 달라고 빌었다. 공명이 말했다.

"내가 너를 죽이더라도 오늘은 아니다. 내 잠시 네 목숨을 붙여 줄 터이니 가서 네 형을 잘 타이르라."

공명은 무사들에게 묶은 것을 풀어서 놓아주라고 명령했다. 맹우는 눈물을 흘리며 공명에게 절을 올리고 떠났다.

얼마 지나지 않아 위연이 맹획을 압송해 왔다. 공명은 크게 노하여 꾸짖었다.

"너는 이번에도 나에게 사로잡혔다. 그러고도 무슨 할 말이 있느냐?"

맹획이 소리쳤다.

"내가 이번에도 속임수에 걸리다니 죽어도 눈을 감지 못하겠구나!"

공명이 무사들에게 맹획을 끌어내 목을 치라고 호령했다. 맹획은 조금도 두려워하는 기색 없이 공명을 돌아보며 소리쳤다.

"만약 한번만 더 놓아준다면 반드시 네 번이나 사로잡힌 원한을 갚고 말겠소!"

공명은 껄껄 웃고 나서 좌우의 부하들을 시켜 밧줄을 풀어 주게 했다. 그러고는 맹획을 군막 안에 앉히고 술을 내려 놀란 가슴을 진정시키게 했다. 공명이 물었다.

"내가 네 번이나 예를 갖추어 대접했는데도 네가 아직까지 복종하지 않는 것은 무슨 까닭이냐?"

맹획이 대답했다.

"내 비록 황제의 덕화를 입지 못한 곳에 사는 사람이지만 오로지 속임수만 쓰는 승상과는 다르오. 그러니 내 어찌 복종한단 말이오?"

공명이 다시 물었다.

"다시 너를 놓아 돌려보내면 또 싸울 수 있겠느냐?"

맹획이 대답했다.

"승상께서 다시 나를 사로잡는다면 그때는 진심으로 항복하겠소. 뿐만 아니라 우리 동에 있는 물건들을 모조리 바쳐 군사들을 위로하고 맹세코 다시는 반란을 일으키지 않겠소."

공명은 웃으면서 맹획을 놓아주었다.

맹획은 흔연히 절을 올려 감사하고 떠났다. 이에 여러 동의 장정 수천 명을 모은 맹획은 남쪽을 향하여 기다랗게 줄을 지어 구불구불 나아갔다. 어느새 먼발치에서 티끌이 자욱하게 일어나면서 한 부대의 군사가 이르렀다. 아우 맹우가 패잔병들을 다시 정돈하여 형의 원수를 갚으러 오는 길이었다. 형제 두 사람은 서로 머리를 끌어안고 통곡하며 자신들이 겪은 일을 하소연했다. 맹우가 말했다.

"우리 군사는 번번이 패했고 촉군은 그때마다 이겼으니 더 이상 막아 내기는 어렵습니다. 그러니 험한 산골 동으로 피해 들어가서 나오지 말아야 합니다. 그러면 촉군은 더위를 견디지 못하고 저절로 물러갈 것입니다."

맹획이 물었다.

"어디로 피하면 되겠느냐?"

맹우가 대답했다.

"예서 서남쪽으로 가면 동이 하나 있는데 독룡동禿龍洞이라 합니다. 그곳 동주 타사대왕朶思大王은 이 아우와 친분이 두터우니 그에게 몸을 의탁할 수 있을 것입니다."

이에 맹획은 맹우를 먼저 독룡동으로 보내 타사대왕을 만나 보게 했다. 타사대왕은 황망히 동의 군사들을 이끌고 나와서 맞이했다. 동으로 들어가 인사를 마친 맹획은 지난 일을 이야기하며 자신의 사정을 호소했다. 타사대왕이 장담했다.

"대왕께서는 마음을 놓으십시오. 만약 촉군이 이곳으로 오기만 하면 사람은 물론 말 한 필조차 고향으로 돌아가지 못하고 제갈량과 함께 이곳에서 죽게 될 것입니다."

맹획은 대단히 기뻐하며 타사대왕에게 계책을 물었다. 타사대왕이 설명했다.

"이곳 독룡동으로 들어오는 길은 두 갈래밖에 없습니다. 동북쪽 길은 바로 대왕께서 지나오신 길인데 지세가 평탄하고 흙이 두터우며 물맛이 좋아 인마가 다닐 수 있습니다. 하지만 나무와 돌을 쌓아 동 어귀를 막아 버리면 비록 백만 대군이라도 들어올 수 없습니다.

서북쪽에도 한 갈래 길이 있는데 산은 험하고 고개가 가파르며 길이 매우 좁습니다. 그나마 그 좁은 길에는 독사와 전갈이 많이 숨어 있습니다. 또 황혼 무렵이면 장기瘴氣가 크게 피어올라 사시(오전 10시경)나 오시(오전 12시경)가 되어야 비로소 걷히고 미시(오후 2시경), 신시(오후 4시경), 유시(오후 6시경)에만 왕래할 수 있습니다. 뿐만 아니라 물을 마실 수 없어서 인마가 다니기 어렵습니다.

이곳에는 독물이 솟아나는 샘이 네 군데나 있습니다. 아천啞泉은 물맛이 매우 달지만 사람이 마시면 말을 못하고 열흘 안으로 반드시 죽고 맙니다. 다음 멸천滅泉의 물은 끓는 듯이 뜨거워서 사람이 목욕을 하면 살과 가죽이 다 문드러지고 뼈만 드러나 반드시 죽고 맙니다. 세 번째 흑천黑泉의 물은 좀 맑지만 사람 몸에 튀기만 해도 수족이 모두 시커멓게 변해서 죽고 맙니다. 네 번째 유천柔泉의 물은 얼음 같이 차가운데 사람이 마시면 목구멍에서 온기가 사라지고 몸이 솜처럼 흐물흐물해지면서 죽습니다. 그래서 이곳은 벌레나 새마저 사라진 곳으로 오직 예전에 한나라 복파장군伏波將軍이 한번 이르렀을 뿐, 그 뒤로는 아무도 이곳으로 온 사람이 없지요. 이제 나무와 돌을 쌓아 동북쪽의 큰길을 끊어서 대왕께서 우리 동에 편안히 계시도록 해 드리겠습니다. 촉군은 동쪽 길이 막힌 것을 보면 틀림없이 서쪽 길로 들어올 것입니다. 도중에 물이 없으니 이 네 군데 샘물을 보게 되면 반드시 그 물을 마시게 될 것이요 그리되면 비록 백만 대군이 오더라도 단 한 명도 살아 돌아가지는 못할 것입니다. 그러니 칼이니 병기 따위를 무엇에 쓴단 말입니까?"

맹획은 너무나 기뻐 두 손을 이마에 갖다 대며 말했다.

"오늘에야 비로소 몸 붙일 곳을 얻었구나!"

그러고는 손가락으로 북쪽을 가리키며 소리쳤다.

"제갈량이 아무리 귀신같은 재주를 부리더라도 무엇을 어찌하겠느냐? 네 군데 샘물이 족히 패전의 한을 갚아 주리라!"

이로부터 맹획과 맹우는 종일토록 타사대왕과 더불어 잔치를 벌였다.

한편 공명은 연이어 며칠 동안이나 맹획의 군사가 나타나지 않자 마침내 대군에 군령을 내려 서이하를 떠나 남쪽으로 진군하게 했다. 이때는 6월 염천이라 날씨는 불같이 뜨거웠다. 후세 사람이 남방의 지독한 더위를 시로 읊었다.

산천과 못이 말라 타 들어가느라 / 불볕이 허공을 덮고 이글거리네. //
이토록 뜨거운 하늘과 땅 밖에는 / 더위가 또 어떨지 알 수 없구나.
山澤欲焦枯, 火光覆太虛. 不知天地外, 暑氣更何如.

또 이렇게 읊은 시도 있다.

더위를 주재하는 신이 권세 떨치니 /
비구름조차 감히 생겨나지 못하누나. //
찌는 구름에 외로운 학이 헐떡이고 /
바닷물 뜨거워져 큰 자라도 놀라네.

시냇가에 앉아서 차마 떠나지 못하고 /
대숲을 거니는 맛 버리기 싫어지네. //
어찌하랴 변방에 출정한 장졸들이니 /

갑옷 입고 투구 쓰고 다시 나설밖에.

赤帝施權柄, 陰雲不敢生. 雲蒸孤鶴喘, 海熱巨鰲驚.

忍捨溪邊坐, 慵抛竹裏行. 如何沙塞客, 摸甲復長征.

공명이 대군을 통솔하여 한창 행군을 하고 있는데 별안간 척후병이 나는 듯이 달려와 보고했다.

"맹획이 독룡동으로 물러가 나오지 않는데 나무와 돌을 쌓아 동 입구의 요로를 막아 놓고 안에 군사를 배치하여 지키고 있습니다. 산은 가파르고 고개는 험준하여 전진할 수가 없습니다."

공명이 여개를 청해서 대책을 물어보니 여개가 대답했다.

"일찍이 그 동으로 들어가는 길이 있다는 말을 들은 적이 있습니다만 자세히는 모릅니다."

장완이 말했다.

"맹획이 네 번씩이나 사로잡혀 간담이 떨어졌을 터인데 어찌 감히 다시 나오겠습니까? 게다가 지금은 날씨가 뜨거워서 인마가 다함께 피로에 지쳐 있으니 그들을 정벌해 보아야 아무런 이익이 없을 듯합니다. 차라리 군사를 돌려 귀국하는 것이 좋겠습니다."

공명은 머리를 가로저었다.

"그건 바로 맹획의 계책에 걸려드는 것이오. 우리 군사가 일단 물러나면 저놈들은 반드시 기세를 타고 뒤쫓을 것이오. 이미 여기까지 온 이상 어찌 그냥 돌아간단 말이오?"

공명은 즉시 왕평에게 수백 명의 군사를 거느리고 앞장서게 하고 새로 항복한 만병들에게 길을 인도하게 하여 서북쪽의 소로로 접어들었다. 왕평 일행이 전진하다가 어느 샘물 앞에 이르렀다. 인마가 모두 목이 타던 참이라 앞 다투어 그 물을 마셨다. 왕평은 길을 찾았으므로 이 사실을 보고하려고 공명에게 돌아갔다. 그런데 본부 영채에 이르렀을 때는 군사들이 모두 말을 하지 못하고 손으로 입만 가리킬 뿐이었다.

공명은 깜짝 놀랐다. 장병들이 무엇엔가 중독된 것임을 짐작한 그는 몸소 작은 수레를 타고 수십 명을 이끌고 앞으로 나아갔다. 맑은 물이 가득 찬 샘이 하나 나타났는데 바닥이 보이지 않을 정도로 깊은 물에 섬뜩할 정도로 차가운 기운이 감돌아 군사들이 감히 마셔 볼 엄두조차 내지 못했다. 수레에서 내린 공명은 높은 곳으로 올라가 바라보았다. 사방에는 높은 산봉우리들이 성벽처럼 가로막고 있는데 새 소리조차 들리지 않았다. 마음속으로 덜컥 의심이 들었다. 그때 멀리 떨어진 언덕 위에 오래된 사당 하나가 있는 게 눈에 띄었다. 공명은 등나무를 휘어잡고 칡덩굴에 매달려 가며 그곳으로 올라갔다. 그곳에는 바위로 된 집이 하나 있었다. 바위 집 안에는 찰흙으로 빚은 한 장군이 단정히 앉아 있고 그 곁에는 '한 복파장군 마원지묘漢伏波將軍馬援之廟'라 새겨진 비석이 서 있었다. 예전에 마원이 만인들의 난을 평정하러 이곳에 이르렀던 까닭에 토착민들이 사당을 세워 제사를 지낸 것이었다. 공명은 두 번 절을 올리고 빌었다.

"양亮은 선제께서 후사를 부탁하신 중임을 맡았으며 이제 또 금상

今上의 성지를 받들어 만인들의 지역을 평정하고자 이곳에 이르렀습니다. 만인들의 지역을 평정하고 나면 위를 치고 오를 삼켜 한나라를 다시 편안하게 하려 합니다. 지금 군사들이 지리를 몰라 독이 든 샘물을 마시고 말을 할 수 없게 되었습니다. 천만 번 바라옵건대 존귀하신 신령께서는 한조漢朝의 은의恩義를 생각하시고 영험을 나타내시어 저희 삼군을 도우소서!"

빌고 난 공명은 사당에서 나와 해독하는 방법을 물어보려고 그곳 토착민을 찾았다. 마침 맞은 편 산에서 한 노인이 지팡이를 짚고 내려오는 모습이 은은히 나타났다. 그 노인은 생김새가 아주 특이했다. 공명은 그 노인을 청해 사당 안으로 들어갔다. 인사를 나누고 바위 위에 마주 앉자 공명이 물었다.

"노인장의 존함은 어찌되십니까?"

노인은 엉뚱한 대답을 했다.

"이 늙은이는 대국 승상의 높은 이름을 들은 지가 오래인데 오늘 다행히 만나 뵙게 되었습니다그려. 남만 땅에는 승상께서 목숨을 살려주신 은혜를 입은 사람들이 많아 모두들 감격하고 있소이다."

공명이 샘물에 독이 든 까닭을 묻자 노인이 대답했다.

"군사들이 마신 건 아천의 물이오. 그 물을 마시면 말을 하지 못하다가 며칠 만에 죽고 말지요. 이 샘 외에도 또 다른 샘이 셋 있소이다. 동남쪽에 있는 샘은 물이 얼음같이 찬데 사람이 마시면 목구멍에 온기가 없어지고 몸에 기력이 빠져 죽으니 이름을 유천이라 하지요. 바로 남쪽에 또 샘이 하나 있는데 그 물은 사람 몸에 튀기만 해도 수족이 새카맣게 변하여 죽으니 이름을 흑천이라 하오. 서남쪽에 있는 샘물은 마치 열탕처럼 끓는데 사람이 그 물에 목욕을 하게 되면 살과 가죽이 모조리 떨어져 나가 죽으니 이름을 멸천이라 한다오. 여기는 이런 셈이 네 개나 있고 독기가 모여들어 마시면 고칠 약이 없소이 다. 더욱이 독기가 안개처럼 심하게 피어올라 미시, 신시, 유시에만 왕래할 수 있고 그 밖에 다른 시각에는 항상 독한 장기가 짙게 끼어 사람 몸에 닿기만 해도 죽고 말지요."

공명은 놀라움을 감출 수 없었다.

"그렇다면 남만 지역은 평정할 길이 없겠구려. 남만 지역을 평정 하지 못하고서야 어찌 오와 위를 병탄하여 한나라를 다시 일으켜 세 울 수 있겠소? 선제께서 후사를 부탁하신 중임을 저버리게 된다면 사는 것이 차라리 죽느니만 못하오이다."

노인이 손을 저었다.

"승상께서는 근심하지 마시오. 이 늙은이가 한 곳을 알려드릴 테 니 그곳으로 가면 지금 당하고 계신 어려운 문제를 풀 수 있을 것 이오."

공명이 반색했다.

"노인장께서는 어떤 고견을 가지고 계신지 바라건대 가르침을 주 십시오."

노인이 일러주었다.

"여기서 서쪽으로 몇 리쯤 가면 산골짜기가 하나 나설 것이오. 그 골짜기 안으로 20리쯤 들어가면 계곡이 하나 나오는데 이름을 만안 계萬安溪라 하오. 그 계곡에는 도가 높은 선비 한 분이 살고 있는데 호 를 '만안은자萬安隱者'라 부르지요. 그 양반은 그 계곡을 나오지 않은 지가 수십 년이 넘었다고 하오. 그 양반이 거처하는 초암草庵 뒤에 샘 물이 하나 있는데 안락천安樂泉이라 부르지요. 사람이 무엇에건 중독

되었을 때에 이 물을 길어다 마시면 즉시 낫는다 하오. 또 옴이 오르
거나 장기를 쏘인 사람이 만안계에 들어가 목욕을 하고 나면 저절로
깨끗해진다 하오. 더욱이 암자 앞에는 '해엽운향蕯葉芸香'이라는 약
초가 있는데 그 잎을 따서 입에 물고 있으면 장기가 침범하지 못한다
하오. 승상께서는 속히 가셔서 그것을 구해 보시구려."

공명은 그에게 절을 올리며 감사했다.

"어르신께 이렇게 목숨을 살려주신 은덕을 입자오니 감격을 이기
지 못하겠습니다. 원컨대 존함을 알려주소서."

노인은 사당으로 들어가며 말했다.

"나는 이 고장의 산신山神이오. 복파장군의 명을 받들고 특별히 와
서 길을 일러 드린 것이오."

말을 마친 산신은 호통을 질러 사당 뒤의 석벽
을 열고는 그 속으로 들어가 버렸다. 공명은 놀라
움을 금할 수가 없었다. 사당의 신을 향해 두 번
절을 올린 그는 온 길을 되짚어 수레를 타고
본부 영채로 돌아왔다.

이튿날이었다. 공명은 신향信香(신에 제사할
때 쓰는 향)과 예물을 준비하여 왕평과 벙어리
가 된 군사들을 이끌고 전날 산신이 일러준 곳
을 향하여 구불구불 나아갔다. 산골의 좁은 길
로 들어서서 20리 남짓 걸어가자 낙락장송과
아름드리 잣나무며 무성하게 우거진 대나무와
기이한 꽃들로 둘러싸인 장원 하나가 나타났
다. 울타리 안에는 두어 칸 되는 모옥茅屋이 있

는데 은은한 향기가 코끝에 감돌았다. 크게 기뻐한 공명이 장원 앞으로 가 문을 두드리니 동자 하나가 나왔다. 공명이 막 자기 이름을 알리려는데 어느새 한 사람이 나타났다. 대나무 관을 쓰고 짚신을 신고 흰 도포에 검은 띠를 둘렀는데 눈동자는 푸르고 머리털이 노란 사람이 기꺼이 나서서 말을 걸었다.

"오신 분은 혹시 한나라 승상이 아니십니까?"

공명은 웃음을 지으며 되물었다.

"고사高士께서는 어떻게 저를 아시는지요?"

은자가 대답했다.

"승상께서 대군을 지휘하여 남방을 정벌하신다는 소문을 들은 지 오랜데 어찌 모르겠소이까?"

그는 즉시 공명을 초당으로 맞아들였다. 예를 마치고 손님과 주인이 자리를 나누어 앉자 공명은 자신이 처한 사실을 호소했다.

"이 양은 소열황제昭烈皇帝께서 후사를 부탁하신 중임을 맡고 뒤를 이어 등극하신 금상폐하의 성지를 받들어 남만을 복종시켜 왕화王化를 입게 하고자 대군을 거느리고 이곳에 이르렀습니다. 그런데 뜻밖에도 맹획이 독룡동으로 잠적하는 바람에 우리 군사들이 잘못하여 아천의 물을 마시고 말았소이다. 어제 복파장군께서 영험을 보이시어 고사께 약천藥泉이 있어 장병들을 고칠 수 있다고 알려주셨습니다. 바라건대 가엽게 여기시고 신수神水를 내려 죽음에 몰린 장병들의 목숨을 구해 주십시오."

은자가 대답했다.

"이 늙은이는 한낱 산야에 묻힌 쓸모없는 인간에 불과한데 어찌 승상께서 수고로이 왕림하셨단 말입니까? 그 샘물은 바로 암자 뒤에 있소이다.”

그는 곧 물을 길어다 마시라고 했다.

이에 동자가 나서서 왕평과 말 못하는 장병들을 샘터로 인도하여 물을 길어 마시게 했다. 샘물을 마신 장병들은 즉시 독한 침들을 토해 내더니 바로 말을 할 수 있게 되었다. 동자는 다시 장병들을 만안 계로 인도하여 목욕을 하게 했다. 이때 은자는 암자 안에서 잣차와 송홧가루로 만든 요리를 대접하며 일러주었다.

“이곳 만동에는 독사와 전갈이 많습니다. 또 하늘거리며 날아다니는 버들개지가 시내와 샘에 떨어지면 그 물은 먹지 못합니다. 그러나 땅을 파서 솟아나는 샘물은 마셔도 아무 탈이 없습니다.”

공명이 그에게 해엽운향을 구해 달라고 하자 은자는 장병들을 시켜 마음대로 따다가 쓰라고 했다.

“한 사람이 한 잎씩만 입에 물고 있으면 저절로 독기가 침범하지 못하지요.”

공명이 절을 올리며 은자의 성명을 묻자 은자가 웃으며 대답했다.

“이 사람은 맹획의 형 맹절孟節이라 하오.”

공명은 소스라치게 놀랐다. 은자가 다시 말했다.

“승상께선 의심하지 마시고 제 말을 들어주십시오. 우리 부모님께서 삼 형제를 낳았으니 맏이는 바로 이 늙은이 맹절이요 둘째는 맹획, 막내가 맹우올시다. 부모님께서 모두 세상을 떠나시자 두 아우가 거세고 악하게 굴면서 왕화를 따르지 않았소이다. 이 사람이 여러 차례 타일렀으나 듣지 않기에 이름과 성을 바꾸고 이곳에 숨어 살고 있소이다. 이번에 못난 아우가 모반을 하는 바람에 승상께서 이렇듯 불모의 땅까지 깊이 들어와 고초를 겪으시게 되었으니 이 맹절 만 번 죽어 마땅하옵니다. 이 까닭에 승상께 먼저 죄를 청하는 바입니다."

공명이 탄식했다.

"이제야 비로소 도척盜跖과 유하혜柳下惠*의 일을 믿게 되었소. 오늘날에도 이런 일이 있구려."

그러고는 맹절에게 물었다.

"내 천자께 아뢰어 공을 만왕으로 세울까 하는데 어떠하오?"

맹절은 한마디로 거절했다.

"공명功名이 싫어 이곳으로 도망쳐 왔거늘 어찌 다시 부귀를 탐할 뜻이 있으리까?"

공명이 황금과 비단을 선사했으나 맹절은 굳이 사양하고 받지 않았다. 공명은 깊이 탄식하며 절하여 작별하고 돌아왔다. 후세 사람이 지은 시가 있다.

고매한 선비 문 닫고 그윽이 살고 있는데 /
제갈무후 이곳에서 만왕들을 깨뜨렸다네. //
지금은 인적이 끊어지고 고목만 쓸쓸한데 /
아직도 찬 안개는 옛 산을 감싸고 있구나.
高士幽棲獨閉關, 武侯曾此破諸蠻. 至今古木無人境, 猶有寒烟鎖舊山.

본부 영채로 돌아온 공명은 군사들에게 우물을 파서 물을 긷게 했다. 그러나 20여 길을 파 내려가도 물은 한 방울도 나지 않았다. 10여 군데나 팠지만 물이 나오지 않기는 마찬가지였다. 군사들은 놀라서

---

*도척과 유하혜 l 도척은 춘추시대 천하를 횡행한 악독한 도적, 유하혜는 도척의 형으로 노나라의 현자賢者. 형제간에 대악인과 현인이 있을 때 비유적으로 사용된다.

술렁거렸다. 공명은 한밤중에 향을 피워 놓고 하늘에 빌었다.

신 양은 재주 없는 몸으로 대한大漢의 복을 이어받고 황제의 명을 받들어 남만 지역을 평정하려 합니다. 지금 중도에서 물이 떨어져 군사와 말들이 목말라 합니다. 만약 하늘에서 대한의 운명을 끊으려 하지 않으신다면 단 샘물을 내려 주소서. 대한의 운수가 이미 끝났다면 신 양을 비롯한 장병들은 이곳에서 죽기를 바라나이다.

이날 밤 축원을 끝내고 날이 밝을 무렵 살펴보니 파 놓은 구덩이마다 맑은 물이 넘쳐흘렀다. 후세 사람이 지은 시가 있다.

나라 위해 남만 평정코자 대군을 통솔하니 /
마음속의 바른 도리 신명의 뜻과 합치했네. //
후한 경공* 우물에 절하자 단물이 났다더니 /
제갈량의 지극 정성에 밤사이 물이 솟았네.
爲國平蠻統大兵, 心存正道合神明. 耿恭拜井甘泉出, 諸葛虔誠水夜生.

단 샘물을 얻은 공명의 군사는 편안히 작은 산길을 통해 곧바로 독룡동 앞으로 들어가 영채를 세웠다.
만병들이 이 사실을 탐지하여 맹획에게 보고했다.
"촉군이 장역瘴疫에도 걸리지 않았을 뿐만 아니라 목말라 하지도 않는 걸 보면 네 군데 샘물이 모두 효험을 보지 못한 것 같습니다."

* 후한 경공耿恭 l 후한 명제明帝 때 서역西域에서 둔전屯田을 관장하던 무기교위戊己校尉로, 소륵성疏勒城에서 흉노에게 포위되었으나 끝까지 지키며 굴하지 않았다.

이 말을 들은 타사대왕은 믿을 수가 없어 몸소 맹획과 함께 높은 산으로 올라가 바라보았다. 과연 촉군은 편안하고 무사할 뿐만 아니라 크고 작은 물통으로 물을 길어다 말을 먹이고 밥을 짓고 있었다. 이 광경을 본 타사대왕은 너무나 놀란 나머지 머리털이 곤두섰다. 그는 맹획을 돌아보며 말했다.

"저건 바로 신병神兵이오!"

맹획이 대꾸했다.

"우리 형제가 목숨을 걸고 촉군과 싸우겠소. 군 앞에서 죽을지언정 어찌 손을 묶고 앉아서 결박을 당한단 말이오?"

타사대왕도 찬성했다.

"만약 대왕의 군사가 패한다면 나와 처자들 역시 끝장날 것이오. 마땅히 소 잡고 말 잡아 동의 장정들에게 큰상을 내린 다음 물불을 가리지 않고 곧바로 촉군의 영채를 들이친다면 이길 수 있을 것입니다."

이리하여 만병들에게 큰상이 내렸다.

맹획과 타사대왕이 막 출정하려고 할 때였다. 별안간 독룡동 뒤의 서쪽 일대에 있는 은야동銀冶洞의 21개 동주洞主 양봉楊鋒이 3만 명의 군사를 이끌고 싸움을 도우러 왔다는 보고가 들어왔다. 맹획은 크게 기뻐했다.

"이웃 군사가 나를 도와준다니 나는 반드시 승리할 것이다!"

맹획은 즉시 타사대왕과 함께 동구 밖까지 나가 그들을 영접했다. 양봉이 군사를 이끌고 독룡동으로 들어와 말했다.

"내가 거느린 정예군 3만은 모두가 철갑鐵甲을 걸쳤는데 나는 듯이 산을 타고 재를 넘을 수 있으니 족히 촉군 1백만과 맞서 싸울 수

있소이다. 또 내 아들 5형제가 모두들 무예를 갖추었는데 대왕을 도
와 드리겠다 하오."

양봉이 다섯 아들을 불러들여 절을 올리게 하는데 모두가 호랑이
체구에 위풍이 늠름했다. 맹획은 대단히 기뻐하며 연회를 베풀어 양
봉 부자를 대접했다. 술이 거나하게 취하자 양봉이 말했다.

"군중에 즐길 거리가 없는 것 같은데 내 수하에 종군하는 부족 아
가씨들이 칼과 방패로 춤을 잘 추니 한번 취흥을 돋울까 하오."

맹획은 흔쾌히 응낙했다. 잠시 후 수십 명의 만족 아가씨들이 머
리를 풀어헤친 채 군막 밖으로부터 맨발로 춤을 추며 들어왔다. 모든
만병들이 손뼉을 치며 노래를 불러 장단을 맞추었다. 이때 양봉이 두
아들을 시켜 잔을 잡고 술을 권하게 했다. 두 아들은 술잔을 들고 맹
획과 맹우 앞으로 갔다. 맹획과 맹우가 잔을 받아 술을 막 마시려 할
때였다. 양봉이 느닷없이 벼락같은 목소리로 호통을 쳤다. 그와 동
시에 두 아들이 어느새 맹획과 맹우를 붙잡아 자리에서 끌어내렸다.
타사대왕은 달아나려고 했지만 어느 사이 양봉에게 사로잡히고 말
았다. 무기를 든 만족 아가씨들이 장막 위에 늘어서서 가로막으니 아
무도 감히 가까이 다가갈 수가 없었다. 맹획이 양봉에게 물었다.

"'토끼가 죽으면 여우가 슬퍼하고 세상 모든 것이 같은 부류를 불
쌍히 여긴다'고 했다. 나와 너는 둘 다 한 동의 주인이고 지난날 원수
진 일도 없는 터에 무슨 까닭으로 나를 해치려 하는가?"

양봉이 대답했다.

"우리 형제와 아들과 조카들은 모두가 제갈승상께서 목숨을 살려
주신 은혜에 감격하면서도 갚을 길이 없었다. 이제 네가 모반을 하
는데 어찌 잡아다 바치지 않는단 말이냐?"

이에 각 동에서 온 만병들은 모두들 달아나 자기네 고향으로 돌아가고 말았다.

양봉은 맹획, 맹우, 타사대왕을 비롯한 무리를 꽁꽁 묶어 공명의 영채로 끌고 갔다. 공명이 들어오라고 분부하자 양봉의 무리는 군막 안에서 절을 올리며 아뢰었다.

"저희들의 아들과 조카들이 모두 승상의 은덕에 깊이 감격하고 있습니다. 이 때문에 맹획과 맹우의 무리를 사로잡아 바칩니다."

공명은 그들에게 무거운 상을 내린 다음 맹획을 끌어들이게 했다. 공명은 웃음 띤 얼굴로 물었다.

"네가 이번에는 진심으로 항복하겠느냐?"

맹획이 대꾸했다.

"이건 당신의 능력이 아니라 우리 동의 사람이 자기편을 해치는 바람에 이 지경에 이른 것이오. 죽일 테면 죽이시오. 절대 항복하지 않겠소!"

공명이 말했다.

"네가 나를 속여 물 없는 땅으로 끌어들였을 뿐만 아니라 아천, 멸천, 흑천, 유천이 그처럼 독했지만 우리 군사는 아무 탈이 없었다. 이것이 어찌 하늘의 뜻이 아니겠느냐? 그런데도 너는 어찌하여 그릇된 생각에 빠져 고집만 부리느냐?"

이번에는 맹획이 제의했다.

"우리가 조상 대대로 살아온 은갱산銀坑山에는 험한 강 셋에 겹겹이 막힌 관문들이 있어 견고하기가 짝이 없소. 당신이 만약 그곳에서도 나를 사로잡는다면 자자손손 마음을 기울여 복종하며 섬기겠소."

공명이 말했다.

"내가 또 한번 너를 놓아 돌려보내 줄 터이니 군사를 다시 정돈하여 나와 승부를 결하도록 하라. 만약 그때 사로잡히고도 다시 굴복하지 않는다면 내 마땅히 너의 구족을 멸하리라."

공명은 좌우 부하들을 꾸짖어 묶은 것을 풀고 맹획을 놓아주게 했다. 맹획은 두 번 절을 올리고 떠났다. 공명은 또 맹우와 타사대왕을 묶은 밧줄도 풀어 주고 술과 음식을 내려 놀란 가슴을 진정시켜 주었다. 두 사람은 마음이 떨리고 거북하여 감히 공명을 바로 쳐다볼 수 없었다. 공명은 말에 안장을 지우도록 하여 그들을 떠나보냈다. 이야말로 다음 대구와 같다.

험한 땅 깊이 들어가기도 쉬운 일 아니거늘 /
기이한 지모 펼치는 일이 어찌 우연이리오?
深臨險地非容易　更展奇謀豈偶然

맹획이 군사를 정돈하여 다시 온다면 승부는 어찌될 것인가, 다음 회를 보라.

90

칠종칠금

큰 짐승 몰아내어 여섯 번째 만병을 깨뜨리고
등갑군을 불태워 일곱 번째 맹획을 사로잡다
驅巨獸六破蠻兵 燒藤甲七擒孟獲

공명은 맹획을 비롯한 무리를 놓아 보낸 뒤 양봉 부자에게 관직과 작위를 내리는 한편 그 수하의 군사들에게도 무거운 상을 내렸다. 양봉의 무리도 절을 올려 감사하고 떠났다. 맹획의 무리는 밤낮을 가리지 않고 서둘러 은갱동으로 돌아갔다. 은갱동 밖에는 세 강이 흐르고 있었으니 노수瀘水와 감남수甘南水와 서성수徐城水였다. 세 줄기 강물이 합치는 곳이기 때문에 삼강三江이라 불렀다. 은갱동의 북쪽으로는 평탄한 땅이 3백여 리나 펼쳐져 있어 갖가지 산물이 많이 나왔다. 서쪽으로 2백여 리 되는 곳에는 소금이 나는 염정鹽井이 있고, 서남쪽으로 2백 리를 가면 바

로 노수와 감남수에 닿았다. 남쪽으로 3백 리 떨어진 곳은 바로 양도
동梁都洞인데 이 동에는 산이 있어 동 전체를 에워쌌다. 이 산에 은이
나는 광산이 있었으므로 은갱산銀坑山이라 부르는 것이었다. 그 산속
에 궁전을 짓고 누대를 지어 만왕이 소굴로 삼고 있었다.

그 안에 조상의 혼령을 모시는 사당을 지어 '가귀家鬼'라고 불렀다.
춘하추동 사계절 소 잡고 말 잡아 제사지내는 것을 '복귀卜鬼'라고 했
는데 해마다 촉인蜀人과 다른 고장 사람들을 제물로 삼아 제사를 지
냈다. 사람이 병에 걸리면 약은 먹지 않고 무당에게 비는데 이것을
'약귀藥鬼'라 불렀다. 이곳에는 형법이 따로 없어 죄를 지으면 즉시
목을 잘랐다. 딸이 다 자라면 계곡에 가서 남녀가 뒤섞여 목욕을 하
며 저희들끼리 마음대로 배필을 고르는데 이때 부모가 간섭하지 않
으며 이것을 '학예學藝'라 불렀다. 비가 고르게 오는 해에는 벼 따위
의 곡식을 심는데 만일 곡식이 제대로 여물지 않으면 뱀을 잡아 국
을 끓이고 코끼리를 삶아 밥으로 삼았다. 각 구역마다 큰 부락의 우
두머리를 '동주洞主'라 부르고 그 다음가는 부락의 우두머리는 '추장
酋長'이라 불렀다. 매월 초하루와 보름에는 모두 삼강성三江城에 모여
서 물건을 사고팔거나 바꾸었다. 그 풍속이 대체로 이러했다.

이때 맹획은 은갱동에 종족 1천여 명을 모아 놓고 비장한 목소리
로 말했다.

"내가 여러 차례 촉군에게 욕을 당했기에 맹세코 원수를 갚아야겠
다. 너희들에게 무슨 좋은 의견이라도 없느냐?"

말이 미처 끝나기도 전에 한 사람이 대답했다.

"제가 한 사람을 천거하겠습니다. 그 사람이면 제갈량을 격파할
것입니다."

모두들 보니 그는 바로 맹획의 처남이자 팔번부장八番部長으로 있는 대래동주帶來洞主였다. 맹획이 크게 기뻐하며 급히 어떤 사람인지를 물었다. 대래동주가 대답했다.

"여기서 서남쪽으로 가면 팔납동八納洞이 있는데 그곳 동주 목록대왕木鹿大王은 술법에 능통합니다. 밖으로 나올 때는 코끼리를 타는데 능히 바람과 비를 부르며 흔히 호랑이와 표범, 승냥이, 이리, 독사와 전갈들이 따른다고 합니다. 더욱이 그 수하에는 3만 명의 신병神兵이 있어 아주 용감합니다. 대왕께서 글을 쓰시고 예물을 갖추어 주신다면 제가 직접 가서 청해 보겠습니다. 목록대왕이 응낙만 한다면 촉군 따위야 무엇이 두렵겠습니까?"

맹획은 흔쾌히 국구國舅(처남인 대래동주를 말함)에게 글을 지니고 떠나게 했다. 또 타사대왕에게 삼강성을 지키게 하여 앞을 막아 주는 보호벽으로 삼았다.

한편 공명은 군사를 거느리고 곧바로 삼강성에 이르렀다. 멀리 바라보니 성곽의 삼면이 강에 닿아 있고 오로지 한쪽만 육로로 통하게 되어 있었다. 그는 즉시 위연과 조운을 파견하여 함께 한 부대의 군사를 거느리고 육로로 하여 성을 공격하게 했다. 촉군이 성 아래 이르자 성 위에서 활과 쇠뇌가 일제히 발사되었다. 원래 동중의 사람들은 활과 쇠뇌 쏘는 법을 많이 익혔으므로 한번 쇠뇌를 발사하면 열 대의 살이 한꺼번에 쏟아졌다. 게다가 살촉마다 모두 독약을 발라 누구든 맞기만 하면 살과 가죽이 썩고 오장이 드러나 죽고 말았다.

조운과 위연은 싸움에 이기지 못하고 돌아와 공명에게 독화살에 대한 일을 보고했다. 공명은 친히 작은 수레를 타고 군사들 앞으로 가서 적정의 허실을 살펴보았다. 영채로 돌아온 공명은 군사를 몇 리

후퇴시킨 다음 다시 영채를 세우게 했다. 촉군이 멀리 물러간 것을 본 만병들은 모두가 큰소리로 떠들고 웃으며 자축했다. 촉군이 겁이 나서 물러간 것으로만 여긴 그들은 밤에도 척후병을 내보내지 않은 채 마음 놓고 잠이 들었다.

공명은 군사를 조금 물리고 나서 즉시 영채를 닫아걸고 나가지 않았다. 그 뒤로도 닷새 동안 줄곧 아무런 명령도 내리지 않았다. 닷새째 되던 날 황혼녘이었다. 갑자기 미풍이 솔솔 불기 시작했다. 공명이 드디어 명령을 내렸다.

"모든 군사들은 저고리를 하나씩 준비하여 초경(밤 8시경)에 점검을 받도록 하라. 없는 자는 그 자리에서 목을 베리라!"

장수들은 아무도 그 뜻을 알 수 없었지만 군사들은 명령에 따라 준비를 했다. 초경이 되자 다시 군령이 내렸다.

"모든 군사는 준비된 저고리에 흙을 싸서 흙 보따리를 만들라. 없는 자는 그 자리에서 목을 치리라!"

군사들은 역시 그 뜻을 알 수 없었지만 명령대로 준비할 수밖에 없었다. 공명은 또 명령을 내렸다.

"모든 군사는 흙을 싼 보따리를 삼강성 아래로 갖고 가서 풀어내도록 하라. 먼저 당도한 자에게는 상이 있으리라!"

명령을 들은 군사들은 모두가 깨끗한 흙을 싸 들고선 나는 듯이 성 아래로 달려갔다. 공명은 흙을 쌓아 층계를 만들고 먼저 성에 오르는 자에게 으뜸가는 공을 세운 것으로 쳐주겠다고 했다. 이에 촉군 10여만과 항복한 군사 1만여 명이 흙을 싼 보따리를 일제히 성 아래로 내던졌다. 삽시간에 흙이 쌓여 산을 이루며 성벽 위까지 연결되어 버렸다. '쾅!' 하는 암호 소리와 함께 촉군은 모두가 성 위로 올라갔다.

만병들은 급히 쇠뇌를 쏘려 했지만 어느새 태반이 붙잡히고 나머지는 성을 버리고 달아났다. 타사대왕은 어지러운 군사들 속에서 죽고 말았다. 촉의 장수들은 군사를 독려하며 길을 나누어 만병들을 무찔렀다. 삼강성을 수중에 넣은 공명은 노획한 진귀한 보물들을 모두 삼군에게 상으로 나누어 주었다.

패전한 만병들이 은갱동으로 돌아가 맹획에게 보고했다.

"타사대왕께서 전사하시고 삼강성이 함락되었습니다."

맹획은 깜짝 놀랐다. 한창 근심에 빠져 있는데 촉군이 이미 강을 건너와 지금 본동 앞에 영채를 세웠다는 보고가 들어왔다. 맹획이 당황하여 어쩔 줄 모르고 있는데 별안간 병풍 뒤에서 한 사람이 까르르 웃으며 나타났다.

"사내대장부가 되어 어찌 그리도 지모가 없단 말인가요? 저는 일개 아녀자에 불과하지만 당신을 위해 나가 싸우겠어요."

맹획이 보니 바로 아내 축융부인祝融夫人이었다. 부인은 대대로 남만에서 살아온 축융씨祝融氏의 후손으로 비도飛刀를 다루는 솜씨가 능수능란해 던지기만 하면 백발백중이었다. 맹획이 자리에서 일어나며 감사했다. 축융부인은 기꺼이 말에 올라 종족 출신의 맹장 수백 명과 힘이 펄펄 나는 동중의 군사 5만 명을 이끌고 촉군과 대적하기 위해 은갱동의 궁궐을 나섰다.

그녀가 막 동의 입구를 돌아 나가자 한 떼의 군사가 앞을 가로막았다. 앞장선 촉장은 바로 장억張嶷이었다. 만병들은 촉군을 보자 어느새 두 길로 벌려 섰다. 축융부인은 다섯 자루 비도를 등에 꽂고 1장 8척이나 되는 표창鏢槍을 손에 든 채 털이 곱슬곱슬한 적토마에 올라탔다. 이 모습을 본 장억은 은근히 감탄했다. 두 사람은 질풍같이 말을 몰아 서로 창칼을 부딪쳤다. 그러나 몇 합이 되지 않아 부인이 말 머리를 돌리더니 달아났다. 장억이 재빨리 그 뒤를 추격하는데 별안 간 비도 한 자루가 허공을 가르며 날아왔다. 장억이 급히 손을 들어 막았지만 어느 결에 비도는 왼팔에 꽂히고 말았다. 장억은 그만 몸을 뒤집으며 말에서 굴러 떨어졌다. 만병들이 일제히 아우성치며 달려들더니 장억을 포박해 버렸다.

장억이 적군에게 붙잡혔다는 말을 듣고 마충이 급히 구하러 나왔을 때는 장억은 어느새 만병들에게 꽁꽁 묶인 다음이었다. 마충이 멀리 바라보니 표창을 꼬나든 축융부인이 고삐를 당겨 말을 세우고 서 있었다. 화가 머리끝까지 치솟은 마충은 축융부인과 싸우려고 앞을 향하여 달려갔다. 그러나 타고 있던 말이 만병들이 쳐놓은 줄에 걸려 쓰러지는 바람에 마충 역시 사로잡히고 말았다. 축융부인은 두 장수를 압송하여 동 안으로 들어가 맹획에게 보였다. 맹획은 연회를 마련하여 승전을 축하했다. 부인은 도부수들에게 장억과 마충을 끌어내다 목을 치라고 호령했다. 맹획이 만류했다.

"제갈량은 나를 다섯 번이나 놓아주었는데 지금 단번에 그의 장수를 벤다는 것은 의롭지 못하오. 잠시 동중에 가두어 놓았다가 제갈량을 사로잡은 다음에 죽이더라도 늦지 않을 것이오."

축융부인은 그의 말을 좇기로 하고 웃고 떠들고 술을 마시며 즐겼다.

한편 촉의 패잔병들은 공명을 찾아가 장수들이 잡혀간 일을 보고했다. 공명은 즉시 마대, 조운, 위연 세 사람을 불러 계책을 주었다. 세 장수는 각기 군사를 거느리고 나아갔다. 이튿날 만병들이 동 안으로 들어가 조운이 와서 싸움을 건다는 보고를 올렸다. 축융부인이 즉시 말에 올라 싸우러 나왔다. 두 사람이 어울려 싸운 지 몇 합이 못 되었을 때 조운이 말을 뽑더니 곧바로 달아났다. 축융부인은 매복이 있을까 두려워 군사들을 단속하여 돌아갔다. 위연이 다시 군사를 이끌고 와서 싸움을 걸자 축융부인이 말을 달려 나와 맞붙었다. 한창 싸움이 긴박하게 어우러졌을 즈음 위연도 패한 척하고 달아났다. 축융부인은 역시 그 뒤를 쫓지 않았다.

다음날 조운이 또 군사를 이끌고 와서 싸움을 걸었다. 축융부인이 동의 군사들을 이끌고 마주 나왔다. 두 사람이 싸운 지 몇 합이 되지 않아 조운이 패한 척하고 달아났다. 부인은 표창을 내려놓고 쫓지 않았다. 그 길로 군사를 거두어 동으로 돌아가려 할 때였다. 위연이 군사를 이끌고 나오며 군사들을 시켜 일제히 욕설을 퍼붓게 했다. 부인은 급히 표창을 꼬나들고 위연에게 달려들었다. 위연이 말머리를 돌려 달아났다. 화가 치밀어 오른 축융부인이 그 뒤를 쫓자 위연은 급히 말을 몰아 외진 산속 오솔길로 달려 들어갔다. 별안간 등 뒤에서 요란한 소리가 울렸다. 위연이 머리를 돌려보니 축융부인이 안장을 쳐다보며 말에서 떨어지는 것이었다.

마대가 이곳에 반마삭絆馬索을 쳐놓고 매복해 있다가 축융부인이 탄 말의 다리를 걸어 쓰러뜨린 것이었다. 그 자리에서 축융부인을 사로잡은 마대는 그녀를 묶어 본부 영채로 압송했다. 만인 장수들과 동의 군사들이 축융부인을 구하러 달려왔지만 조운이 한바탕 무찔러 흩어 버렸다. 공명이 군막에서 단정히 앉아 있노라니 마대가 축융부인을 압송해 왔다. 공명은 급히 무사에게 분부하여 묶은 것을 풀어주게 한 다음 다른 막사로 데리고 가서 술과 음식을 내려 놀란 가슴을 진정시키게 했다. 그러고는 맹획에게 사자를 보내 부인과 장억,

마충 두 장수를 맞바꾸자고 했다.

맹획이 응낙하고 즉시 장억과 마충을 놓아주어 공명에게로 돌려보냈다. 공명도 부인을 동으로 들어가도록 전송했다. 부인을 맞아들인 맹획은 기쁘면서도 화가 났다. 이때 갑자기 팔납동 주인 목록대왕이 당도했다는 보고가 들어왔다. 맹획은 그를 영접하러 군막을 나갔다. 그는 흰 코끼리를 타고 황금과 구슬을 꿰어 만든 영락瓔珞(목에 거는 장식물)을 걸치고 허리에는 대도大刀 두 자루를 늘어뜨리고 있었다. 뒤에는 호랑이, 표범, 승냥이, 이리 등을 기르는 군사들이 목록대왕을 호위하며 들어왔다. 맹획은 그에게 두 번 절을 올리고 지금까지 일어난 일을 구슬프게 호소했다. 목록대왕은 원수를 갚아 주겠다며 허락했다. 맹획은 크게 기뻐하며 잔치를 베풀어 그를 대접했다.

다음날 목록대왕이 자기 동에서 인솔해 온 군사와 맹수들을 거느리고 나타났다. 만병이 나타났다는 말을 들은 조운과 위연은 즉시 군사들을 지휘하여 진세를 벌였다. 말고삐를 가지런히 한 두 사람이 진 앞에 말을 세우고 적진을 바라보니 만병들의 기치나 싸움 기구들이 여태껏 보지 못한 색다른 것이었다. 군사들은 대부분 옷이나 갑옷을 입지 않았는데 발가벗은 알몸에다 생김새라곤 추하기 짝이 없었다. 게다가 몸에는 네 자루의 뾰족한 칼을 차고 있었다. 군중에서는 북을 치거나 나팔을 불지 않고 그저 징을 울려 군호로 삼고 있었다. 허리에 두 자루 보도를 찬 목록대왕이 자루 달린 작은 종을 든 채 흰 코끼리를 타고 큰 깃발들 사이로 나타났다. 이 광경을 본 조운이 위연에게 말했다.

"우리가 싸움터에서 한평생을 보냈지만 여태껏 저런 인물은 본 적이 없네."

두 사람이 한창 생각에 빠져 있을 때였다. 목록대왕이 입 속으로 무언가 알 수 없는 주문을 외우면서 손에 든 종을 흔들었다. 그러자 별안간 광풍이 크게 일어나며 모래가 날고 돌이 굴러 소낙비처럼 쏟아졌다. 뒤이어 '뚜!' 하는 화각畵角(대나무나 구리로 만든 나팔) 소리와 함께 호랑이, 표범, 승냥이, 이리 따위의 맹수와 독사들이 바람을 타고 나타나더니 아가리를 쫙 벌리고 발톱을 휘두르며 촉군에게로 돌진했다. 촉군은 당해 낼 방법이 없어 뒤를 향하여 물러섰다. 뒤이어 만병들이 쫓아오며 들이치는데 줄기차게 삼강의 경계까지 추격하고 나서야 겨우 돌아갔다.

조운과 위연은 패잔병을 수습하고 공명의 군막 앞으로 가서 벌을 청하며 자신들이 겪은 일을 자세히 보고했다. 공명은 빙그레 웃으며 말했다.

"그대들 두 사람의 죄가 아니오. 나는 초려에서 나오기 전에 이미 남만에 호랑이나 표범을 부리는 법이 있다는 사실을 알고 있었소. 그래서 촉중에 있을 때 이미 이 진을 깨뜨릴 물건을 만들어 두었는데 이번 원정에 20대의 수레에 실어다 이곳에 봉해 두었소. 오늘은 우선 그 반만 쓰고 나머지 반은 남겨 두면 훗날 달리 쓸데가 있을 것이오."

공명은 즉시 좌우의 부하들에게 명하여 붉은 기름칠을 한 궤짝을 실은 수레 10대를 군막 옆으로 끌고 오게 하고 검은 기름칠을 한 궤짝을 실은 수레 10대는 뒤에다 남겨 두게 했다. 아무도 그 뜻을 아는 사람이 없었다. 공명이 궤짝을 열자 그 안에서 나무로 만든 거대한 짐승들이 나왔다. 몸통에는 색칠을 했고 오색 털실로 만든 옷을 입고 강철로 이빨과 발톱을 만들었는데 얼마나 큰지 짐승 하나에 사람

열 명이 탈 수 있었다. 공명은 건장한 군사 1천여 명을 가려 뽑아 나무 짐승 1백 마리를 이끌게 했다. 짐승들의 입에는 연기와 불꽃을 피워 낼 물건을 가득 채워서 군중에 감추어 두게 했다.

이튿날 공명은 군사를 크게 몰고 나아가 동의 입구에 늘여 세웠다. 만병들이 이 사실을 탐지하고 동으로 들어가 만왕에게 보고했다. 스

섭웅 그림

스로 무적이라고 일컫는 목록대왕은 즉시 맹획과 함께 동의 군사들을 이끌고 나왔다. 푸른 비단 띠로 만든 관건을 쓰고 깃털 부채를 든 공명이 도포를 입고 수레 위에 단정히 앉아 있었다. 맹획이 공명을 손가락질하며 소리쳤다.

"수레 위에 앉아 있는 저자가 바로 제갈량이다! 저자만 잡으면 대사는 끝날 것이다!"

목록대왕이 입 속으로 주문을 외우면서 손으로 종을 흔들었다. 삽시간에 광풍이 크게 일어나며 맹수들이 뛰쳐나왔다. 그때 공명이 깃털 부채를 한번 흔들자 세차게 불어오던 바람이 금방 방향을 바꾸어 적진을 향하여 몰아쳤다. 뒤이어 촉군의 진영에서 가짜 짐승들이 일시에 출동했다. 입으로는 화염을 토하고 코로는 시커먼 연기를 내뿜으며 몸으로 구리 방울을 흔들어 대는 짐승들이 커다란 아가리를 쩍 벌리고 발톱을 휘두르며 덮쳐 왔다. 만동의 진짜 짐승들은 모두가 질겁하여 감히 앞으로 나아가지 못하고 되돌아서서 만동 쪽으로 달아났다. 이 바람에 수많은 만병이 부딪쳐 쓰러졌다. 공명은 대군을 휘몰아 전진했다. 북소리 나팔 소리를 일제히 울리며 만병의 뒤를 들이쳤다. 이 바람에 목록대왕은 어지러운 군사들 가운데서 죽고 말았다. 동 안에 있던 맹획의 종족들은 모두가 궁궐을 버린 채 산을 타고 고개를 넘어 달아나 버렸다. 공명의 대군은 은갱동을 점령했다.

이튿날이었다. 공명이 바야흐로 맹획을 사로잡기 위해 군사를 나누어 보내려 하고 있는데 갑자기 보고가 들어왔다.

"만왕 맹획의 처남인 대래동주가 맹획에게 항복을 권했으나 듣지 않으므로 맹획과 축융부인을 비롯하여 수백 명이 넘는 종족을 모조리 사로잡아 와서 승상께 바치겠다고 합니다."

이 말을 들은 공명은 즉시 장억과 마충을 불러 이리저리 하라는 분부를 내렸다. 계책을 받은 두 장수는 2천 명의 건장한 군사들을 이끌고 궁전 양편 회랑에 매복했다. 공명은 즉시 수문장에게 만인들을 모두 들여보내라고 했다. 대래동주가 도부수들을 이끌고 맹획의 무리 수백 명을 압송해 들어오더니 전각 아래서 절을 올렸다. 공명이 대뜸 호령했다.

"모조리 사로잡아라!"

양편 회랑에 매복했던 건장한 군사들이 일제히 뛰쳐나와 두 명이 한 놈씩 잡아 모조리 결박해 버렸다. 공명은 한바탕 너털웃음을 웃고 나더니 말했다.

"너희들이 그 따위 약은꾀로 어찌 나를 속일 수 있겠느냐? 네가 두 차례나 본동 사람들에게 사로잡혀 왔지만 내가 해치지 않은 것을 보고선 이번에도 내가 항복을 깊이 믿을 거라고 말했겠지? 그래서 거짓으로 항복하는 척하고 동중에서 나를 죽이려 한 게 아니냐?"

공명이 무사를 호령해 그들의 몸을 뒤지게 하니 과연 제각기 날카로운 칼들을 지니고 있었다. 공명이 맹획에게 물었다.

"너는 원래 네 집에서 사로잡히면 진심으로 항복하겠다고 했는데 오늘은 어떠하냐?"

맹획이 대답했다.

"이번에는 우리가 스스로 죽을 길을 찾아온 것이지 당신 능력이 아니오. 그러니 아직 나는 진심으로 항복하지 못하겠소."

공명이 다시 물었다.

"내가 여섯 번이나 사로잡았는데도 복종하지 않겠다니 대체 언제쯤 항복하겠단 말이냐?"

맹획은 넉살좋게 대꾸했다.

"당신이 나를 일곱 번째 사로잡는다면 그때는 마음을 기울여 귀순하고 맹세코 배반하지 않겠소."

"소굴이 이미 깨어진 마당에 내가 무엇을 염려하겠느냐?"

공명은 무사를 시켜 모조리 포박을 풀어 주게 한 다음 호령했다.

"다음번에 사로잡히고도 다시 허튼수작을 하면 결코 가벼이 용서치 않으리라!"

맹획의 무리는 머리를 싸쥐고 놀란 쥐새끼처럼 도망쳐 버렸다.

한편 싸움에 패한 만병 1천여 명은 태반이 상처를 입고 달아나다가 때마침 만왕 맹획을 만났다. 패잔병들을 수습한 맹획은 마음이 조금 풀렸다. 그래서 그는 대래동주와 상의했다.

"내 지금 이미 동부洞府까지 촉군에게 점령당했으니 이제 어디로 가서 몸을 의탁한단 말인가?"

대래동주가 대답했다.

"촉군을 깨뜨릴 수 있는 나라가 딱 한 군데 남았습니다."

맹획이 기뻐하며 물었다.

"어느 곳으로 가면 되겠느냐?"

"여기서 동남쪽으로 7백 리를 가면 오과국烏戈國이라는 나라가 있습니다. 이 나라 임금 올돌골兀突骨은 신장이 12척인데 곡식은 일체 먹지 않고 산 뱀이나 흉악한 짐승을 밥 삼아 먹습니다. 그래서 몸에 비늘이 돋아 칼이나 화살이 뚫고 들어가지 못한답니다. 그리고 그 수하의 군사들은 모두가 등나무로 만든 갑옷인 등갑藤甲을 입었습니다. 깊은 산속 시내에서 자라 암벽으로 기어오른 등나무를 오과국 사람들이 채취하여 기름 속에 반년 동안이나 담가 두었다가 햇볕에 말리고, 말린 후에는 다시 기름에 담그기를 10여 차례나 반복한 뒤에야 비로소 갑옷을 만든다고 합니다. 이 갑옷을 입고 있으면 강을 건너도 물에 가라앉지 않고 물이 묻어도 젖지 않으며 칼이나 화살조차 뚫고 들어가지 못한다고 합니다. 이 때문에 그 군사들을 '등갑군藤甲軍'이라 부르는 것입니다. 대왕께서 그곳으로 가서 구원을 청해 보십시오. 만약 그의 도움을 얻게 되면 제갈량을 사로잡는 일쯤은 날카로운 칼로 대나무를 쪼개는 것처럼 간단할 것입니다."

맹획은 크게 기뻐하며 오과국으로 가서 올돌골을 만났다. 오과국에는 집이 없고 모두가 토굴 속에서 살고 있었다. 맹획은 동으로 들어가 올돌골에게 두 번 절을 올린 다음 지난 일을 구슬프게 하소연했다. 올돌골이 말했다.

"내가 우리 동의 군사를 일으켜 그대를 위해 원수를 갚아 드리겠소."

맹획은 너무나 좋아 절을 올리며 감사했다. 올돌골은 부장俘長이라 부르는 대장 두 사람을 불렀다. 한 사람은 이름이 토안土安이고 다른 하나는 해니奚泥였다. 두 장수에게 등갑을 입은 군사 3만 명을 일으켜 오과국을 떠나 동북쪽으로 진군하게 했다. 그들은 행군하다가 도화수桃花水라는 강에 이르렀다. 강의 양쪽 기슭에는 복숭아나무가 있어 해마다 그 잎이 강물로 떨어지는데, 다른 나라 사람들은 그 물을 마시면 죽어 버리지만 오과국 사람들만큼은 그것을 마시면 오히려 정신이 갑절이나 맑아졌다. 올돌골의 군사는 도화수 나루터에 이르러 영채를 세우고 촉군을 기다렸다.

한편 공명은 만인들을 시켜 맹획의 소식을 탐지하게 했다. 만인들이 돌아와서 보고했다.

"맹획은 오과국 임금에게 청을 올려 3만 명의 등갑군을 거느리고 지금 도화수 나루터에 주둔했습니다. 뿐만 아니라 맹획은 각 번番에서도 만병들을 모아 힘을 합쳐 항전하려 하고 있습니다."

이 말을 들은 공명은 대군을 거느리고 나아가 곧바로 도화수 나루터에 이르렀다. 강 건너편을 바라보니 오과국의 만병들은 도무지 사람 모습이라고 할 수 없을 정도로 심히 추악했다. 그 고장의 토착민들에게 상황을 물어보니 지금은 바로 복숭아 잎이 떨어지는 시기이므로 물조차 마실 수 없다는 것이었다. 공명은 5리를 물러나 영채를 세운 다음 위연을 남겨 지키게 했다.

이튿날이었다. 오과국 임금이 한 떼의 등갑군을 이끌고 강을 건너오는데 징과 북이 크게 울렸다. 위연이 군사를 이끌고 나가서 맞섰다. 만병들은 땅을 휩쓸듯이 달려왔다. 촉군이 쇠뇌 살을 쏘았지만 하나도 등나무 갑옷을 뚫지 못하고 모조리 땅에 떨어져 버렸다. 칼로 찍고 창으로 찔렀으나 그 역시 소용이 없었다. 만병들은 모두가 날카로운 칼과 강철 작살을 쓰는데 촉군들이 아무리 막으려 해도 당해 내지 못하고 결국은 모조리 패해 달아나고 말았다. 만병들은 뒤를 쫓지 않고 그대로 돌아갔다. 위연이 말머리를 돌려 도화수 나루터까지 만병의 뒤를 추격했다. 만병들은 갑옷을 입은 채 물을 건너는데 그 중 피곤한 자들은 갑옷을 벗어 물 위에다 놓고 그 위에 앉아서 강을 건너는 것이었다. 위연은 급히 본부 영채로 돌아가 공명에게 자신이 본 사실을 자세히 보고했다. 공명은 여개와 그 지방 토착민들을 불러 물어보았다. 여개가 말했다.

"제가 이전에 듣자니 남만에는 오과국이라는 나라가 있는데 거기는 인륜도 없는 자들이 산다고 합니다. 더욱이 그들은 등갑으로 몸을 보호하고 있어 쉽사리 상처를 입히기도 어렵다고 합니다. 또 복숭아 잎이 떨어져 형성된 악수惡水가 있는데 오과국 사람이 마시면 오히려 정신이 맑아지지만 다른 나라 사람이 그것을 마시면 즉사한다고 합니다. 만인들이 사는 지역이 이러한데 설사 완승을 거둔다 한들 무슨 유익함이 있겠습니까? 차라리 군사를 수습하여 일찌감치 돌아가느니만 못할 것 같습니다."

공명은 빙그레 웃으며 말했다.

"내가 여기까지 오기가 쉽지 않았거늘 어떻게 이대로 돌아가겠소? 내일이면 자연히 만인들을 평정할 계책이 생길 것이오."

공명은 조운에게 위연을 도와 영채를 지키되 당분간 경솔하게 나가지 말라고 했다.

다음날 공명은 그 지방 토착민의 길 안내를 받으며 직접 작은 수레를 타고 도화수 나루터 북쪽 기슭의 후미진 산속으로 가서 지리를 두루 살폈다. 산세가 험하고 고개가 가파른 곳에서는 수레가 움직일 수 없어 수레를 버리고 걸었다. 어느 산에 이르자 느닷없이 기다란 뱀 모양의 골짜기가 나타나는데 양쪽은 모두 반들거리는 가파른 암벽에다 나무라고는 단 한 그루도 없고 중간으로 큰길만 한 줄기 뚫려 있었다. 공명이 토착민에게 물었다.

"이 골짜기 이름이 무엇인가?"

토착민이 대답했다.

"이곳은 반사곡盤蛇谷이라고 합니다. 골짜기를 나서면 바로 삼강성으로 통하는 큰길이고 골짜기 앞은 탑랑전塔郎甸이라는 곳입니다."

공명은 뛸 듯이 기뻐했다.

"이는 바로 하늘이 나에게 공을 이루게 해주시는 곳이로다!"

공명은 먼저 온 길로 되돌아 나와 수레를 타고 영채로 돌아왔다. 그러고는 마대를 불러 분부했다.

"자네에게 검은 기름칠을 한 궤짝 10대를 줄 터이니 반드시 대나무 장대 1천 개를 사용하게. 궤짝 안에 들어 있는 물건은 이러저러한 것들일세. 수하의 군사들을 거느리고 반사곡 양쪽 어귀를 지키면서 평소의 법칙에 따라 움직이게. 보름 기한을 줄 터이니 모든 일을 완비하게. 때가 이르거든 이러저러하게 시설하게. 만약 이 일이 누설되면 군법에 따라 처벌하겠네."

마대가 계책을 받아 떠나자 이번에는 조운을 불러 분부했다.

"장군은 반사곡 뒤로 가서 삼강성으로 통하는 큰길 어귀를 이러저러하게 지키도록 하시오. 소용되는 물건들은 기일 내에 완비토록 하시오."

조운이 계책을 받아 물러가자 이번에는 위연을 불러서 분부했다.

"그대는 수하의 군사를 이끌고 도화수 나루터로 가서 영채를 세우도록 하시오. 만병이 물을 건너 싸우러 오면 즉시 영채를 버리고 흰 깃발이 꽂혀 있는 곳을 향하여 달아나시오. 보름 안에 연거푸 열다섯 번 패하고 일곱 개의 영채를 버려야만 하오. 열네 차례를 패하더라도 나를 보러 오면 아니 되오."

명령을 받은 위연은 마음이 즐겁지 못하여 시무룩한 얼굴로 나갔다. 공명은 또 장익을 불러 따로 한 부대의 군사를 거느리고 자신이 지정한 곳에다 영채를 세우도록 했다. 그리고 장익과 마충에게는 이 고장에서 항복한 1천 명의 만병을 이끌고 이러저러하게 움직이라고 명령을 내렸다. 각자가 모두 계책에 따라 행동했다.

한편 맹획은 오과국 임금 올돌골에게 말했다.

"제갈량은 교묘한 계책이 많다지만 기껏해야 매복을 잘 쓸 뿐이오. 앞으로 싸움이 붙으면 삼군에 분부하시오. 산골짜기 나무가 많은 곳이 보이면 절대로 경솔하게 전진하지 말라고 말이오."

올돌골이 대꾸했다.

"대왕의 말씀에 일리가 있소. 나도 이미 중국 사람들이 간사한 계책을 잘 쓴다는 것쯤은 알고 있소. 이 뒤로는 그 말씀에 따라 움직이도록 하겠소. 내가 앞쪽에서 무찌를 테니 대왕은 뒤에서 길만 일러주시오."

이렇게 두 사람은 의논이 정해졌다. 그때 촉군이 도화수 나루터 북쪽 기슭에 영채를 세웠다는 보고가 들어왔다. 올돌골은 즉시 두 부장俘長을 시켜 등갑군을 이끌고 강을 건너가 촉군과 싸우라고 했다. 그러나 몇 합 싸우지도 못하고 위연은 패해서 달아났다. 만병들은 매복이 있지나 않을까 두려워 뒤를 쫓지 않고 그대로 돌아갔다. 이튿날 위연은 다시 와서 영채를 세웠다. 만병들은 이 사실을 탐지하고 다시 군사를 이끌고 강을 건너 싸우러 왔다. 위연이 나가서 맞붙었으나 몇 합을 견디지 못하고 다시 패하여 달아났다. 만병들은 그 뒤를 10여 리나 몰아치다가 사면을 살펴보아도 아무런 동정이 없자 그대로 촉군의 영채 안에 주둔했다.

이튿날 두 부장은 올돌골을 영채로 모셔다 놓고 이 일을 이야기했다. 올돌골은 즉시 대군을 이끌고 한바탕 위연을 추격했다. 촉군은 모두 갑옷을 벗어 버리고 창을 내던지며 달아나고 앞쪽에는 흰 깃발만 꽂혀 있었다. 위연이 패잔병을 이끌고 급히 흰 깃발이 꽂힌 곳으로 달려가니 어느새 영채 하나가 마련되어 있었다. 그는 곧 안으로 들어가서 그 영채에 주둔했다. 올돌골이 군사를 휘몰아 추격하자 위연은 군사를 이끈 채 다시 영채를 버리고 달아났다. 촉군 영채를 얻은 만병은 이튿날 다시 앞을 향하여 촉군을 추격했다. 위연은 군사를 돌려 싸움을 벌였지만 3합이 되지 않아 다시 패했다. 그가 흰 깃발 있는 곳만 바라보고 달려가니 다시 영채가 하나가 세워져 있었다. 위연은 영채로 들어가 군사를 주둔시켰다. 이튿날 만병이 다시 밀려왔다. 위연은 조금 싸우는 척하다가 또 달아났다. 만병은 또 촉군의 영채를 점령했다.

여러 말도 필요 없이 위연은 싸우다가는 달아나고 달아나다가는 싸우는 식으로 열다섯 차례나 패하면서 연거푸 일곱 개의 영채를 버렸다. 만병들은 대거 추격하며 촉군을 몰아쳤다. 올돌골은 몸소 전군의 선두에서 적을 격파했다. 그런데 길에서 수목이 무성한 곳만 나타나면 감히 전진하지 못했다. 사람을 시켜 멀리 살피게 하니 과연 나무 그늘 속에서 정기들이 바람에 나부끼고 있다는 것이었다. 올돌골이 맹획에게 말했다

"과연 대왕의 요량을 벗어나지 못하는구려."

맹획이 껄껄 웃으며 대꾸했다.

"제갈량의 잔꾀를 이번만큼은 깨뜨릴 수 있게 되었구려! 대왕께서 며칠 동안 연거푸 열다섯 차례나 승리를 거두고 일곱 개의 영채를 빼앗자 촉군들은 소문만 듣고도 달아나는 형편이오. 제갈량은 이미 계책이 다했으니 이번에 한번만 더 밀어붙이면 큰일은 끝이 날 것이오!"

올돌골은 크게 기뻐하며 마침내 더 이상 촉군을 대수롭지 않게 여기게 되었다. 열 엿새째 날 위연은 패잔병을 거느리고 와서 다시 등갑군과 대치했다. 올돌골이 코끼리를 타고 앞장서서 나오는데 머리

에는 해와 달을 수놓은 이리 수염 모자를 쓰고 몸에는 황금과 구슬로 만든 목걸이를 걸쳤다. 양쪽 갈빗대 아래에는 저절로 돋아난 비늘을 드러낸 채 눈에서는 은은한 빛을 뿜고 있었다. 올돌골은 손가락으로 위연을 가리키며 크게 욕을 퍼부었다. 위연은 소리만 듣고도 말머리를 돌려 달아났다. 뒤에서는 만병들이 대거 몰려왔다. 위연은 군사를 이끌고 반사곡을 돌아 나가 흰 깃발을 바라보고 달렸다. 올돌골은 만병들을 거느리고 그 뒤를 따라 추격했다. 산에 풀이나 나무가 하나도 없는 것을 본 올돌골은 매복한 군사가 없을 것이라는 생각에 마음 놓고 뒤를 쫓았다. 골짜기 안으로 쫓아 들어가 보니 검은 칠을 한 궤짝을 실은 수레 수십 대가 길 가운데 버려져 있었다. 만병들이 보고했다.

"여기는 촉군이 군량을 운반하는 길인데 대왕의 군사가 이르자 촉군은 군량 수레를 버리고 달아난 것입니다."

올돌골은 대단히 기뻐하며 군사들을 재촉해서 촉군의 뒤를 추격했다. 막 산 어귀를 벗어나려는데 촉군은 어디론가 사라지고 문득 통나무와 돌덩이들이 마구 굴러 떨어지며 출구를 막아 버렸다. 올돌골이 군사들을 호령하며 길을 열어 나가려는데 갑자기 앞쪽에서 크고 작은 수레들이 나타나고 그 수레에 실린 마른나무에 불길이 일어났다. 올돌골은 허둥지둥 군사들에게 뒤로 물러서라고 명했다. 이때 문득 후군에서 고함 소리가 일어나면서 보고가 들어왔다. 골짜기 어귀에 마른나무를 잔뜩 쌓아 놓아 이미 길이 막혔을 뿐만 아니라 수레 안에 실린 것들이 모두가 화약이라 일제히 불이 붙었다는 것이었다.

그러나 올돌골은 골짜기에 나무나 풀이 전혀 없는 것을 보고는 아직 겁이 나지 않아 그대로 길을 찾아 달리라고 명했다. 그때 양편 산 위에서 불덩이들이 무수히 날아 떨어졌다. 불덩이들이 이르는 곳마다 땅 속에 묻혀 있던 도화선에 불이 붙으며 쇠 포탄이 날아올랐다. 삽시간에 골짜기 전체가 불빛이 난무하는 생지옥으로 변하고 등나무 갑옷마다 불이 붙지 않은 데가 없었다. 올돌골과 3만 명의 등갑군은 서로가 서로를 부둥켜안은 채 반사곡 안에서 불에 타 죽고 말았다. 공명이 산 위에서 내려다보니 불에 탄 만병들은 주먹을 내밀지 않으면 다리를 뻗었는데 태반이 철 포탄에 머리가 박살나거나 얼굴이 엉망이 된 채 죽어 있었다. 게다가 송장 타는 역한 냄새는 도저히 코로 맡을 수가 없을 지경이었다. 공명은 눈물을 뿌리며 탄식했다.

"내 비록 사직에는 공을 세웠다만 틀림없이 수명은 줄어들겠구나!"

이 말을 들은 좌우의 장병들은 감상에 젖어 한숨을 쉬지 않는 사람이 없었다.

한편 맹획은 영채 안에 남아서 만병들이 돌아와 보고하기만을 기다리고 있었다. 그런데 별안간 1천 명이 넘는 만병들이 웃음을 지으며 영채 앞으로 와서 절을 올렸다.

"오과국 군사들이 촉군과 큰 전투를 벌여 제갈량을 반사곡 안에 가두어 버렸습니다. 특별히 대왕께서 그곳으로 가셔서 후원해 주기를 청합니다. 저희들은 모두가 본동 사람들인데 사세가 부득이하여 촉에 항복을 했지만 지금 대왕께서 이곳까지 오신 것을 알고 특별히 싸움을 도우려고 온 것입니다."

크게 기뻐한 맹획은 즉시 종족 무리와 그동안 모아들인 번인番人(만족의 일종)들을 이끌고 밤을 무릅쓰고 말에 올라 만병들에게 길을 인도하게 하여 달려갔다. 그런데 막상 반사곡에 이르러 보니 엄청난

섭웅 그림

불빛이 일어나는 가운데 참을 수 없는 악취가 코를 찔렀다. 계책에 빠진 것을 짐작한 맹획이 급히 군사를 퇴각시키려 할 때였다. 왼편에 서는 장억, 오른편에서는 마충이 두 길로 군사를 몰고 쳐 나왔다. 맹획이 맞서 싸우려고 할 때였다. '우와!' 하는 고함 소리와 함께 맹획을 따르던 만병 가운데 태반이 촉군으로 변하여 만왕의 종족은 물론 불러 모은 번인들마저 모조리 사로잡아 버렸다. 맹획은 필마단기로 겹겹이 둘러싼 포위망을 뚫고 나와 산길을 향하여 달아났다.

한창 말을 다그쳐 몰며 달아나고 있는데 문득 산속 우묵한 곳에서 한 떼의 인마가 작은 수레 한 채를 에워싸고 나타났다. 수레 안에는 푸른 비단 띠로 만든 관건을 쓰고 깃털 부채를 든 채 도포를 입은 사람이 단정히 앉아 있었다. 그는 바로 공명이었다. 공명이 큰소리로 호통 쳤다.

"반적反賊 맹획! 이번에는 어떠하냐?"

맹획이 급히 말머리를 돌려 달아나는데 갑자기 옆으로부터 한 장수가 말을 달려 나와 앞길을 가로막았다. 바로 마대였다. 맹획은 미처 손을 놀려 볼 사이도 없이 마대에게 사로잡히고 말았다. 이때 왕평과 장익은 이미 한 부대의 군사를 이끌고 만병의 영채로 가서 축융 부인을 비롯한 남녀노소 가족들을 모조리 사로잡아 왔다.

공명은 영채로 돌아오자 군무를 논의하는 지휘관의 자리에 앉은 다음 여러 장수들에게 말했다.

"내가 이번에 쓴 계책은 다른 방법이 없어 부득이 사용한 것이기는 하나 음덕陰德을 크게 손상시키고 말았소. 적들의 계산으로는 틀림없이 우리가 수목이 울창한 곳에 군사를 매복시킬 것으로 알고 있으리라 짐작했으므로 나는 짐짓 숲속에다 군사는 없이 빈 깃발들만 벌여 놓아 그들의 의심을 돋우어 놓았소. 위문장魏文長(위연의 자)에게 연달아 열다섯 차례나 싸움에 패하게 한 것은 그들의 마음을 더욱 오만하게 하기 위해서였소. 또한 미리 살펴보니 반사곡에는 길이 하나뿐이고 양편은 모두 반들반들한 석벽에다 수목이라곤 전혀 없으며 바닥은 온통 모래흙이었소. 이 때문에 마대에게 검은 기름칠한 궤짝을 실은 수레를 골짜기 안에다 배치토록 했던 것이오. 궤짝 속에 들어 있는 것은 모두 미리 만들어 둔 화포火砲로 그 이름을 '지뢰地雷'라 하오. 지뢰 하나에는 포탄이 아홉 개씩 들어 있는데 그것을 30보마다 하나씩 묻어 놓고 중간 중간 마디를 뚫은 대나무 속에 화약심지를 박아 연결해 두었소. 그러니 하나만 건드리면 연이어 폭발하여 산이 무너지고 바위가 갈라지는 것이오. 또 조자룡에게 분부하여 미리 풀을 실은 수레들을 준비하여 골짜기 입구에다 배치하고 산 위에는 큼직한 나무와 돌덩이들을 준비해 두게 하였소. 그리고 위문장을 시켜 올돌골과 등갑군들을 속여 골짜기 안으로 끌어들인 다음 자신은 살짝 빠져나감과 동시에 출구를 끊고 불을 지르라고 했지요. 듣자니 '물에서 유리한 것은 반드시 불에는 불리하다'고 한지라, 등나무 갑옷은 기름에 절인 물건이어서 칼이나 화살은 뚫지 못할지라도 불길만 닿으면 반드시 타게 되어 있지요. 만병이 그토록 완강하니 불로 공격하지 않고서야 어찌 이길 수 있었겠소? 하지만 오과국 사람들을 씨도 남기지 않고 몰살시켰으니 나의 큰 죄업이 되고 말았구려!"

모든 장수들은 땅에 엎드려 절을 올렸다.

"승상의 천부적인 기지는 귀신도 헤아릴 수 없겠습니다!"

공명이 맹획을 끌어들이라고 분부하자 맹획이 군막 아래에 꿇어앉았다. 공명은 묶은 것을 풀어 주고 다른 막사로 데리고 가서 술과

섭웅 그림

음식을 주어 놀란 가슴을 진정시키도록 했다. 공명은 술과 음식을 맡아보는 관원을 불러다 이리저리 하라고 분부한 다음 내보냈다.

이때 맹획은 축융부인을 비롯하여 맹우와 대래동주, 그리고 모든 종족과 더불어 별도로 마련된 막사에서 술을 마시고 있었다. 갑자기 한 사람이 막사 안으로 들어오더니 맹획에게 말했다.

"승상께서는 낯이 뜨거워 공과 만나고 싶지 않다고 하셨소. 특별히 나더러 공을 놓아 돌려보내라고 하시니 공은 다시 인마를 모집하여 와서 승부를 가리도록 하시오. 공은 속히 떠나시오."

맹획은 눈물을 흘리며 말했다.

"일곱 번 사로잡았다 일곱 번 놓아준 일七擒七縱은 자고로 없었던 일이오. 내 비록 천자의 교화가 미치지 못하는 곳의 사람이나 예절과 의리는 조금 아오. 어찌 줄곧 그처럼 수치를 모를 리가 있겠소?"

맹획은 마침내 형제와 처자는 물론 종족 무리들과 함께 공명의 군막으로 기어갔다. 그러고는 사죄의 뜻으로 웃통을 벗고 꿇어앉아서 빌었다.

"승상의 하늘같으신 위엄 앞에 우리 남방 사람들은 다시는 반란을 일으키지 않겠습니다!"

공명이 부드러운 음성으로 물었다.

"공이 이제는 복종하겠단 말이지요?"

맹획은 울면서 사죄했다.

"자자손손 모두가 목숨을 살려주신 하늘같은 은혜에 감격할 것인데 어찌 복종하지 않겠사옵니까?"

공명은 맹획을 군막의 상석으로 청한 다음 잔치를 베풀어 축하하며 영원히 동주洞主 자리에 있게 해주었다. 빼앗은 땅도 모두 돌려주었다. 맹획의 종족을 비롯하여 모든 만병들은 감격과 기쁨을 감추지 못해 펄쩍펄쩍 뛰면서 떠났다. 후세 사람이 공명을 칭찬해서 지은 시가 있다.

깃털 부채에 푸른 관건 쓰고 수레 위에 앉아 /
일곱 번 사로잡는 묘책으로 맹획을 제압했네. //
지금까지 남만 땅에는 위엄과 덕 전하려고 /
높은 언덕 골라서 제갈량 사당을 세우누나.
羽扇綸巾擁碧幢, 七擒妙策制蠻王. 至今溪洞傳威德, 爲選高原立廟堂.

장사長史 비의가 군막으로 들어와 간했다.

"승상께서 친히 장병들을 거느리시고 이 불모의 땅으로 깊이 들어오셔서 만인들의 땅을 거두어들이셨습니다. 만왕이 이미 귀순했는데 어찌하여 관리를 두어 맹획과 함께 지키게 하지 않으십니까?"

공명이 대답했다.

"그렇게 하면 세 가지 어려움이 생기오. 만족이 아닌 외지의 관원을 머물게 하려면 마땅히 군사도 남겨 두어야 할 것인데 군사들이 먹을 것이 없으니 이것이 첫 번째 어려움이오. 그렇다고 만인들이 많이들 상하고 다쳤을 뿐만 아니라 그 부형들마저 죽은 마당에 외지의 관원을 남기면서 군사를 남기지 않는다면 반드시 환란이 생길 것이니 이것이 두 번째 어려움이오. 그리고 만인들은 수차에 걸쳐 자신들의 왕을 폐하거나 죽여 버리는 등 자기네들끼리 미워하고 의심하는 터라 외지의 관원을 남겨 두면 믿지 않을 것이니 이것이 세 번째 어려움이오. 그래서 지금 나는 사람을 남기지 않고 양식도 나르지 않으면서 그들과 별 탈 없이 편안하게 지내려 할 뿐이오.”

여러 사람들이 그 깊은 생각에 모두 탄복했다. 이에 남만 지역 사람들은 모두 공명의 은덕에 감격하여 살아 있는 공명을 위하여 사당을 세우고 사시사철 제사를 지내면서 ‘자부慈父’라고 불렀다. 그리고 제각기 진주와 금은보화, 붉은 옻칠에 사용하는 염료와 약재 부리는 소와 전투용 말들을 바쳐 군용에 쓰게 하면서 다시는 반역하지 않을 것을 맹세했다. 이로써 남방은 완전히 평정되었다.

공명은 잔치를 열어 군사들을 배불리 먹인 다음 군사를 이끌고 촉으로 돌아가기로 하고 위연에게 명하여 수하의 군사를 이끌고 선두 부대가 되게 했다. 위연이 군사를 이끌고 노수가에 이르렀을 때였다. 별안간 사방에서 검은 구름이 몰려들며 수면 위로 한바탕 광풍이 몰아치더니 모래가 날고 돌멩이가 굴러 군사들이 더 이상 전진할 수가 없었다. 위연은 군사를 뒤로 물리고 공명에게 돌아가 이 사실을 보고했다. 공명은 맹획을 청해 대책을 물었다. 이야말로 다음 대구와 같다.

변경 밖의 만인들 겨우 항복 받고 나니 /
물가에 있던 귀졸들이 또 미쳐 날뛰네.
塞外蠻人方帖服　水邊鬼卒又猖狂

맹획은 무어라 말할 것인가, 다음 회를 보라.

91

출사표

노수에 제사지낸 한승상은 회군하고
중원을 치려고 무후는 표문을 올리다
祭瀘水漢相班師　伐中原武侯上表

공명이 군사를 돌려 본국으로 돌아가려 하자 맹획은 크고 작은 동주
와 추장들, 그리고 여러 부락의 백성들을 거느리고 나와 길가에 늘어
서서 절을 올리며 배웅했다. 선두 부대가 노수에 이르렀을 때는 9월
의 가을날이었다. 그런데 별안간 검은 구름이 하늘을 덮고 미친 듯
한 바람이 몰아치는 바람에 군사들은 강을
건너지 못하고 공명에게 되돌아와 보고했
다. 공명이 맹획에게 대책을 물으니 맹획
이 대답했다.

"이 물에는 원래 요사
스런 귀신이 있어 재앙
을 일으키므로 내왕하
는 사람들은 반드시 제사를 지
냅니다."

공명이 다시 물었다.

"무슨 물건으로 제사를 지내오?"

맹획이 설명했다.

"예전에 나라 안에서 요사스런 귀신이 재앙을 일으키면 칠칠七七이 사십 구하여 마흔 아홉 사람의 머리와 검정 소, 흰 양을 잡아 제사를 지냈습니다. 그러면 자연히 바람이 잦아들고 물결이 가라앉으며 해마다 풍년이 들었습니다."

공명이 말했다.

"지금 이미 이곳을 평정하였거늘 어찌 한 사람이라도 함부로 죽일 수 있단 말이오?"

공명은 몸소 노수 기슭으로 가서 살펴보았다. 과연 음산한 바람이 세차게 몰아치고 파도가 크게 들끓어 인마가 모두 놀라고 있었다. 공명은 너무나 괴이한 마음이 들어 그곳 토착민을 찾아 물어보았다. 토착민이 알려주었다.

"승상께서 이곳을 지나가신 뒤로부터 밤마다 강변에서 귀신들이 울부짖는 소리가 들렸는데 황혼녘에서부터 동이 틀 때까지 울음소리가 끊이지 않았습니다. 자욱하게 장기가 피어오르면 그 속에 무수히 많은 음귀陰鬼들이 나타나서 해코지를 하므로 감히 강을 건너려는 사람이 없었습니다."

공명은 탄식했다.

"이는 나의 죄과로다. 지난번 마대가 이끌던 촉군 1천여 명이 모두 이 물에 빠져 죽었고 또한 남쪽 사람들도 죽여 모조리 이곳에다 버렸으니 미친 넋과 원한 맺힌 귀신들이 한을 풀길이 없어 이렇게 된 것이다. 오늘밤 내가 친히 강변으로 나가 제사를 지내리라."

토착민이 말했다.

"반드시 전례를 따라 사람 머리 마흔 아홉 개를 잘라 제물로 바쳐야 원귀怨鬼들이 흩어질 것입니다."

"본래 사람이 죽어서 원귀가 되었거늘 어찌 또 생사람을 죽인단 말이냐? 내게 따로 생각이 있느니라."

공명은 군중의 요리사를 불러 소와 말을 잡고 밀가루를 반죽해서 사람의 머리 모양을 만들게 했다, 그 속에다 쇠고기와 양고기를 넣어 사람 고기를 대신하게 하니 그 이름을 '만두饅頭'라 했다. 이날 밤 공명은 노수 기슭에 향안香案을 차리고 제물을 펴놓았다. 그런 다음 마흔 아홉 개의 등불을 밝히고 만장을 걸어 놓고 죽은 자의 넋을 부르며 만두 따위의 제물을 땅에다 늘어놓았다. 3경이 되자 공명은 금관金冠을 쓰고 학창의를 입은 다음 친히 제사를 지내는데 동궐董厥을 시켜 제문을 읽게 했다. 제문의 내용은 다음과 같았다.

대한大漢 건흥 3년(225년) 가을 9월 초하루, 무향후 겸 익주 목 승상 제갈량은 삼가 제물을 진설하고 나라를 위하여 목숨을 바친 촉중의 장병들과 남방 사람들의 죽은 혼령에게 고하노라.

우리 대한의 황제께서는 위엄이 오패五覇를 능가하시고 밝음은 삼왕三王을 이으셨도다. 전날 먼 지방에 있는 자들이 지경을 침범하고 풍속이 다른 자들이 군사를 일으켜 악랄한 수법으로 요사한 짓을 벌이고 방자하게도 이리 같은 심보로 난리를 일으켰다. 그래서 내가 왕명을 받들어 멀고 거친 남만에 죄를 물으러 왔나니, 호랑이와 곰 같은 군사를 일으켜 땅강아지와 개미떼 같은 무리를 깨끗이 없앴노라. 웅장한 군사가 구름처럼 모이자 미친 도적들은 얼음처럼 스러졌고, 대를 쪼개는 소리가 들리자 잔나비들이 산을 뒤덮고 도망치는 형세가 되었

노라. 무릇 군사와 장정들은 모두가 구주九州의 호걸이요 관료와 장교
들은 모두들 사해四海의 영웅이었다. 무예를 익히고 싸움터에 나와 밝
은 임금을 섬기면서 한결같이 세 번 내리는 명령을 따르지 않은 적이
없고 함께 일곱 번 사로잡는 일을 펼쳤다. 다 같이 나라를 받드는 정성
을 견지함과 동시에 임금께 충성하는 뜻을 다했노라. 그러나 뜻밖에
도 그대들은 무운武運이 기박해서 적의 간계에 빠지고 말았으니 난데
없이 날아온 화살에 맞아 황천길을 떠나기도 하고 칼이나 검에 상하
여 저승으로 가고 말았도다.

그대들은 모두 살아서는 용맹했고 죽어서는 이름을 남기게 되었노라.
이제 나는 개선가를 부르며 돌아가려 하나니 임금께 포로를 바칠 날
이 가까웠노라. 그대들에게 영령이 아직 남아 있다면 나의 기도를 반
드시 들으리라. 나의 깃발을 따르고 나의 대오를 좇아 함께 상국上國
으로 돌아가 각기 자기네 고향을 찾아 혈육들이 받드는 묘사를 받으
며 가족들이 지내 주는 제사를 받을지어다. 타향의 귀신으로 남지 말
며 부질없이 이역을 떠도는 넋이 되지 말라. 내 마땅히 천자께 아뢰어
그대들 집집마다가 빠짐없이 나라의 은혜를 입게 하여 해마다 의복과
양식을 주고 매달 녹봉을 내릴지니 이로써 그대들의 충성에 보답하고
그대들의 마음을 위로하려 하노라.

이 고장의 토신土神과 남방의 죽은 귀신들에게는 항상 혈식血食*이 있
을 것이며 머지않아 의지할 곳이 있을 것이니라. 산 자들은 이미 천자
의 위엄에 복종하였으니 죽은 자들 또한 왕화王化에 귀의하라. 바라건
대 마음을 가라앉히고 소리 내어 울부짖지 말지어다. 여기에 보잘것

---

*혈식ㅣ제사를 받는다는 뜻. 고대 신에게 제사할 때 산 짐승을 죽여 제물로 바친 데서 유래된 말이다.

없으나 지극한 정성을 표하며 경건히 제물을 진설하고 제사를 지내노라. 오호 애재哀哉로다! 엎드려 흠향歆饗하기를 바라노라!

제문을 다 읽고 나서 공명은 목을 놓아 통곡하는데 그 울음이 어찌나 애절한지 삼군이 모두 감동해서 눈물을 뿌리지 않는 자가 없었다. 맹획을 비롯한 만인 무리도 빠짐없이 소리를 내어 울었다. 그러자 문득 음산한 구름과 안개 속으로 수천의 원귀들이 바람 따라 흩어지는 모습이 은은히 보였다. 이에 공명은 좌우의 부하들을 시켜 제물들을 모조리 노수 속에 뿌리게 했다.

이튿날 공명이 대군을 이끌고 노수 남쪽 기슭에 이르러 보니 구름은 걷히고 안개는 흩어졌으며 바람은 자고 물결도 잔잔했다. 촉군은 누구나 할 것 없이 모두가 안전하게 노수를 건너니 과연 '채찍으로 금등자金鐙子를 두드려 풍악을 울리고 사람들은 개선가를 부르며 돌아간다'는 즐거운 모습이었다. 대군이 영창永昌에 이르자 공명은 왕항과 여개를 남겨 네 군을 지키게 하고 맹획은 무리들을 거느리고 본토로 돌아가게 했다. 공명은 맹획에게 정사를 부지런히 보고 백성들을 잘 어루만지며 농사짓는 시기를 놓치지 말라고 당부했다. 맹획은 눈물을 뿌리며 절을 올리고 작별했다. 공명은 대군을 이끌고 성도로 돌아왔다. 후주가 난가鑾駕를 타고 성밖 30리까지 영접을 나와서 연輦에서 내려 길에 선 채로 공명을 기다렸다. 공명은 황망히 수레에서 내려 길에 엎드리며 아뢰었다.

"신이 빠른 시일 안에 남방을 평정하지 못함으로써 주상께 근심을 끼쳐 드렸나이다. 이는 신의 죄이옵니다."

후주는 공명을 부축해 일으키고 수레를 나란히 하여 성도로 돌아와서 태평연太平宴을 베풀고 삼군에 무거운 상을 내렸다. 이로부터 먼 곳에서 사자를 보내 조공을 바치는 나라가 2백여 군데나 되었다. 공명은 후주에게 아뢰어 허락을 받고 남방 정벌에서 전몰한 장병들의 가족들을 일일이 찾아 물심양면으로 보상해 주었다. 이에 사람들이 즐거워하고 조정이나 민간이 다 같이 깨끗하고 태평했다.

한편 위주 조비가 황제의 자리에 오른 지 7년이 지났다. 촉한으로는 건흥建興 4년(226년)이었다. 조비가 먼저 맞아들인 부인 진甄씨는 원소의 둘째 아들 원희袁熙의 아내였는데 지난날 업성業城을 깨뜨렸을 때 얻었다. 그녀는 뒤에 아들 하나를 낳았는데 이름은 예叡요 자는 원중元仲으로, 어릴 적부터 총명해서 조비가 심히 사랑했다. 그리고 황제가 된 뒤에 또 안평安平 광종廣宗 사람 곽영郭永의 딸을 귀비로 맞아들였다. 곽씨는 용모가 매우 아름다워 그녀의 아비가 일찍이 이런 말을 한 적이 있었다.

"내 딸은 여자들 가운데서 왕이야."

그래서 모두들 곽영의 딸을 '여왕'이라 불렀다. 곽씨를 귀비로 맞아들인 뒤로 진부인은 총애를 잃게 되었는데, 곽귀비는 황후가 되려고 조비의 총애를 받는 신하 장도張韜와 상의했다. 이 무렵 조비는 병을 앓고 있었는데 장도가 진부인의 궁중에서 파낸 것이라고 꾸며대고 오동나무로 깎아 만든 인형을 바쳤다. 그 인형에는 천자의 생년월일과 태어난 시가 적혀 있어 진씨가 천자에게 재앙을 내리도록 저주한 것이라고 상서를 올렸다. 크게 노한 조비는 진부인에게 죽음을 내리고 곽귀비를 황후로 삼았다. 그러나 곽황후는 자식을 낳지 못해 조예를 아들 삼아 길렀다. 조비는 조예를 매우 사랑했지만 후계자로

세우지는 않았다. 차츰 자라 15세가 된 조예는 활쏘기와 말 타기에
능숙했다. 그해 봄 2월에 조비가 조예를 데리고 사냥을 나갔는데 골
짜기 사이를 지나다가 어미 사슴과 새끼 사슴을 만났다. 화살 한 대
로 어미 사슴을 쓰러뜨린 조비가 뒤돌아보니 어린 사슴이 조예의 말

섭양옥 그림

앞으로 달려가는 게 보였다. 조비가 크게 소리쳤다.

"내 아들은 어찌하여 사슴을 쏘지 않느냐?"

조예가 말 위에서 눈물을 흘리며 대답했다.

"폐하께서 이미 어미를 죽이셨는데 신이 어찌 차마 그 새끼마저 죽이겠나이까?"

이 말을 들은 조비는 활을 땅에 던지며 말했다.

"내 아들은 참으로 어질고 덕 있는 임금 감이로다!"

이에 마침내 조예를 봉하여 평원왕平原王으로 삼았다.

그해 여름 5월 조비는 감기에 걸렸는데 치료를 했지만 낫지 않았다. 이에 조비는 중군대장군中軍大將軍 조진, 진군대장군鎭軍大將軍 진군, 무군대장군撫軍大將軍 사마의 세 사람을 침궁寢宮으로 불러들였다. 그 자리에 조예를 불러다 놓고 가리키며 조진 등에게 당부했다.

"이제 짐의 병이 위중하여 다시 살아나지는 못할 것이오. 이 아이는 나이가 어리니 경들 세 사람이 잘 보좌하여 짐의 마음을 저버리지 않도록 하오."

세 사람이 다 같이 말했다.

"폐하께서는 어찌하여 그런 말씀을 하시나이까? 신들은 힘을 다하여 천추만세에 이르기까지 폐하를 섬기고자 하나이다."

조비가 말했다.

"금년에 허창 성문이 까닭 없이 저절로 무너졌으니 이는 상서롭지 못한 조짐이오. 짐은 이 때문에 반드시 내가 죽을 것을 알고 있었소."

한창 말을 하고 있는데 내시가 들어와 정동대장군征東大將軍 조휴가 문안을 드리러 입궐했다고 아뢰었다. 조비는 그 또한 불러들여 말했다.

"경들은 모두가 이 나라의 기둥이며 주춧돌 같은 신하들이오. 경들이 마음을 합하여 짐의 아들을 보좌해 준다면 짐은 죽어서도 눈을 편히 감을 수 있겠소."

말을 마친 조비는 눈물을 주르르 흘리면서 숨을 거두었다. 이때 그의 나이는 40세로 천자의 자리에 오른 지 7년만이었다.

이에 조진, 진군, 사마의, 조휴 등은 국상을 알리는 한편 조예를 대위大魏의 황제로 옹립했다. 조예는 부친 조비에게 문황제文皇帝라는 시호를 드리고 모친 진씨에게는 문소황후文昭皇后라는 시호를 올렸다. 그리고 종요鍾繇을 태부로 삼고 조진을 대장군으로 삼았으며 조휴를 대사마로 임명했다. 또한 화흠을 태위로, 왕랑을 사도로, 진군을 사공으로, 사마의를 표기대장군으로 삼았다. 나머지 문무 관료들도 각각 벼슬을 높이고 천하에 대사령을 내렸다. 이때 마침 옹주雍州와 량주凉州 두 고을을 지키는 자리에 궐석이 생기자 사마의가 표문을 올려 서량西凉 등지를 지키겠다고 자원했다. 조예는 그 뜻에 따라 사마의를 옹주와 량주 등지의 병마를 지휘하는 제독提督에 임명했다. 사마의는 조서를 받고 서량으로 떠났다.

어느새 첩자가 나는 듯이 서천으로 들어가 이 사실을 보고했다. 공명은 깜짝 놀랐다.

"조비가 죽고 그의 어린 아들 조예가 즉위했다니 다른 자들은 족히 염려할 것이 못 된다. 그러나 사마의는 지모가 깊고 방략이 있는 자인데 지금 옹주와 량주의 군사를 지휘 감독하게 되었다니 그가 군사 훈련을 끝내고 나면 우리 촉의 큰 두통거리가 될 것이다. 아예 먼저 군사를 일으켜 치는 것이 낫겠다."

참군 마속이 건의했다.

"지금 승상께서는 남방을 평정하고 막 돌아오신 길이라 군사들이 피로한 상태입니다. 그러니 마땅히 아껴 주셔야 할 판인데 어찌 다시 멀리 정벌을 나가신단 말입니까? 저에게 한 계책이 있는데 조예가 사마의를 죽이게 할 수 있습니다. 승상께서는 허락해 주시겠습니까?"

공명이 어떤 계책이냐고 물으니 마속이 대답했다.

"사마의는 비록 위나라의 대신이기는 하오나 조예는 평소 그를 의심하여 꺼리고 있습니다. 그러니 사람을 낙양과 업군 등지로 보내 이 사람이 모반을 꾀한다고 유언비어를 퍼뜨리게 하십시오. 그런 한편 사마의의 이름으로 천하에 고하는 방문을 지어 널리 각처에 붙인다면 조예는 의심이 나서 틀림없이 사마의를 죽일 것입니다."

공명은 그 말을 좇기로 하고 즉시 사람을 보내 비밀리에 이 계책을 실행토록 했다.

업성의 성문에 어느 날 난데없는 고시문告示文 한 장이 나붙었다. 문을 지키던 자가 떼어다 조예에게 바쳤다. 조예가 살펴보니 내용은 이러했다.

표기대장군이자 옹조와 량주 등지의 군사 지휘권을 맡은 사마의는 삼가 신의로써 천하에 널리 알리노라. 옛날에 태조 무황제武皇帝(조조)께오서 기업을 창립하시고 본래 진사왕陳思王 자건子建(조식)을 세워 사직의 주인으로 삼으려 하셨다. 그러나 불행히도 간사한 무리들에게 온갖 참소를 입어 오랜 세월 연못에 갇힌 용으로 지내셨다. 황손皇孫 조예로 말하면 원래 덕행도 없으면서 망령되이 제위에 올랐으니 이는 태조께서 남기신 뜻을 저버리는 일이다. 내 이제 하늘의 뜻에 응하고 사람들의 마음을 좇아 날짜를 가려 군사를 일으켜 만백성이 바라는 바를 위로하고자 하노라. 고시문이 이르는 날에 각자는 마땅히 새 임금에게 귀순토록 하라. 만약 순종하지 않는 자가 있다면 구족을 멸하리라. 이에 먼저 알리노니 다들 알아들을지라.

글을 읽고 조예는 얼굴이 하얗게 질릴 정도로 놀라서 급히 여러 신하들에게 물었다. 태위 화흠이 아뢰었다.

"사마의가 표문을 올려 옹주와 량주 지방을 지키겠다고 자원한 것은 바로 이 때문이옵니다. 지난날 태조 무황제께서 일찍이 신에게 '사마의는 매처럼 노려보고 이리처럼 돌아보니 그에게 병권을 맡기지 말라. 오래되면 반드시 국가의 큰 화근이 될 것'이라고 말씀하셨습니다. 지금 이미 모반의 기미가 나타났으니 속히 그를 죽이소서."

사도 왕랑 또한 맞장구를 쳤다.

"사마의는 도략韜略에 밝고 병법에 정통한 데다 평소 큰 뜻을 품고 있었습니다. 하루 속히 제거하지 않고 오래 두다가는 반드시 화근이 될 것입니다."

조예는 곧바로 성지를 내려 군사를 일으켜 어가를 몰고 친히 정벌에 나서려 했다. 그런데 반열 가운데서 대장군 조진이 뛰쳐나오며 아뢰었다.

"아니 되옵니다. 문황제께서 신을 비롯한 몇 사람에게 아드님을 맡기신 것은 사마중달에게 다른 뜻이 없음을 아셨기 때문입니다. 지금 사건의 진위도 모르는 상태에서 갑자기 군사를 일으키는 것은 오히려 그를 반역의 길로 몰아넣는 일이 될 뿐입니다. 혹시 촉이나 오의 첩자들이 반간계를 써서 우리 군신이 서로 싸우게 한 다음 그 빈 틈을 이용하여 습격하려는 수작인지도 모릅니다. 폐하께서는 부디 깊이 살피소서."

조예가 물었다.

"사마의가 정말 모반한 것이라면 무엇을 어찌해야 하겠소?"

조진이 대답했다.

"폐하께서 만약 의심이 풀리지 않으신다면 한고조께서 운몽雲夢으로 유람하신 계책*을 본받아서 어가를 안읍安邑으로 행차하옵소서. 그러면 틀림없이 사마의가 영접하러 올 것이니 그때 사마의의 동정을 살펴보시고 수레 앞에서 사로잡으시면 그만일 것입니다."

조예는 그 말을 좇기로 했다. 조진을 감군監軍으로 임명하여 자신이 없는 사이 낙양에 남아 국정을 돌보게 하고는 친히 어림군 10만 명을 거느리고 곧바로 안읍으로 갔다.

영문을 알 리 없는 사마의는 천자에게 자신이 거느린 군사의 위엄을 과시하고 싶었다. 그는 군마를 정돈하여 갑옷으로 무장한 군사 수만 명을 인솔하고 어가를 영접하러 왔다. 근신이 아뢰었다.

"사마의가 과연 10만 명이 넘는 군사를 거느리고 항거하러 나오니 실로 반역의 마음을 품은 것 같습니다."

조예는 황망히 조휴에게 명하여 먼저 군사를 거느리고 나가서 사마의를 맞게 했다. 군마가 다가오는 광경을 본 사마의는 어가가 친히 이른 것으로만 여기고 길에 엎드려 영접했다. 조휴가 나서며 꾸

---

*한고조가 운몽으로 유람한 계책 | 한고조 유방이 천하를 평정한 뒤 초왕楚王에 봉해진 한신韓信이 반란을 꾀한다는 소문이 있었다. 이때 유방은 진평陳平의 계책을 받아들여 초와 가까운 운몽 지방을 유람하며 한신을 불러서는 그 자리에서 사로잡아 회음후淮陰侯로 강등시켰다.

2198

짖었다.

"중달은 선제로부터 아드님을 돌봐 달라는 무거운 부탁을 받은 터에 어찌하여 모반을 하는가?"

사마의는 소스라치게 놀라 온몸에 식은땀을 흘리며 연유를 물었다. 조휴가 사실을 자세히 일러 주었다. 상황을 알아챈 사마의가 입을 열었다.

"이는 오나 측의 첩자가 반간계를 쓴 것입니다. 우리 군신이 서로를 해치도록 한 다음 그 빈틈을 이용하여 저들이 습격하려는 수작입니다. 내가 직접 천자를 뵙고 해명하겠소이다."

급히 군사를 뒤로 물린 사마의는 조예의 수레 앞으로 가서 땅바닥에 엎드려 눈물을 흘리며 아뢰었다.

"신은 선제께서 아드님을 부탁하신 중임을 맡은 몸인데 어찌 감히 다른 마음을 품겠나이까? 이는 필시 오나 측의 간계이옵니다. 청컨대 신에게 한 부대의 군사를 거느리게 해주소서. 그러면 먼저 촉을 깨뜨리고 다음에 오를 쳐서 선제와 폐하의 은혜에 보답하옵고 그로써 신의 진심을 밝히겠나이다."

조예는 의심과 걱정으로 얼른 결단을 내리지 못했다. 화흠이 아뢰었다.

"그에게 병권을 맡겨서는 아니 됩니다. 즉시 파직하여 고향으로 돌려보내소서."

조예는 그 말에 따라 사마의의 관직을 삭탈하여 고향으로 돌려보내고 조휴에게 옹주와 량주의 병마를 총지휘하게 한 다음 어가를 돌려 낙양으로 돌아갔다.

한편 이 사실을 탐지한 첩자가 서천으로 들어가 보고하자 공명이

왕굉희 그림

크게 기뻐했다.

"내가 위를 치려고 마음먹은 지는 오래이나 사마의가 옹주와 량주의 군사를 총괄하고 있어 엄두를 내지 못했다. 이제 계책에 말려들어 그의 벼슬이 떨어졌으니 내 무엇을 걱정하리오?"

이튿날이었다. 후주가 문무 관료들을 크게 모아 조회를 열고 있는데 공명이 반열에서 나와 출사표出師表 한 통을 바쳤다.

신 양亮이 아뢰나이다. 선제께서 나라를 일으키는 큰 사업을 시작하셨으나 뜻을 반도 이루지 못하신 채 중도에 세상을 떠나시고 말았나이다. 지금 셋으로 나뉜 천하에서 익주가 가장 피폐하니 이는 진실로 나라가 위급한 때이옵니다. 하오나 시위하는 신하들이 궁궐 안에서 게으름을 피우지 아니하고 충성스러운 뜻을 가진 관료들이 밖에서 몸을 돌보지 않고 일함은 대체로 선제께서 베풀어 주신 특별한 대우를 잊지 않고 폐하께 보답하려는 것입니다. 그러니 마땅히 성스러운 귀를 크게 열어 충언을 들으시고 선제께서 끼치신 덕을 빛내시며 뜻 있는 인재들의 기개를 진작시켜 주서야 하나이다. 함부로 자신을 가볍게 여기거나 대의에 맞지 않은 말을 끌어대어 충심으로 간하는 언로를 막아서는 아니 되옵니다. 황궁과 승상부는 하나가 되어야 하니 관원들의 벼슬을 높이거나 낮추며 칭찬하거나 나무람이 서로 달라서는 아니 됩니다. 간악한 짓을 하여 법을 범하는 자나 충성스럽고 선한 일을 한자는 법을 맡은 관청에 맡겨 벌과 상을 따지게 하여 폐하의 공평하고 밝으신 다스림을 밝혀야 하옵고 절대로 사사로운 정에 기울어 안팎의 법이 다르게 해서는 아니 되옵니다.

시중侍中 시랑侍郎 곽유지郭攸之, 비의, 동윤 등은 모두가 착하고 성실하며 뜻과 생각이 충직하고 순수합니다. 이 때문에 선제께서 뽑아 폐하께 남기셨습니다. 저의 어리석은 생각으로는 궁중의 일이라면 크건 작건 모두 이 사람들에게 물으신 연후에 시행하신다면 틀림없이 잘못이 줄어들고 널리 이익 되는 바가 있을 것입니다. 장군 상총向寵은 성품과 행실이 맑고 공평하며 군사 업무에 정통하여 지난날 선제께서 시험해 써 보시고 유능하다고 칭찬하셨습니다. 이 때문에 여러 사람이 상총을 천거하여 중부독中部督으로 삼은 것이니 어리석은 저의 생각으로는 군중의 일이라면 크건 작건 모두 이 사람에게 물은 연후에 시행하신다면 틀림없이 부대 간이 화목하며 우열이 제대로 가려질 것이라 여기옵니다.

어진 신하를 가까이하고 못된 소인을 멀리한 것은 전한이 흥하고 융성한 까닭이요 못된 소인을 가까이 하고 어진 신하를 멀리한 것은 후한이 무너지고 쇠미한 원인입니다. 선제께서 살아 계시던 시절 신과 더불어 이 일을 평하실 때면 일찍이 환제와 영제의 무능을 탄식하고 원통하게 여기지 않은 적이 없으셨나이다. 시중侍中 곽유지와 비의, 상서尚書 진진陳震, 장사長史 장예張裔, 참군參軍 장완蔣琬 등은 하나같이 충성과 절개를 굳게 지켜 죽음으로 나라에 보답할 신하들이오니 바라건대 폐하께서 가까이 하고 믿어 주신다면 한나라가 융성할 날을 손꼽아 기다릴 수 있을 것이옵니다.

신은 본래 무명옷 입은 평민으로 남양 땅에서 손수 농사를 지으며 이 난세에 목숨을 온전히 보존할 방법이나 궁리했을 뿐 제후들에게 이름이 알려져 영달하기를 바라지 않았나이다. 그런데 선제께서 신을 미천하고 비루하다 여기지 않으시고 스스로 몸을 낮추시어 세 번이나 초가로 찾아오셔서 신에게 당세의 일을 물으셨나이다. 이에 신은 감격

하여 마침내 선제를 위해 몸을 바쳐 뛰기로 약속하였나이다. 후에 형
세가 뒤집혀 싸움에 패한 시기에 중임을 맡게 되고 위태롭고 어려운
가운데 명령을 받들게 되었으니 그로부터 지금까지 어언 스무 한 해

대돈방 그림

나 되었나이다. 선제께서는 신이 삼가고 조심하는 것을 아시고 붕어하시기 전에 신에게 큰일을 맡기셨나이다.

명령을 받은 이래로 신은 주야로 근심과 탄식 속에 지내며 혹시라도 부탁하신 바를 제대로 이루지 못하여 선제의 밝으심에 손상을 입히지나 않을까 두려웠기에 5월에 노수를 건너 깊이 불모의 땅으로 들어갔습니다. 이제 남방이 이미 평정되고 병력과 무기도 충분히 갖추어졌으니 마땅히 삼군을 독려하고 인솔하여 북으로 나아가 중원을 평정하고자 하나이다. 아마도 노둔한 힘을 다한다면 간악하고 음흉한 무리를 제거하여 한실을 다시 일으키고 옛 수도로 돌아갈 수 있을 것이니 이는 신이 선제의 은혜에 보답하고 폐하께 충성하는 직분이옵니다. 정사에 참여하여 손익을 헤아리고 충성스런 말씀을 올리는 일은 곽유지, 비의, 동윤 등이 할 임무입니다.

바라건대 폐하께서는 신에게 역적을 토벌하고 한나라를 부흥시킬 책임을 맡기시어 공을 이루지 못하면 곧바로 신의 죄를 다스려 선제의 영전에 고하소서. 만약 한나라를 다시 일으킬 유익한 말이 없다면 곽유지, 비의, 동윤의 허물을 꾸짖어 그 태만함을 세상에 밝히소서. 또한 폐하께서도 스스로 궁리하여 착한 도리를 물으시고 바른 말을 살펴 받아들이시며 선제께서 남기신 조서를 깊이 따르소서. 신은 지금까지 받자온 은혜에 감격을 이기지 못하옵니다. 이제 먼 길을 떠나면서 표문을 앞에 놓고 눈물을 흘리오니 무슨 말씀을 아뢰어야 할지 모르겠나이다.

표문을 읽은 후주가 입을 열었다.

"상보께서는 머나먼 남방 정벌을 나가시어 갖은 고초를 겪으시고 이제 수도로 돌아와 자리에 편히 앉지도 못하셨습니다. 그런데 지금 또다시 북방 정벌을 나서려 하시니 너무 노심초사하시는 것 같아 걱정입니다.”

공명이 대답했다.

“신은 선제께서 아드님을 부탁하신 중임을 맡은 이래로 지금까지 한시도 게으름을 피운 적이 없었나이다. 이제 남방이 평정되어 안으로 돌아볼 근심이 사라진 마당인데 바로 이때 역적을 토벌하여 중원을 회복하지 않는다면 다시 어느 날을 기다리겠나이까?”

갑자기 반열에서 태사太史 초주譙周가 나서서 후주에게 아뢰었다.

“신이 간밤에 천문을 살펴보니 북방의 기운이 한창 왕성하여 별들이 평소에 비해 갑절이나 밝아졌습니다. 그러니 아직은 위를 도모할 수 없사옵니다.”

그리고 공명을 돌아보며 물었다.

“승상께서는 천문에 그토록 밝으신 터에 무슨 까닭에 억지로 정벌에 나서려 하십니까?”

공명이 대답했다.

“천도天道란 끊임없이 변하는 것인데 어찌 그런 한 가지 현상에 얽매인단 말이오? 나는 지금 군사를 잠시 한중에 주둔시키고 저들의 동정을 살펴 가며 움직이려 하오.”

초주가 간곡히 말렸으나 공명은 그 말을 듣지 않았다. 이리하여 공명은 곽유지, 동윤, 비의 등을 남겨 시중으로 삼아 궁중의 일을 총괄하게 하고, 상총을 대장으로 삼아 어림군을 총지휘하게 했다. 또 장완을 참군으로 삼고 장예를 장사로 삼아 승상부의 일을 맡아보게 하고, 두경杜瓊을 간의대부로, 두미杜微와 양홍楊洪을 상서로, 맹광孟光

과 내민來敏을 좨주祭酒로, 윤묵尹黙과 이선李譔을 박사博士로, 극정郤
正과 비시費時를 비서祕書로, 초주를 태사로 삼고, 내외의 문무 관료
1백여 명이 함께 촉중의 정사를 처리하게 했다.

출사를 허락하는 조서를 받들고 승상부로 돌아온 공명은 여러 장
수들을 불러 명령을 내렸다. 전독부前督部로는 진북장군鎭北將軍 겸
승상사마丞相司馬에 량주 자사凉州刺史로 있는 도정후都亭侯 위연을 임
명하고, 전군도독前軍都督으로는 부풍 태수扶風太守 장익을 임명했다.
아문장牙門將으로는 비장군裨將軍 왕평을 임명하고 후군영 병사後軍
領兵使로 안한장군安漢將軍 겸 건녕 태수建寧太守인 이회李恢를 임명했
으며, 이회의 부장副將으로는 정원장군定遠將軍 겸 한중 태수漢中太守
인 여의呂義를 임명했다. 식량 나르는 일을 겸하며 좌군을 거느리는
좌군영 병사左軍領兵使로 평북장군平北將軍 진창후陳倉侯 마대를 세우
고 그 부장에는 비위장군飛衛將軍 요화를 임명했다. 우군영 병사右
軍領兵使로 분위장군奮威將軍 박양정후博陽亭侯 마충과 무융장군撫戎將
軍 관내후關內侯 장억을 임명했다. 대리 중군사中軍師 로는 거기대장
군 도향후都鄕侯 유염劉琰을, 중감군中監軍으로는 양무장군揚武將軍 등
지를 임명했다. 중참군中參軍에는 안원장군安遠將軍 마속을, 전장군
에는 도정후都亭侯 원침袁綝을, 좌장군에는 고양후高陽侯 오의吳懿를,
우장군에는 현도후玄都侯 고상高翔을, 후장군에는 안락후安樂侯 오반
吳班을 세웠다. 장사長史는 수군장군綏軍將軍 양의楊義가 겸직하게 하
고 전장군에는 정남장군征南將軍 유파劉巴를 임명했다. 전호군前護軍
으로는 편장군偏將軍 한성정후漢城亭侯 허윤許允을, 좌호군左護軍으로
는 독신중랑장篤信中郎將 정함丁咸을, 우호군右護軍으로는 편장군偏將
軍 유민劉敏을, 후호군後護軍으로는 전군중랑장典軍中郎將 관옹官雝을

임명했다. 참군 대리로는 소무중랑장昭武中郎將 호제胡濟, 간의장군
諫議將軍 염안閻晏, 편장군偏將軍 찬습爨習, 비장군裨將軍 두의杜義, 무
략중랑장武略中郎將 두기杜祺, 수융도위綏戎都尉 성발盛教 등을 임명했
다. 종사從事로 무략중랑장武略中郎將 번기樊岐를, 전군서기典軍書記로
번건樊建을, 승상의 명령을 전하는 승상영사丞相令史로는 동궐董厥을
임명했다. 군막 앞 호위를 맡은 좌호위사左護衛使로 용양장군龍讓將軍
관흥을, 우호위사右護衛使로 호익장군虎翼將軍 장포를 임명했다.

이상 모든 관원들이 다 평북대도독平北大都督이자 무향후 겸 익주
목이며 조정 안팎의 일을 도맡은 승상 제갈량을 따라가게 되었다. 각
자에게 소임을 맡긴 공명은 또 이엄李嚴 등에게 격문을 띄워 천구川口
를 굳게 지키며 동오를 막게 했다. 그러고서 드디어 건흥 5년(227년)
춘삼월 병인일丙寅日을 택해 위를 치기 위해 출정하기로 했다.

별안간 군막 아래서 한 노장이 나서더니 사나운 음성으로 소리
쳤다.

"내 비록 나이가 많다고는 하나 아직은 염파
廉頗(전국시대 조나라의 명장) 같은 용맹과 마원馬援
(한무제 때의 명장) 같은 기개가 있소이다. 이 두
옛사람은 늙음을 인정하지 않았거늘 무슨 까
닭으로 나를 쓰지 않는단 말이오?"

모두들 보니 바로 조운이었다. 공명
이 부드러운 어조로 타일렀다.

"내가 남방을 평정하고 수도로 돌
아와 보니 마맹기孟起(마초의 자)가 병
으로 작고하였기에 한쪽 팔이 부러진

듯 애석하기 그지없었소. 장군께서는 연세가 많으시니 조금이라도 실수가 생기면 일세를 뒤흔든 영용한 명성이 흔들릴 것이며 촉중의 예기도 줄어들 것이오."

조운은 사나운 음성으로 소리쳤다.

"나는 선제를 따른 이래로 전투에 임해 물러난 적이 없었고 적을 만나면 언제나 앞장을 섰소이다. 대장부가 싸움터에서 죽을 수 있으면 행운이기늘 내 무엇을 한하겠소? 바라건대 전부 선봉이 되고 싶소!"

공명이 두 번 세 번 간곡히 만류했지만 조운은 듣지 않았다.

"나를 선봉으로 삼지 않으신다면 섬돌 아래 머리를 부딪쳐 죽어 버리겠소!"

공명은 승낙하지 않을 수가 없었다.

"장군께서 선봉이 되시겠다면 반드시 사람 하나를 얻어 같이 가야 하오이다."

그 말이 미처 끝나기도 전에 한 사람이 호응하며 나섰다.

"제가 비록 재주는 없으나 원컨대 노장군을 도와 한 부대의 군사를 거느리고 앞장서 나아가 적을 깨뜨리겠소이다."

공명이 보니 바로 등지였다. 크게 기뻐한 공명은 즉시 정예병 5천 명과 부장 10명을 선발하여 조운과 등지를 따라가게 했다.

공명이 출병하는 날 후주는 백관을 거느리고 북문 밖 10리까지 나가 전송했다. 후주에게 작별 인사를 올린 공명은 대군을 인솔하여 한중을 바라고 나아가는데 깃발은 들판을 덮고 창과 극은 숲을 이루었다.

한편 변경에 있던 군사들이 이 사실을 탐지하여 낙양으로 들어가 보고를 올렸다. 이날 조예는 조회를 열고 있었는데 근신이 다가와서 아뢰었다.

"변방에 있는 관원이 보고를 올렸는데 제갈량이 30여만 명의 대군을 인솔하고 한중으로 나와 주둔하고 있다 합니다. 그는 조운과 등지를 선두 부대의 선봉으로 삼아 군사를 이끌고 우리 경내로 들여보냈다 하옵니다."

깜짝 놀란 조예가 여러 신하들에게 물었다.

"누구를 대장으로 삼아야 촉병을 물리칠 수 있겠소?"

갑자기 한 사람이 그 소리에 호응하며 나섰다.

"신의 아비가 한중에서 전사했건만 이가 갈리는 원한을 아직도 갚지 못하고 있습니다. 지금 촉병이 지경을 침범했으니 폐하께서 관서關西의 군사들을 내려 주신다면 신은 수하의 맹장들을 거느리고 앞으로 나아가 촉군을 깨뜨리고자 합니다. 위로는 나라를 위하여 힘을 다하는 것이고 아래로는 아비의 원수를 갚는 것이오니 신은 만 번 죽어도 한이 없겠사옵니다!"

사람들이 살펴보니 그는 바로 하후연의 아들 하후무夏侯楙였다. 하후무는 자가 자휴子休였다. 그는 성질이 매우 급한 데다 지독한 노랑이였는데 어릴 때 하후연의 양자가 되었다. 뒤에 하후연이 황충의 손에 목숨을 잃자 조조가 그를 가엾게 여겨 자기 딸 청하공주清河公主와 맺어 주어 부마로 삼았다. 그 때문에 조정에서도 그를 공경했다. 하후무는 비록 병권은 잡았지만 여태껏 싸움터에 나가 본 일이라곤 없었다. 그런데 이날 출정을 자원하므로 조예는 즉시 그를 대도독으로 임명하고 관서 여러 길의 군마를 출동시켜 적을 맞으러 나가게 했다. 사도 왕랑王朗이 나서서 간했다.

"아니 됩니다. 하후부마는 일찍이 싸움을 해본 적이라곤 없는데 그러한 중임을 맡기시는 것은 마땅한 일이 아닙니다. 더구나 제갈량은 지모가 출중하고 도략에 깊이 통했으니 함부로 대적해서는 아니 됩니다."

하후무가 왕랑을 꾸짖었다.

"사도는 혹시 제갈량과 결탁해서 내응하려는 게 아니오? 나는 어렸을 때부터 부친께 도략을 배워 병법에 정통했거늘 당신이 어찌하여 나를 어리다고 깔본단 말이오? 내 만약 제갈량을 산채로 잡지 못한다면 맹세코 천자를 뵈러 돌아오지 않겠소."

왕랑을 비롯한 신하들은 아무도 감히 입을 열지 못했다. 하후무는 위주에게 하직을 고하고 밤낮을 가리지 않고 장안으로 달려갔다. 그러고는 관서 여러 길의 군마 20여만을 출동시켜 공명을 대적하기로 했다. 이야말로 다음 대구와 같다.

흰 쇠꼬리 깃발 잡고 장병을 지휘하려면서 /
도리어 어린 아이에게 병권을 맡기는구나.
欲秉白旄麾將士 却敎黃吻掌兵權

승부는 어떻게 될 것인가, 다음 회를 보라.

92

노장 조운의 맹활약

조자룡은 힘을 떨쳐 다섯 장수를 베고
제갈량은 꾀를 써서 세 성을 차지하다
趙子龍力斬五將 諸葛亮智取三城

공명은 군사를 인솔하고 전진하여 면양沔陽에 이르렀다. 마초의
무덤을 지나게 되자 마초의 아우 마대에게 상복을 입게 하고 친
히 제사를 지냈다. 제사를 마치고 영채로 돌아온 공명은 진군할
일을 상의했다. 별안간 척후병이 들어와 보고를 올렸다.

"위주 조예가 부마 하후무를 파견했는데 관중 각 곳의
군마를 움직여 우리 군사를 막게 했습니다."

위연이 앞으로 나서더니 계책을 드렸다.

"하후무는 부귀한 집안에서 호사스럽게 자
란 사람이라 나약하고 꾀가 없습니
다. 원컨대 정예병 5천 명만 주시면
곧바로 포중褒中에서 출발하여 진령秦
嶺을 따라 동쪽으로 가서 자오곡子午谷을
통하여 북쪽으로 진군하겠습니다. 그러
면 불과 열흘이면 장안에 닿을 수 있을 것

입니다. 제가 갑자기 그곳에 이르렀다는 말을 들으면 하후무는 틀림없이 성을 버리고 횡문橫門의 식량 저장고인 저각邸閣을 향하여 달아날 것입니다. 그때 저는 동쪽으로부터 쳐들어가고 승상께서는 대군을 몰아 야곡斜谷으로 해서 진격하시면 함양의 서쪽 일대를 일거에 평정할 수 있을 것입니다."

공명은 웃으며 반대했다.

"그것은 완벽한 계책이 아니오. 그대는 중원에는 뛰어난 인물이 없는 줄로 아는 것 같은데 만약 누군가가 후미진 산속에서 군사를 매복시켜 길을 끊고 공격하는 계책이라도 낸다면 5천 명의 군사만 해를 입는 게 아니라 전군의 예기마저 크게 상할 것이오. 결코 쓸 수 없는 계책이오."

위연이 다시 말했다.

"승상께서 군사를 거느리고 큰길로 나아가신다면 적들은 반드시 관중의 군사를 모조리 일으켜 길에서 맞서 싸울 것입니다. 그렇게 되면 장구한 시일을 헛되이 보낼 것이니 어느 세월에 중원을 얻는단 말입니까?"

공명이 대꾸했다.

"농우隴右의 평탄한 큰길을 골라 병법에 따라 진군한다면 어찌 이기지 못할 것을 근심하겠소?"

그는 마침내 위연의 계책을 쓰지 않았다. 위연은 기분이 상해서 즐겁지가 않았다. 공명은 조운에게 사람을 보내 진군을 명했다.

이때 하후무는 장안에서 여러 길의 군마를 불러 모으고 있었다. 서량의 대장 한덕韓德은 개산대부開山大斧라는 큰 도끼를 잘 쓰고 만 사람도 당하지 못할 용맹을 지녔다. 그는 서강西羌 각지의 군사 8만 명을 이끌고 와서 하후무를 알현했다. 하후무는 그에게 후한 상을 내리고 즉시 선봉으로 내세웠다. 한덕에게는 아들 네 형제가 있었는데 모두들 무예에 정통하고 활쏘기와 말 타기에 뛰어났다. 맏아들은 한영韓瑛, 둘째 아들은 한요韓瑤, 셋째 아들은 한경韓瓊, 막내아들은 한기韓琪였다. 한덕이 네 아들과 함께 서강 군사 8만 명을 거느리고 길을 찾아 봉명산鳳鳴山에 이르렀을 때 촉병과 마주쳤다. 양편 군사가 서로 마주 보고 둥그렇게 진을 쳤다. 한덕이 말을 타고 나오자 네 아들이 양편으로 벌려 섰다. 한덕이 사나운 음성으로 크게 욕설을 퍼부었다.

"나라를 배반한 역적놈들이 어찌 감히 우리 지경을 침범하느냐?"

크게 노한 조운이 창을 꼬나들고 말을 놓아 오직 한덕만 찾으며 싸움을 걸었다. 맏아들 한영이 말을 달려 나와 맞섰다. 그러나 싸움이 3합을 넘기기도 전에 조운이 내지른 창에 찔려 말 아래로 죽어 넘어졌다. 이 광경을 본 둘째 아들 한요가 칼을 휘두르며 싸우려고 말을 달려 나왔다. 조운은 지난날의 호랑이 같은 위엄을 드러내며 정신을 가다듬고 그를 맞아 싸웠다. 한요는 당해 낼 수가 없었다. 셋째 아들 한경이 급히 방천극을 꼬나들고 질풍같이 말을 몰아 나오더니 조운을 협공했다. 하지만 조운은 조금도 두려워하는 기색이 없었다. 창을 다루는 법도 조금도 흐트러지지 않았다. 두 형이 조운과 싸워 이기지 못하는 것을 보고 막내아들 한기 역시 말을 달려 나오더니 두 자루 일월도日月刀를 휘두르며 조운을 에워쌌다. 조운은 그들의 한가운데에서 홀로 세 장수와 싸웠다.

잠시 후 한기가 창에 찔려 말에서 떨어졌다. 한덕의 진중에서 편장 하나가 급히 달려 나오더니 한기를 구해 돌아갔다. 그러자 조운

육일비 그림

이 곧 창을 끌며 달아났다. 한경이 극을 안장 위의 고리에 끼우더니 급히 활과 화살을 꺼내 조운을 겨누고 쏘았다. 연거푸 세 대를 날렸으나 모두 조운이 창으로 쳐서 땅에 떨어뜨렸다. 크게 화가 난 한경은 다시 방천극을 꼬나들고 말을 달려 그의 뒤를 쫓았다. 그러나 조운이 쏜 화살 한 대를 얼굴에 맞고 말에서 떨어져 죽고 말았다. 한요가 말을 달리더니 보도를 번쩍 들어 조운을 내리쳤다. 조운은 창을 땅에 내버림과 동시에 번개같이 보도를 피하더니 냉큼 한요를 사로잡아 진으로 돌아왔다. 그러고는 다시 말을 달리면서 창을 집어 들고 적진을 향해 쳐들어갔다.

아들 넷이 모두 조운의 손에 죽는 것을 본 한덕은 간담이 모두 찢어지는 것 같아 앞질러 달아나 진중으로 들어갔다. 서량 군사들은 평소 조운의 명성을 알고 있는 데다 그 빼어난 용맹이 예전과 조금도 변함이 없는 것을 보고 아무도 감히 싸울 엄두를 내지 못했다. 조운의 말이 이르는 곳마다 각 진들이 우르르 우르르 뒤로 물러났다. 필마단창으로 오가며 들이치는 조운의 모습은 그야말로 무인지경을 내달리는 것만 같았다. 후세 사람이 시를 지어 칭찬했다.

옛날 상산 조자룡의 무용을 생각하나니 /
나이 일흔에도 뛰어난 공을 세웠네. //
혼자 네 장수 베고서 적진을 들이치니 /
당양에서 주인 구할 때 그 모습일세.
憶昔常山趙子龍, 年登七十建奇功. 獨誅四將來衝陣, 猶似當陽救主雄.

조운이 크게 이기는 것을 본 등지가 촉군을 이끌고 몰아치자 서량 군사들은 크게 패해서 달아났다. 한덕은 하마터면 조운에게 사로잡힐 뻔했으나 갑옷을 벗어던지고 도보로 달아났다. 조운은 등지와 함께 군사를 거두어 영채로 돌아왔다. 등지가 조운의 승전을 축하했다.

"장군의 연세가 이미 칠순이신데 빼어난 용맹은 예전과 다름이 없으시군요. 오늘 진 앞에서 힘을 떨쳐 네 장수를 베신 일은 세상에 보기 드문 광경이더이다."

조운이 대꾸했다.

"승상께서 내 나이가 많다고 잘 써 주지 않으려 하시기에 일부러 한번 힘자랑을 해보았을 따름이오."

그러고는 사람을 시켜 사로잡은 한요를 압송하게 하고 첩보를 올려 공명에게 갖다 바치게 했다.

이때 한덕은 패잔병을 이끌고 하후무에게 돌아가 소리쳐 울면서 아들들을 잃은 일을 고했다. 하후무는 직접 군사를 통솔하여 조운과 맞서려고 나왔다. 촉군 정찰병이 자기네 영채로 들어가 하후무가 군사를 이끌고 당도했다고 보고했다. 창을 들고 말에 오른 조운은 1천여 명의 군사를 이끌고 봉명산 앞으로 나아가 진세를 벌렸다. 이날 하후무는 황금 투구를 쓰고 자루가 긴 대감도大砍刀를 든 채 백마에 올라 문기 아래 버티고 섰다. 조운이 창을 꼬나들고 질풍 같이 말을 몰아 이리저리 내달리는 모습을 보고 하후무가 직접 나서서 싸우려고 했다. 그러자 한덕이 자원했다.

"제 어찌 아들 넷을 죽인 원수를 갚지 않겠습니까?"

한덕은 개산대부를 휘두르며 말을 달려 곧바로 조운에게 덤벼들었다. 분노한 조운은 창을 꼬나들고 그를 맞았다. 그러나 불과 3합이 못 되어 조운의 창날이 번뜩이는 곳에 한덕이 찔려 말 아래로 거꾸러졌다. 뒤이어 조운은 급히 말머리를 돌려 곧바로 하후무에게 달려들었다. 하후무는 황급히 몸을 피해 본진으로 들어갔다. 등지가 군사를 휘몰아 들이치자 위군은 또 한바탕 패하고 10여 리나 물러나서 영채를 세웠다. 하후무는 밤을 지새우며 여러 장수들과 대책을 상의했다.

"내가 조운의 명성을 들은 지는 오래이나 아직 한번도 얼굴을 본 적은 없었소. 오늘 보니 나이가 많은데도 그 영용함은 그대로이니 비로소 당양 장판교에서의 일을 믿을 만하구려. 이처럼 대단하여 맞설 만한 사람이 없으니 이 일을 어찌하면 좋겠소?"

참군 정무程武는 바로 정욱의 아들이었다. 그가 계책을 드렸다.

"제가 헤아리건대 조운에게는 용맹은 있으나 꾀가 없는 것 같으니 걱정할 게 없습니다. 내일 도독께서 다시 군사를 이끌고 나가시면서 미리 두 길의 군사를 좌우에다 매복해 놓으십시오. 싸움이 시작되면 먼저 물러나 조운을 복병이 있는 곳까지 유인하시고 도독께서는 산으로 올라가서서 사방의 군마를 지휘하신다면 조운을 겹겹이 에워싸게 됩니다. 그리되면 조운을 사로잡을 수 있을 것입니다."

하후무는 그의 말을 좇기로 했다. 즉시 동희董禧에게 군사 3만 명을 이끌고 왼편에 매복하게 하고 설칙薛則에게도 군사 3만 명을 이끌고 오른편에 매복하게 했다. 두 사람은 명령에 따라 매복을 마쳤다.

이튿날이 되자 하후무는 다시 징과 북이며 각종 깃발들을 정돈한 다음 군사를 인솔하여 나아갔다. 조운과 등지가 마주 나왔다. 등지가 말 위에서 조운에게 주의를 주었다.

"어젯밤에 위군이 크게 패하여 달아났는데 오늘 다시 온 걸 보면 틀림없이 속임수가 있을 것입니다. 노장군께서는 방비를 하셔야 할 것입니다."

조운은 대수롭지 않게 대꾸했다.

"제까짓 젖내도 가시지 않은 어린아이 따위야 무엇을 입에 담겠소? 내 오늘은 그자를 반드시 사로잡고 말리다!"

조운은 즉시 말을 달려 나갔다. 위장 반수潘邃가 마주 나왔지만 싸움이 3합도 되지 못해 말머리를 돌려 달아났다. 조운이 뒤쫓아 가니 위군 진영에서 여덟 명의 장수가 일제히 달려 나왔다. 그런데 그들은 하후무를 빼돌려 먼저 달아나게 하고선 자신들도 뒤따라 달아나는 것이었다. 조운은 승세를 몰아 그 뒤를 몰아치고 등지도 군사를 이끌고 뒤따라갔다. 조운이 적지로 깊숙이 들어가는데 문득 사방에서 천지를 진동하는 고함 소리가 들렸다. 등지는 급히 군사를 수습하여 뒤로 물러서려 했다. 그러나 왼편에서는 동희, 오른편에서는 설칙 두 길의 군사가 쳐 나왔다. 등지는 군사가 적어서 에움을 풀고 조운을 구해 낼 수가 없었다.

한가운데 에워싸인 조운은 동서로 왕복하며 무찔렀지만 위군의 포위망은 갈수록 두터워지기만 했다. 이때 조운의 수하에는 겨우 1천여 명이 남았을 뿐이었다. 적군을 무찌르며 산비탈 아래 이르고 보니 문득 하후무가 산 위에서 군사를 지휘하고 있는 모습이 보였다. 하후무는 조운이 동쪽으로 움직이면 동쪽을 가리키고 서쪽으로 가면 서쪽을 가리키는 것이었다. 이 때문에 조운은 포위망을 뚫고 나올 수가 없었다. 이에 조운은 군사를 이끌고 산 위를 향해 쳐 올라갔다. 그러나 산 중턱에 이르자 통나무와 돌덩이가 굴러 내려와 더 이상 올라갈 수가 없었다.

조운은 진시부터 유시까지 힘을 다해 싸웠으나 도무지 위군의 포위를 벗어날 수가 없었다. 하는 수 없이 말에서 내린 조운은 달이 뜨기를 기다려 다시 싸울 요량으로 잠시 쉬고 있었다. 바야흐로 갑옷을 벗고 땅에 앉는데 달이 훤히 떠올랐다. 그런데 별안간 사방에서 불빛이 하늘로 솟구치며 북소리가 진동했다. 그와 동시에 돌과 화살이 소낙비처럼 쏟아지며 위군이 쳐들어왔다. 그들은 한목소리로 외쳤다.

"조운은 빨리 항복하라!"

조운은 급히 말에 올라 적을 맞아 싸우려 했다. 그러나 사방의 군마는 점점 포위망을 좁혀 오고 쇠뇌 살과 화살들이 사방팔방으로 어지러이 날아오는 바람에 사람이나 말이 모두 한 발짝도 앞으로 나아갈 수가 없었다. 조운은 하늘을 우러러 탄식했다.

"내가 늙음을 인정하지 않다가 이곳에서 죽게 되는구나!"

이때 별안간 동북쪽 귀퉁이에서 요란스런 함성이 일어나더니 위군이 어지러이 도망을 쳤다. 한 떼의 군사가 위군을 무찌르며 달려오는데 앞장선 대장은 장팔점강모를 높이 들고 말 목에 사람 머리 하나를 매달고 있었다. 조운이 살펴보니 바로 장포였다. 장포는 조운을 만나서 말했다.

"승상께서는 노장군께 실수라도 생기지 않으실까 염려하여 특별히 저에게 5천 명의 군사를 이끌고 후원토록 하셨습니다. 노장군께서 적군에게 포위당하셨다고 하기에 겹겹의 포위망 속을 뚫고 들어오다가 때마침 길을 가로막는 위장 설칙을 죽였습니다."

크게 기뻐한 조운은 즉시 장포와 함께 서북쪽 귀퉁이로 치고 나갔다. 그런데 그쪽에서도 위군들이 창을 내던지며 도망을 치는데 한 떼의 군사가 밖으로부터 함성을 지르며 쳐들어오는 게 아닌가? 앞장선 대장은 청룡언월도를 쥐고 다른 손에는 사람의 머리 하나를 들고 있었다. 조운이 보니 바로 관흥이었다. 관흥이 말했다.

"승상의 명령을 받들었습니다. 노장군께 실수라도 생기지 않으실까 염려한 승상께서 특별히 저에게 5천 명의 군사를 이끌고 후원토록 하셨습니다. 방금 적진에서 위장 동희를 만나 단칼에 베어 버리고 여기 그놈의 머리를 잘라 왔습니다. 승상께서는 뒤따라 곧 당도하실 것입니다."

조운이 말했다.

"두 장군이 이미 이토록 놀라운 공을 세웠는데 어찌 오늘 이 기회를 타고 하후무를 사로잡아 대사를 정하지 않는단 말인가?"

이 말을 들은 장포는 즉시 군사를 이끌고 떠났다. 관흥도 한마디 했다.

"저도 공을 세우러 가겠습니다."

그 역시 군사를 이끌고 떠났다. 조운은 좌우를 돌아보며 말했다.

"저 두 사람은 나에게 조카뻘이건만 오히려 앞 다투어 공을 세우려 하거늘 나라의 상장이요 조정의 옛 신하인 내가 저런 어린아이들만도 못해서야 되겠느냐? 내 마땅히 늙은 목숨을 버려 선제의 은혜에 보답하리라!"

조운 역시 군사를 이끌고 하후무를 잡으러 떠났다. 이날 밤 세 갈래 군사의 협공을 받고 위군은 한바탕 크게 패했다. 그때 등지가 또 군사를 이끌고 후원하며 무찌르자 위군의 시체는 들판을 덮고 피는 흘러 내를 이루었다. 하후무는 본래 지모가 없는 데다 나이마저 어리고 일찍이 전투를 치른 경험이 없었다. 군사들이 큰 혼란에 빠지는 것을 본 그는 마침내 군막 안의 날랜 장수 1백여 명을 이끌고 남안군南安郡을 향하여 달아났다. 대장이 사라진 것을 알고 군사들도 모조리 뺑소니쳐 버렸다.

관흥과 장포는 하후무가 남안군을 향하여 달아났다는 소리를 듣자 밤을 무릅쓰고 추격했다. 달아나 성으로 들어간 하후무는 성문을 굳게 걸어 닫은 다음 군사를 몰아 방어에 주력했다. 뒤쫓아 간 관흥과 장포 두 사람은 성을 에워쌌다. 뒤이어 조운도 도착하여 삼면으로 성을 공격했다. 조금 지나자 등지 또한 군사를 이끌고 당도했다. 그러나 열흘 동안 에워싸고 연거푸 공격을 퍼부었지만 함락할 수가 없었다. 이때 승상이 후군은 면양에 머물러 두고 좌군은 양평陽平에, 우군은 석성石城에 주둔시킨 채 친히 중군을 이끌고 당도했다는 보고가 들어왔다. 조운, 등지, 관흥, 장포는 모두들 공명을 찾아가 문안을 올리고 연일 성을 공격했으나 깨뜨리지 못한 사실을 이야기했다.

공명은 즉시 작은 수레를 타고 친히 성 주위를 두루 살펴보고 영채로 돌아왔다. 공명이 군무를 처리하는 지휘관의 자리에 좌정하자 여러 장수들은 명령을 받기 위해 둥글게 둘러섰다. 공명이 입을 열었다.

"이 군은 해자가 깊은 데다 성벽은 높고 가팔라서 공격하기가 어렵소. 우리가 정작 할 일은 이 성을 치는 게 아니오. 그대들이 이 성을 공격하느라 오래 매달려 있는 동안 위군이 길을 나누어 한중을 친다면 우리 군사는 위험해질 것이오.”

등지가 말했다.

“하후무는 위의 부마이므로 이 사람을 사로잡을 경우 적장 1백 명을 베는 것보다 낫습니다. 지금 저 사람이 여기서 포위를 당하고 있는데 어찌 그냥 두고 간단 말입니까?”

공명이 대답했다.

“나에게 계책이 있소. 이곳은 서쪽으로는 천수군天水郡과 이어지고 북쪽으로는 안정군安定郡에 닿는데 두 곳의 태수가 대체 누군지 모르겠구려.”

정탐을 맡은 군졸이 말했다.

“천수 태수는 마준馬遵이고 안정 태수는 최량崔諒이라고 합니다.”

크게 기뻐한 공명은 위연을 불러 계책을 내리며 이리저리 하라고 일렀다. 또 관흥과 장포를 불러 계책을 내리며 이리저리 하라고 지시했다. 다시 심복 군사 두 명을 부르더니 계책을 주며 이리저리 하라고 명했다. 명령을 받은 장수들은 각기 군사를 이끌고 떠났다. 공명 자신은 남안성 밖에 있으면서 군사들을 시켜 나무와 풀을 날라다가 성 아래 쌓으면서 성을 불살라 버리겠다고 엄포를 놓게 했다. 이 소리를 들은 위병들은 모두들 크게 웃으며 조금도 두려워하는 기색이 없었다.

한편 안정 태수 최량은 성안에 있었는데 촉군이 남안을 에워싸는 바람에 하후무가 곤경에 처했다는 소식을 듣고 매우 당황하고 겁이 났다. 그는 즉시 군사를 점검하여 약 4천 명을 모아 성을 지키고 있었다. 그런데 별안간 웬 사람이 남쪽으로부터 찾아와 기밀을 알리겠다고 소리쳤다. 최량이 그를 불러들여 물으니 이렇게 대답했다.

"저는 하후도독의 막하에 있는 심복 장수 배서裴緒입니다. 이번에 도독의 군령을 받들고 특별히 천수와 안정 두 군에 구원을 청하러 왔습니다. 남안의 사태가 너무나 위급하여 날마다 성 위에 불을 지펴 신호를 보내며 오로지 두 군의 구원병이 이르기만을 기다리고 있건만 도무지 올 기미가 보이지 않았습니다. 이 때문에 하후도독께서 저에게 겹겹의 포위망을 뚫고 여기로 와서 위급을 알리게 하셨습니다. 밤낮을 가리지 말고 군사를 일으켜 밖에서라도 지원해 주십시오. 도독께서는 두 군의 군사가 도착한 것을 보시면 바로 성문을 열고 호응하실 것입니다."

최량이 물었다.

"도독께서 발부한 공문이 있소?"

배서는 품속에 지녔던 문서를 꺼내는데 살갗에 달라붙었던 것이라 어느새 땀에 흠뻑 젖어 있었다. 그는 최량에게 대강 한번 문서를 보여주고는 급히 수하에게 명하여 지친 말을 갈아타더니 성을 나가 천수 쪽으로 달려갔다. 이틀이 못 되어 또 소식을 알리는 파발마가 들이닥치더니 천수 태수는 이미 군사를 일으켜 남안을 구원하러 갔다고 하면서 안정에서도 어서 빨리 후원하러 오라는 것이었다. 최량이 수하의 관원들과 대책을 상의하니 다들 이구동성으로 말했다.

"만약 구하러 가지 않았다가 남안이 함락되고 하후부마를 잃는 날에는 모두 우리 두 군의 죄가 될 것입니다. 구원하지 않을 도리가 없습니다."

최량은 즉시 인마를 점검하여 성을 떠나면서 문관들만 남겨 성을 지키게 했다. 군사를 이끌고 남안으로 가는 대로를 향해 나아가는데 저 멀리 하늘로 솟구치는 불빛이 보였다. 최량은 군사를 재촉해서 밤낮을 가리지 않고 진군했다. 남안까지는 아직 50여 리나 남은 지점이었다. 별안간 앞뒤에서 함성 소리가 크게 진동하더니 척후마가 달려와 보고를 올렸다.

"앞에서는 관홍이 나타나 길을 막고 뒤에서는 장포가 쳐들어오고 있습니다!"

안정 군사들은 사면으로 흩어져 뺑소니쳤다. 깜짝 놀란 최량은 수하의 군사 1백여 명을 거느린 채 샛길로 빠져 달아났다. 죽기로써 싸워 간신히 적의 공격권에서 벗어난 최량은 한달음에 안정으로 돌아갔다. 그러나 막 해자 가에 이르자 성위에서 화살이 어지러이 쏟아져 내렸다. 촉장 위연이 성 위에서 소리쳤다.

"내 이미 성을 빼앗았노라! 냉큼 항복하지 않고 무얼 꾸물대느냐?"

위연은 원래 자신의 군사들을 안정 군사의 복장으로 꾸며서 깊은 밤에 성을 지키는 군사들을 속여 성문을 열게 했다. 그러고는 촉군을 들여보내 안정을 수중에 넣은 것이었다.

최량은 황망히 천수군으로 가려고 말을 달렸다. 그러나 30리도 가지 못했는데 앞에서 한 떼의 군마가 나타나며 벌려 섰다. 큰 깃발 아래 한 사람이 푸른 비단 띠로 만든 관건을 쓰고 깃털 부채를 들고 도포에다 학창의를 걸친 채 수레 위에 단정히 앉아 있었다. 최량이 살펴보니 바로 공명이었다. 최량은 급히 말머리를 돌려 달아났다. 관홍과 장포가 두 길로 군사를 이끌고 쫓아오며 소리쳤다.

"속히 항복하라!"

사방이 모두 촉군으로 뒤덮인 것을 본 최량은 하는 수 없이 항복하여 함께 촉군의 본부 영채로 갔다. 공명은 그를 상빈으로 대접하면서 물었다.

"남안 태수는 그대와 교분이 두텁소?"

최량이 대답했다.

"그 사람은 양부楊阜의 집안 동생 양릉楊陵입니다. 저와는 바로 이웃 군인 관계로 교분이 매우 두텁습니다."

공명이 다시 물었다.

"수고스럽겠지만 그대가 성으로 들어가 하후무를 사로잡자고 양릉을 설득해 주었으면 하는데 가능하겠소?"

최량이 선뜻 대답했다.

"승상께서 저를 보내시려면 잠시 군사를 뒤로 물려주십시오. 그러면 제가 성으로 들어가서 설득해 보겠습니다."

공명은 그의 말에 따르기로 하고 즉시 남안을 사면으로 에워싼 군사들에게 각기 20리씩 뒤로 물러나 영채를 세우라는 명을 내렸다. 혼자서 말을 달려간 최량은 성 아래에 이르러 성문을 열라고 소리쳤다. 부중으로 들어가 양릉과 인사를 나눈 그는 지난 일을 자세히 이야기했다. 양릉이 말했다.

"우리가 위주의 큰 은혜를 입은 터에 어찌 차마 배반한단 말이오? 적의 계책을 역이용하는 장계취계將計就計를 쓰도록 합시다."

그는 즉시 최량을 인도하여 하후무의 처소로 가서 그 동안의 사정을 상세히 알렸다. 하후무가 물었다.

"어떤 계책을 써야 하겠소?"

양릉이 대답했다.

"제가 성을 바치겠다고 속여 촉군을 끌어들인 다음 성안에서 죽여 버립시다."

최량은 계책대로 행하기로 하고 성을 나가 공명에게 보고했다.

"양릉이 성문을 열어 승상께서 대군을 이끌고 성안으로 들어와 하후무를 사로잡을 수 있도록 해 드리겠다고 합니다. 양릉은 제 손으로 하후무를 잡고 싶지만 수하에 용사가 많지 않아 감히 선불리 움직일 수 없다고 합니다."

공명이 말했다.

"그런 일이라면 지극히 쉬운 일이오. 지금 그대가 거느리고 있는 항복한 군사 1백여 명 중에 촉장을 감추어 안정 군사로 꾸며서 성으로 데리고 들어가시오. 그래서 우선 그들을 하후무의 태수부에 매복시키시오. 그런 다음 양릉과 약속을 정하고 한밤중이 되기를 기다렸다가 성문을 열어 안팎으로 호응하면 될 것이오."

최량은 속으로 궁리했다.

'촉장을 데리고 가지 않겠다고 하면 공명이 의심을 할 것이다. 우선 데리고 들어가서는 바로 목을 베어 버리자. 그러고는 불을 지펴 신호를 보내 공명을 속여서 성안으로 끌어들인 다음 죽여 버리면 될 것이야.'

최량은 이렇게 생각하고 응낙했다. 공명이 당부했다.

"나의 심복 장수인 관흥과 장포를 먼저 그대에게 딸려 보낼 터이니 구원병이 왔다고 하며 성으로 들어가 하후무를 안심시키시오. 불을 지피기만 하면 내가 직접 성으로 들어가 하후무를 사로잡겠소."

때는 황혼녘이었다. 공명의 밀계를 받은 관흥과 장포는 투구 쓰고 갑옷 입고 말에 올랐다. 각기 무기를 손에 든 두 사람은 안정 군사들 속에 섞여 최량을 따라 남안성 아래로 갔다. 성 위에 있던 양릉은 현공판懸空板을 딛고 서서 모습을 나타내더니 호심란護心欄에 기댄 채 물었다.

"어느 곳의 군사들인가?"

최량이 대답했다.

"안정의 구원병이 당도했소."

최량이 먼저 성 위를 향하여 신호용 화살을 한 대 쏘아 올렸다. 화살에는 밀서가 매달려 있었다.

제갈량이 먼저 장수 둘을 들여보내 성안에 매복시킨 다음 안팎에서 호응하려 하오. 당분간 그들을 놀라게 해서는 아니 되오. 계책이 누설될까 두렵소. 부중에 들어가기를 기다렸다가 처치하도록 합시다.

양릉이 하후무에게 밀서를 보이며 그 일을 자세히 이야기했다. 하후무가 말했다.

"제갈량이 우리 계책에 떨어졌다면 우선 도부수 1백여 명을 태수부에 매복시키도록 하시오. 두 장수가 최태수를 따라 부중으로 들어와 말에서 내리면 문을 닫아걸고 목을 자릅시다. 그런 다음 성 위에서 불을 놓아 제갈량을 속여 성으로 끌어들이시오. 그때 복병을 일제히 출동시키면 제갈량을 사로잡을 수 있을 것이오."

만반의 준비를 끝낸 양릉은 성벽 위로 되돌아와 소리쳤다.

"안정의 군사라면 들어와도 좋소."

관흥은 최량을 따라 앞서 들어가고 장포는 뒤에서 갔다. 성벽에서 내려온 양릉은 성문 가에서 그들을 맞이했다. 그 순간 관흥이 칼을

*현공판과 호심란 | 현공판은 성루 바깥에 창호처럼 늘어뜨린 긴 널빤지로, 작대기로 들어 올려 바깥을 살피는 데 사용하고 머리 위에 무엇이 떨어지지 않게 막아 주는 역할도 했다. 호심란은 적의 화살로부터 가슴을 보호하도록 성루에 설치한 난간.

번쩍 들었다 내려치자 양릉의 몸이 두 동강 나서 말 아래로 떨어졌다. 소스라치게 놀란 최량이 황급히 말머리를 돌려 달아났다. 그러나 조교 부근에 이르자 장포가 크게 호통을 쳤다.

"도적놈은 달아나지 말라! 너희 놈들의 간사한 계책으로 어찌 우리 승상을 속일 수 있단 말이냐?"

장포의 손이 움직이더니 단창에 최량을 찔러 말 아래로 거꾸러뜨렸다. 관흥은 어느새 성위로 올라가 불을 지르기 시작했다. 사면에서 촉군이 일제히 몰려 들어갔다. 미처 손을 쓸 겨를이 없었던 하후무는 남문을 열고 부하들과 힘을 합쳐 치고 나갔다. 그러자 한 떼의 군사가 길을 가로막았다. 앞장선 대장은 바로 왕평이었다. 두 말이 서로 어울렸으나 단지 한 합 만에 하후무는 마상에서 사로잡히는 신세가 되었다. 나머지 무리는 모두 죽임을 당했다.

남안으로 들어간 공명은 군사와 백성들을 모아 타이르면서 추호도 해치는 일이 없도록 했다. 모든 장수들은 각기 자기가 세운 공을 보고했다. 공명은 하후무를 수레 안에 가두어두게 했다. 등지가 물었다.

"승상께서는 어떻게 최량의 속임수를 아셨습니까?"

공명이 설명했다.

"내 이미 그 사람에게 항복할 마음이 없는 것을 알았기 때문에 일부러 성으로 들여보냈던 것이오. 그는 틀림없이 모든 사정을 하후무에게 고해 바치고 내 계책을 역이용할 것으로 짐작했소. 그가 와서 하는 정황을 보니 그 속임수를 충분히 알 수 있었기에 두 장수를 함께 가도록 하여 그를 안심시켰소. 만약 최량이 참으로 항복할 마음이 있었다면 두 장수가 같이 가는 걸 거절했을 테지만 흔쾌히 함께

가기로 한 것은 내가 자기를 의심할까 두려웠기 때문이지요. 최량은
내심 두 장수를 속여 성내로 들어간 다음에 죽여도 늦지 않다고 여겼
을 것이고, 그리하면 또 우리 군사들도 믿을 곳이 있어 마음 놓고 진
입할 것이라 생각했을 것이오. 하지만 나는 이미 두 장수에게 가만
히 일러 성문 아래 이르는 즉시 그들을 처치하라고 했소. 틀림없이

주지광 그림

성안에는 준비가 없을 것을 알았기에 우리 군사를 뒤이어 들이닥치게 했소. 이것이 바로 적이 생각지도 못한 사이에 행동을 감행하는 출기불의出其不意라는 것이오."

모든 장수들이 절을 하며 탄복했다. 공명은 다시 말했다.

"최량을 속인 자는 위군 장수 배서로 위장한 나의 심복이었소. 내 그를 천수군에도 보냈는데 지금까지 돌아오지 않고 있으니 무슨 까닭인지 모르겠구려. 이제는 승세를 몰아 천수군을 공격해야겠소."

공명은 오의를 남겨 남안을 지키게 하고 유염劉琰에게는 위연을 대신해 안정을 지키게 했다. 임무가 바뀐 위연의 군마는 천수군을 공격하러 떠났다.

이보다 앞서 천수군 태수 마준은 하후무가 남안성에 갇혔다는 소식을 듣고 문무 관원을 모아 상의했다. 공조功曹 양서梁緒와 주부主簿 윤상尹賞, 그리고 주기主記 양건梁虔 등이 말했다.

"하후부마는 금지옥엽金枝玉葉이신데 만약 그분에게 잘못된 일이라도 생긴다면 우리는 모두 앉아서 구경만 했다는 죄를 면하기 어려울 것입니다. 태수께서는 어찌하여 수하의 군사를 모조리 일으켜 구원하러 가지 않으십니까?"

마준이 쉽게 결단을 내리지 못하고 주저하고 있는데 별안간 하후부마가 보낸 심복 장수 배서란 사람이 당도했다는 보고가 들어왔다. 배서는 부중으로 들어오자 공문을 꺼내 마준에게 주며 말했다.

"도독께서는 안정과 천수 두 군의 군사가 밤낮을 가리지 않고 달려와 구원해 주기를 바라고 계십니다."

말을 마친 배서는 급히 돌아가 버렸다. 이튿날이 되자 또다시 소식을 전하는 사람이 달려와 알렸다.

"안정의 군사는 이미 먼저 떠났으니 태수께서도 급히 가서서 합세하라고 하십니다."

마준이 바야흐로 군사를 일으키려 할 때였다. 별안간 한 사람이 밖으로부터 들어오더니 말했다.

"태수께서는 제갈량의 계책에 걸려들었소이다."

모두들 보니 그는 바로 천수天水 기현冀縣 사람 강유姜維였다. 강유는 자가 백약伯約인데 그의 부친 강경姜囧은 예전에 천수군의 공조로 있다가 강인羌人들이 난리를 일으키는 바람에 순직했다. 강유는 어릴 때부터 여러 가지 책을 두루 읽고 병법과 무예에도 통하지 않은 것이 없었다. 또한 모친에게도 효성이 지극해서 고을 사람들이 모두 공경했다. 후에 중랑장이 되어 천수군의 군사 일에 참여했다. 강유가 마준에게 말했다.

"요즈음 듣자니 제갈량이 하후무를 쳐부수어 남안성에 가두고 물샐 틈 없이 에워쌌다고 합니다. 그런데 어떤 사람이 겹겹이 둘러싼 포위망을 뚫고 나올 수 있단 말입니까? 또 배서는 이름도 알 수 없는 하급 장수라 얼굴도 본 적이 없으며 더욱이 안정에서 왔다는 파발마는 공문조차 없습니다. 이런 점으로 보아 이 사람은 바로 위장魏將으로 사칭한 촉장이 분명합니다. 태수님을 속여서 성밖으로 나오게 하여 성안에 방비가 없게 해 놓고 부근에다 몰래 군사를 매복시켜서 빈 틈을 이용하여 천수를 뺏으려는 수작이 틀림없소이다."

마준은 크게 깨달았다.

"백약의 말이 아니었다면 적의 간계에 빠질 뻔했구려!"

강유가 웃으며 장담했다.

"태수께서는 마음 놓으십시오. 저에게 한 가지 계책이 있으니 제갈량을 사로잡아 남안의 위기를 해소시킬 수 있습니다."

이야말로 다음 대구와 같다.

전략을 세우다 보면 강한 적수와 만나기도 하고 /

지혜를 다투다 보면 뜻밖의 사람도 만나는구나.

運籌又遇強中手 鬪志還逢意外人

그 계책이란 것이 어떤 것일까, 다음 회를 보라.

93

강유의 귀순

강백약은 공명에게 귀순하고
무향후는 왕랑을 꾸짖어 죽이다
姜伯約歸降孔明 武鄕侯罵死王朗

강유가 마준에게 계책을 바쳤다.

"제갈량은 틀림없이 군郡 뒤편에 군사를 매복시키고 우리 군사를 속여 성에서 나오게 한 다음 그 빈틈을 이용하여 습격할 것입니다. 바라건대 저에게 정예병 3천 명만 주신다면 중요한 길목에 매복하고 있겠습니다. 태수께서는 뒤따라 군사를 일으켜 성을 나가시되 멀리 가지는 마시고 30리 정도만 가다가 곧 돌아오십시오. 불길이 일어나는 것이 보이면 그것을 군호로 앞뒤로 협공하도록 하십시오. 그러면 크게 이길 수 있습니다. 제갈량이 직접 오다가는 반드시 저에게 사로잡히고 말 것입니다."

마준은 그 계책을 쓰기로 하고 강유에게 정예 군사를 주어 떠나보냈다. 그리고 자신은 양건과 함께 군사를 이끌고 성밖에 나가 기다리기로 하고 양서와 윤상만 남겨 성을 지키도록 했다. 강유의 예상대로 공명은 과연 조운을 파견하여 한 부대의 군사를 이끌고 후미진 산속에 매복하게 했다. 천수의 군사가 성을 떠나기를 기다렸다가 그 빈틈을 이용하여 습격하기로 한 것이다. 이날 첩자가 조운에게 돌아와 천수 태수 마준이 군사를 일으켜 성에서 나가고 문관들만 남아 성을 지키고 있다고 보고했다. 크게 기뻐한 조운은 즉시 사람을 시켜 장익과 고상高翔에게 중요한 길목에서 마준의 길을 끊고 치라고 했다. 이 두 곳의 군사들 역시 공명이 미리 매복시켜 둔 것이었다.

조운은 5천 명의 군사를 이끌고 곧장 천수 군성郡城 아래로 가서 크게 외쳤다.

"나는 상산의 조자룡이다! 너희는 계책에 걸려들었다. 속히 성지를 바쳐 죽음을 면하도록 하라!"

성 위에서 양서가 크게 웃음을 터뜨렸다.

"네가 우리 강백약의 계책에 걸려들었는데 아직도 모른단 말이냐?"

조운이 막 성을 들이치려고 할 때였다. 별안간 고함 소리가 크게 진동하며 사방에서 불빛이 하늘을 찔렀다. 선두에 선 소년 장수가 창을 꼬나들고 말을 달려오며 소리쳤다.

"너는 천수의 강백약을 본 적이 있느냐?"

조운은 창을 꼬나들고 곧바로 강유에게 덤벼들었다. 싸움이 몇 합이 되지 않았으나 싸울수록 강유의 활력은 배나 늘어났다. 조운은 깜짝 놀라 속으로 생각했다.

'이런 곳에 이런 인물이 있을 줄이야 누가 알았으랴?'

한창 싸우고 있는데 두 갈래의 군사가 협공해 들어왔다. 바로 마준과 양건이 군사를 이끌고 되돌아온 것이었다. 머리와 꼬리를 돌볼 수 없게 된 조운은 패잔병을 이끌고 혈로를 헤치고 달아났다. 강유가 놓칠세라 추격했다. 다행히 장익과 고상이 두 길로 군사를 이끌고 짓쳐 나오더니 조운을 구해 돌아갔다. 공명을 만난 조운은 적의 계책에 말려든 사실을 이야기했다. 공명은 깜짝 놀라며 물었다.

"대체 누구이기에 나의 현묘한 계책을 알았단 말인가?"

남안 사람 하나가 알려주었다.

"그 사람은 강유이고 자는 백약으로 천수군 기현 사람입니다. 모친을 지극한 효성으로 모시고 문무를 겸전한 데다 지혜와 용맹까지 갖추었으니 참으로 당대의 영걸입니다."

조운 또한 강유의 창 쓰는 법이 여느 사람과는 크게 다르더라며 입에 침이 마르도록 칭찬했다. 공명이 말했다.

"내 지금 천수를 취하려는 마당에 이런 인물이 있을 줄은 뜻밖이로다."

그는 즉시 대군을 이끌고 앞으로 나아갔다.

한편 성으로 돌아온 강유는 마준에게 말했다.

"조운이 패해서 돌아갔으니 틀림없이 공명이 직접 올 것입니다. 그는 우리 군사가 반드시 성안에 있을 것이라 짐작하고 있을 것입니다. 지금 본부 군마를 네 갈래로 나누십시오. 그러면 제가 한 부대의 군사를 거느리고 성 동쪽에 매복하고 있다가 적군이 이르면 길을 끊겠습니다. 태수께서는 양건, 윤상과 더불어 각각 한 부대의 군사를 거느린 채 성밖에 매복하시고 양서는 백성들을 인솔하여 성 위에서 지키도록 하십시오."

그래서 군사들의 이동 배치를 끝내 놓고 있었다.

한편 공명은 강유 때문에 마음이 놓이지 않아서 직접 선두 부대를 거느리고 천수군을 향하여 출발했다. 곧 성벽 부근에 도착하려 할 때 공명이 명령을 내렸다.

"무릇 성지를 공격함에 있어서는 처음 당도한 날 삼군을 격려해서 북치고 고함지르며 단숨에 올라가야 한다. 만약 시일을 지연시켜서 날카로운 기세가 소진되면 급히 깨뜨리기가 어렵게 된다."

이에 대군은 곧장 성 밑까지 당도했다. 그러나 성 위에 기치들이 정연하게 늘어선 광경을 보고는 감히 섣불리 공격하지 못했다. 그래서 한밤중이 되기를 기다리고 있노라니 느닷없이 사방에서 불빛이 하늘을 찌르고 함성 소리가 땅을 흔들었다. 그러나 정작 어느 쪽에서 군사가 오는지는 알 길이 없었다. 그때 문득 성 위에서도 북치고 고함을 지르며 호응했다. 촉군들은 어지럽게 도망을 쳤다. 공명이 급히 말에 오르자 관흥과 장포 두 장수가 그를 보호해 겹겹의 포위를 뚫고 나갔다. 머리를 돌려보니 바로 동쪽에서 군마가 다가오는데 쭉 뻗은 불빛이 마치 기다란 뱀과 같았다. 공명이 관흥을 시켜 알아보게 했더니 돌아와 보고했다.

"그것은 강유의 군사였습니다."

공명은 감탄했다.

"군사는 머릿수가 많다고 해서 잘 싸우는 것이 아니라 사람이 어떻게 쓰느냐에 달렸을 따름이다. 이 사람은 참으로 대장감이로구나!"

군사를 거두어 영채로 돌아온 공명은 한동안 궁리를 하더니 곧 안정 사람을 불러서 물었다.

"강유의 모친은 지금 어디에 있느냐?"

불러 온 사람이 대답했다.

"강유의 모친은 지금 기현冀縣에 살고 있습니다."

공명은 위연을 불러 분부했다.

"그대는 한 부대의 군사를 이끌고 허장성세로 기현을 공격하는 척하시오. 만약 강유가 당도하면 성안으로 들여보내시오."

그러고는 다시 안정 사람에게 물었다.

"이 지역에서는 어디가 요긴한 곳이냐?"

안정 사람이 대답했다.

"천수의 돈과 식량이 모두 상규上邽에 있습니다. 만약 상규만 깨뜨리면 식량 나르는 수송로는 저절로 끊어지고 맙니다."

크게 기뻐한 공명은 조운에게 한 부대의 군사를 이끌고 가서 상규를 공격하게 했다. 공명 자신은 성에서 30여 리 떨어진 곳에다 영채를 세웠다. 어느새 사람이 천수군으로 들어가 촉군은 세 길로 나뉘었는데 한 부대의 군사는 본 군을 지키고 또 한 부대의 군사는 상규를 치러 가며 나머지 한 부대의 군사는 기성을 치러 간다고 보고했다. 이 소식을 듣고 강유가 마준에게 애원했다.

"저의 어머님께서 지금 기성에 계시는데 혹시 무슨 변이나 생기지 않을까 두렵습니다. 제가 한 부대의 군사를 얻어 기성을 구하고 연로하신 어머님도 보호해 드릴까 합니다."

마준은 그 말에 따라 강유에게 3천 명의 군사를 이끌고 가서 기성을 지키게 하고, 양건에게도 3천 명의 군사를 이끌고 가서 상규를 보존하라고 명했다.

강유가 군사를 이끌고 기성에 이르자 앞쪽에 한 떼의 군사가 벌려 섰다. 앞장선 촉장은 바로 위연이었다. 두 장수가 어우러져 몇 합을 싸우고 나자 위연이 짐짓 패한 척하고 달아났다. 성으로 들어간 강유는 성문을 닫고 군사들을 인솔하여 지키게 했다. 노모를 찾아뵌 그는 결코 싸우러 나오지 않았다. 한편 조운 역시 양건을 상규성으로 들어가게 놓아두었다. 공명은 곧바로 사람을 남안군으로 보내 하후무를 군막 아래로 데려오게 했다. 공명이 물었다.

"너는 죽는 것이 두렵지 않으냐?"

하후무는 허둥지둥 절을 올리며 살려 달라고 애걸했다. 공명이 말했다.

"지금 천수의 강유가 기성을 지키고 있는데 사람을 시켜 글을 보내 '부마께서 그곳에 계신다면 귀순하겠습니다'고 했다. 내 지금 너의 목숨을 살려준다면 강유에게 항복을 권하겠느냐?"

하후무가 대답했다.

"진심으로 항복을 권하겠습니다."

공명은 하후무에게 의복과 안장 갖춘 말을 내주고 사람을 딸리지 않고 혼자 가게 놓아 보냈다.

촉군의 영채를 벗어난 하후무는 길을 찾아 달아나려고 했으나 도무지 길을 알 수가 없었다. 어딘지도 모른 채 한창 길을 가다가 황급히 달아나는 몇 사람과 마주쳤다. 하후무가 웬 사람들이냐고 물으니 그들이 대답했다.

"저희는 기현의 백성들입니다. 강유가 성을 바치고 제갈량에게 귀순하자 촉장 위연이 불을 지르고 노략질을 합니다. 그래서 저희는 집을 버리고 달아나 상규로 가는 길입니다."

하후무가 다시 한마디 물었다.

"지금 천수성을 지키고 있는 사람은 누구냐?"

그 사람들이 대답했다.

"천수성에는 마태수께서 계십니다."

그 말을 들은 하후무는 천수를 향해 말을 달렸다. 길에서 또 사내아이는 걸리고 계집아이는 품에 안은 채 먼 길을 오는 백성들을 만났는데 그들이 하는 이야기도 모두 한결같았다. 하후무는 천수성 밑에 이르러 문을 열라고 소리쳤다. 성 위에 있던 사람들이 하후무를 알아보고 황급히 성문을 열고 영접했다. 놀란 마준이 절을 올리며 사연을 물었다. 하후무는 강유의 일을 자세히 이야기하고 또 백성들로

주지굉 그림

부터 들은 말도 전했다. 마준이 탄식했다.

"강유가 촉에 투항할 줄이야 생각지도 못한 일이로군요!"

양서가 강유를 두둔했다.

"그는 도독을 구해 드릴 뜻을 가졌고 그렇게 마음먹은 까닭에 빈말로 항복하는 체한 것이올시다."

하후무가 핀잔을 주었다.

"강유가 이미 항복한 마당에 무엇이 거짓이란 말인가?"

한창 주저하고 있는 사이에 때는 이미 초경이 되었다. 촉군이 또 와서 성을 공격했다. 불빛 속에 긴 창을 꼬나든 강유가 성 아래 말을 세운 채 큰소리로 외치는 모습이 보였다.

"하후도독께서 답변하도록 해주시오!"

하후무는 마준의 무리와 함께 성 위로 올라갔다. 강유가 무력을 뽐내고 위풍을 자랑하며 소리 높여 외치는 모습이 보였다.

"나는 도독을 위하여 항복한 것인데 도독은 어찌하여 앞서 한 말씀을 저버리시오?"

하후무가 되물었다.

"너는 위의 은혜를 입고도 무슨 까닭으로 촉에 항복했느냐? 앞서 한 말이라니 그건 무슨 소리냐?"

강유가 대답했다.

"당신이 글을 적어 나더러 촉에 항복하라고 해 놓고서 어찌 그런 말을 하시오? 그러고 보니 당신이 몸을 빼 나올 욕심으로 나를 함정에 빠뜨린 것이렷다! 하지만 나는 지금 촉에 항복하여 상장까지 된 마당이니 어찌 다시 위로 돌아가겠는가?"

말을 마친 강유는 군사를 휘몰아 성을 들이치다가 날이 밝을 녘에야 겨우 물러갔다. 이날 밤 강유로 가장한 자는 바로 공명의 계책이었다. 군사들 가운데 용모와 체구가 비슷한 자를 골라 강유처럼 꾸며 성을 공격하게 했던 것인데 불빛 속이라 진위를 분간할 도리가 없었던 것이다.

공명은 그러고 나서 군사를 이끌고 기성을 공격하러 갔다. 성안에는 군량이 적어 군사들의 끼니조차 대지 못할 지경이었다. 강유가 성 위에서 바라보니 촉군이 크고 작은 수레로 식량과 말먹이 풀을 날라다 위연의 영채로 가져가고 있었다. 강유는 3천 명의 군사를 이끌고 성을 나서서 군량을 겁탈했다. 촉군은 군량 실은 수레를 모조리 내버리고 길을 찾아 달아났다. 군량 수레를 탈취한 강유가 막 성으로 들어가려 할 때였다. 느닷없이 한 떼의 군사가 길을 가로막는데 앞장선 촉장은 장익이었다. 두 장수가 맞붙어 싸움을 시작했는데 몇 합이 지나지 않아 왕평이 또 한 부대의 군사를 이끌고 들이닥치더니 양편에서 협공을 가했다. 힘이 부쳐 더 이상 버틸 수가 없게 된 강유는 혈로를 뚫고 성으로 돌아갔다. 그러나 성 위에는 어느새 촉군의 깃발이 꽂혀 있었다. 위연이 이미 성을 습격했던 것이다.

강유는 적을 무찌르면서 길을 열고 천수성으로 달려갔다. 수하에는 그래도 10여 기의 기병이 남아 있었으나 장포를 만나 한바탕 싸우고 나니 단 한 명도 남지 않았다. 필마단창으로 천수성 아래 이른 강유는 성문을 열라고 소리쳤다. 성 위에 있던 군사들이 강유를 알아보고 황급히 마준에게 보고했다. 마준이 말했다.

"이는 강유가 나를 속여서 성문을 열려는 수작이다."

부하들에게 명하여 어지러이 화살을 쏘게 했다. 강유가 고개를 돌려보니 촉군이 지척까지 다가왔다. 그는 나는 듯이 말을 달려 상규성으로 갔다. 성 위에 있던 양건이 강유를 보더니 크게 욕설을 퍼부었다.

"나라를 배반한 도적이 어찌 감히 나를 속여 성지를 뺏으러 왔단 말이냐? 네가 촉에 항복한 것을 내 이미 알고 있었느니라."

그러고는 어지러이 화살을 퍼부었다. 무어라 변명도 해볼 수 없게 된 강유는 하늘을 우러러 길게 탄식했다. 두 눈에 하염없이 눈물을 흘리며 그는 말머리를 돌려 장안을 향하여 달렸다. 몇 리도 못 갔을 때 앞쪽에 아름드리나무들이 빽빽하게 들어찬 숲이 나타났다. 그때 요란한 고함 소리가 일어나더니 숲속에서 수천 명의 군사가 몰려오고 촉장 관흥이 앞장서서 길을 막았다. 사람과 말이 다함께 지친 강유는 도저히 대적할 수 없을 것을 짐작하고 말머리를 돌려 달아났다. 이때 별안간 산비탈을 돌아 작은 수레 하나가 나타났다. 수레 위에 앉은 사람은 푸른 비단 띠로 만든 관건을 쓰고 학창의를 걸친 채 깃털 부채를 슬슬 부치고 있었으니 바로 공명이었다. 공명이 강유의 자를 부르며 말했다.

"백약은 어찌하여 아직도 항복하지 않는가?"

강유는 한참 동안이나 궁리했다. 앞에는 공명이 있고 뒤에는 관흥이 있어 달아날 길조차 없었다. 그는 하는 수 없이 말에서 내려 항복했다. 공명은 황급히 수레에서 내리더니 강유의 손을 잡고 말했다.

"내가 초려를 나온 이래로 널리 현명한 이를 구해 평생 배운 학문을 전수하려 했소. 그러나 한스럽게도 아직까지 그런 사람을 얻지 못했소. 이제 백약을 만났으니 내 소원을 풀게 되었구려."

강유는 너무나 기뻐 절을 올리며 감사했다.

강유와 함께 영채로 돌아온 공명은 군무를 처리하면서 천수와 상규를 손에 넣을 계책을 상의했다. 강유가 말했다.

"천수성에 있는 윤상과 양서는 저와 교분이 매우 두텁습니다. 밀서 두 통을 써서 성안으로 쏘아 넣으면서 그들에게 내란을 일으키도록 한다면 가히 성을 얻을 수 있을 것입니다."

공명은 그 말을 따르기로 했다. 강유는 밀서 두 통을 써서 화살에 묶은 다음 말을 달려 곧바로 성 아래로 가서 화살을 성안으로 쏘아 넣었다. 하급 장교가 그것을 주워 마준에게 갖다 바쳤다. 더럭 의심이 난 마준은 하후무와 상의했다.

"양서와 윤상이 강유와 결탁해서 내응하려고 하니 도독께서는 속히 결단을 내리셔야겠습니다."

하후무가 대꾸했다.

"두 놈을 죽여 버리시오."

윤상이 이 소식을 알아내고 양서에게 말했다.

"차라리 성을 바치고 촉에 항복해서 벼슬길이나 도모하는 게 낫겠소."

이날 밤 하후무는 몇 차례나 사람을 보내 할 말이 있다며 양서와 윤상을 청했다. 사태가 위급한 것을 짐작한 두 사람은 갑옷 입고 투구 쓰고 말에 올랐다. 각기 무기를 든 그들은 수하의 군사들을 이끌고 성문을 활짝 열어 촉군을 끌어들였다. 놀라 당황한 하후무와 마준은 수백 명의 사람들을 데리고 성을 버리고 서문을 나가 강호성羌胡城(강중羌中과 같은 뜻으로 강족羌族의 거주지)으로 달아났다.

양서와 윤상은 공명을 영접하여 성으로 들어갔다. 공명은 백성들을 안정시키고 나서 상규를 손에 넣을 계책을 물었다. 양서가 대답

三國演義第玖拾壹回 武鄉侯罵死王朗 二〇一年四月 為名著補刻插圖 郭敦邘□上

대돈방 그림

했다.

"그 성은 바로 저의 아우 양건이 지키고 있으니 제가 가서 항복을 권하겠습니다."

공명은 크게 기뻐했다. 양서는 그날로 상규로 가서 양건을 불러 성에서 나와 공명에게 항복하도록 했다. 공명은 후한 상을 내려 위로한 다음 양서는 천수 태수로, 윤상은 기성 현령으로, 양건은 상규 현령으로 삼았다. 각자를 적재적소에 배치한 공명은 군사를 정돈하여 진군하려 했다. 여러 장수들이 물었다.

"승상께서는 어찌하여 하후무를 사로잡으러 가지 않으십니까?"

공명이 대답했다.

"내가 하후무를 놓아준 것은 오리 한 마리를 놓아준 정도지만 백약을 얻은 것은 봉鳳 한 마리를 얻은 격이오."

공명이 세 성을 얻은 뒤로부터 그 위엄과 명성이 크게 떨쳐 멀고 가까운 주군州郡들이 풍문만 듣고도 귀순했다. 공명은 군마를 정돈하고 한중의 군사를 모조리 거느리고 기산祁山으로 나아가 위수의 서쪽에 이르렀다. 첩자들이 이 소식을 탐지하여 낙양으로 들어가 보고했다.

때는 위주 조예의 태화太和 원년(227년)이었다. 조예가 정전에 올라 조회를 열자 근신이 아뢰었다.

"하후부마가 세 군을 잃고 강인들의 거주 지역으로 달아났습니다. 지금 촉군은 이미 기산에 당도했고 그 선두 부대가 위수 서쪽에 이르렀으니 속히 군사를 내어 적을 깨뜨리소서."

깜짝 놀란 조예가 신하들에게 물었다.

"누가 짐을 위하여 촉병을 물리치겠소?"

사도 왕랑이 반열에서 나와 아뢰었다.

"신이 살피건대 선제(조비를 말함)께서는 매번 대장군 조진을 쓰셨는데 그가 이르는 곳이면 이기지 않은 적이 없었습니다. 지금 폐하께서는 어찌하여 조진을 대도독으로 임명하여 촉군을 물리치지 않으시는지요?"

조예는 그 말을 가납하고 조진을 불러들여 말했다.

"선제께서는 경에게 이 몸을 부탁하셨소. 지금 촉군이 중원을 침범하는데 경이 어찌 차마 그대로 앉아서 구경만 할 수 있겠소?"

조진이 아뢰었다.

"신은 재주가 모자라고 지혜가 얕아 그런 중임을 감당할 수 없나이다."

왕랑이 권했다.

"장군께선 사직지신社稷之臣이니 사양해서는 아니 되오이다. 노신이 비록 노둔하지만 장군을 따르겠습니다."

그러자 조진은 다시 아뢰었다.

"신이 나라의 큰 은혜를 입은 몸으로 어지 감히 사퇴하겠나이까? 다만 한 사람을 부장으로 삼아 주기를 바라나이다."

조예가 말했다.

"경이 직접 천거해 보시구려."

조진은 태원泰原 양곡陽曲 사람 곽회郭淮를 추천했다. 곽회는 자가 백제伯濟로 사정후射亭侯 겸 옹주 자사雍州刺史를 맡고 있었다.

조예는 그 말에 따라 마침내 조진을 대도독으로 삼고 절월節鉞을 내렸다. 다시 곽회를 부도독으로 임명하고 왕랑을 군사軍師로 삼았다. 이때 왕랑의 나이는 76세였다. 조예는 동서 두 수도의 군마 20만을 선발하여 조진에게 주었다. 조진은 집안 아우뻘 되는 조준曹遵을 선봉으로 삼고 탕구장군蕩寇將軍 주찬朱贊을 부선봉으로 삼았다. 그 해 11월에 출병할 때 위주 조예는 친히 서문 밖까지 나가 전송하고 궁궐로 돌아왔다.

대군을 거느리고 장안에 당도한 조진은 위하를 건너 그 서쪽에다 영채를 세우고 왕랑, 곽회와 함께 적군을 물리칠 계책을 상의했다. 왕랑이 장담했다.

"내일 대오를 삼엄하게 정돈하고 부대마다 깃발들을 활짝 펼치게 하시오. 이 늙은이가 직접 나가 한바탕 이야기만으로 제갈량이 두 손을 모으고 항복하도록 하겠소이다. 그러면 촉군은 싸우지도 않고 저절로 물러날 것이오."

크게 기뻐한 조진은 그날 밤 모든 부대에 명령을 하달했다. 다음 날 4경에 밥을 지어 먹고 동이 틀 무렵에는 반드시 대오를 정제하며 인마는 위의를 갖추고 깃발이며 북과 나팔들은 모두 차례를 따라야 한다고 했다. 그는 또 사람을 시켜 먼저 적진에 전서戰書를 보냈다.

이튿날 양군은 서로 마주 나와 기산 앞에다 각기 진세를 벌였다. 촉군이 보니 위군의 군세가 어찌나 웅장한지 하후무와는 비교가 되지 않았다.

삼군의 기세를 올리기 위한 북소리 나팔 소리가 끝나자 사도 왕랑이 말을 타고 나타났다. 그 윗머리는 도독 조진이요 아랫머리에는 부도독 곽회가 말을 타고 있었다. 두 선봉은 양 날개의 군사를 통제하고 있었다. 정탐을 맡은 군사가 말을 몰아 진 앞으로 나오더니 큰 소리로 외쳤다.

"그쪽 진의 주장은 나와서 답변해 주시오!"

순간 촉군의 문기가 양편으로 갈라지면서 관흥과 장포가 좌우로 나뉘어 나오더니 양쪽에다 말을 세웠다. 뒤를 이어 한 대隊 또 한 대의 날랜 장수들이 양쪽으로 나뉘어 벌려 섰다. 진문 앞 깃발 그림자를 가로 지르며 가운데로 사륜거 한 채가 나타났다. 수레 위에는 푸른 비단 띠로 만든 관건을 쓰고 깃털 부채를 든 공명이 흰 도포에 검은 띠를 두른 채 표연히 나타났다.

공명이 눈을 들어 바라보니 위군의 진 앞에 지휘 깃발과 해 가리개들이 세 개나 세워졌는데 깃발 위에는 지휘자의 성과 이름이 큼직하게 적혀 있었다. 가운데 수염이 하얗게 세고 늙은 사람은 바로 군사이자 사도인 왕랑이었다. 공명은 속으로 생각했다.

'왕랑은 필시 말솜씨로 나를 설득하려 들겠지. 형편을 보아 가며 적절히 대응하리라.'

공명은 즉시 수레를 진 밖으로 밀고 나가게 하면서 수레의 호위를 담당한 하급 장교를 시켜 말을 전했다.

"한의 승상께서 사도와 대화를 나누고자 하시오."

왕랑이 말을 놓아 달려 나왔다. 공명이 수레 위에서 두 손을 모아 쥐고 인사하자 왕랑도 말 위에서 몸을 조금 굽히며 답례했다. 왕랑이 입을 열었다.

"공의 큰 이름을 들은 지 오래였는데 이제 다행히 만나게 되었구려. 공은 천명을 알고 시무에 밝으시거늘 무슨 까닭으로 명분 없는 군사를 일으키시오?"

공명이 대꾸했다.

"나는 조서를 받들어 역적을 토벌하거늘 어찌 명분이 없다고 하시오?"

왕랑은 웅변을 토했다.

"하늘의 운수는 변하는 것이고 신기神器(황제의 자리) 또한 바뀌어
덕 있는 이에게 돌아가니 이것은 자연의 이치이지요. 지난날 환제
와 영제 이래로 황건이 난을 일으키매 천하 사람들이 서로 힘을 다
투었소. 초평初平(190~193년), 건안建安(196~230년) 연간에 이르러 동
탁이 모반하고 이각과 곽사가 뒤를 이어 포악무도했소. 원술은 수
춘에서 외람되이 황제로 자칭했고 원소는 업鄴 땅에서 영웅이라 일
컬었소. 유표는 형주를 점거하고 여포는 서군徐郡을 범처럼 삼키니
도적은 벌떼처럼 일어나고 간웅은 매처럼 날아올랐소. 사직은 계
란을 쌓아 놓은 듯 위태롭고 백성들은 공중에 거꾸로 매달린 듯 위
급했소이다.

이때 우리 태조 무황제武皇帝(조조)께서 천하를 소탕하고 팔방八方
을 자리 말듯 하시었소. 이에 만백성이 마음을 기울이고 사방에서
그 덕을 우러르게 되었으니 이는 권세로 취한 것이 아니라 실로 천
명이 돌아왔기 때문이지요. 그 뒤에 세조世祖 문제文帝(조비)께서 신
같은 문장과 성스러운 무력으로 대통大統을 이으시니 하늘의 뜻에
순응하고 백성들의 소망에 합치되는 바였소. 순임금이 요임금으로
부터 왕위를 넘겨받은 일을 본받아 중원에 거주하시면서 만방萬邦
을 다스리시니 이 어찌 하늘의 마음이 아니며 사람들의 뜻이 아니
리까?

지금 공께서는 크나큰 재주를 지니고 남보다 뛰어난 도량을 품은
채 스스로 관중管仲과 악의樂毅에 비유하시면서 어찌하여 하늘의 도
리를 거스르고 사람의 뜻을 배반하면서까지 억지로 일을 행하려 하

시오? 옛사람들도 '하늘의 뜻에 따르는 자는 흥하고 하늘의 뜻을 거스르는 자는 망한다'고 하셨는데 이런 말씀도 듣지 못했단 말이오? 지금 우리 대위大魏에는 갑옷으로 무장한 군사가 1백만이요 훌륭한 장수가 1천 명이나 되오. 헤아려 보면 썩은 풀에 붙은 반딧불이 어찌 중천에 뜬 밝은 달에 미칠 수 있겠소? 공은 무기를 거꾸로 잡고 갑옷을 벗고 예로써 항복함이 좋을 것이오. 그리하면 후작의 지위를 잃지 않을 것이요 나라는 안정되고 백성들은 즐거울 테니 이 어찌 아름다운 일이 아니겠소?"

공명은 수레 위에 앉아 껄껄 웃었다.

"그대는 한조의 원로대신이라 틀림없이 고담준론이 있으리라 여겼더니 어찌 이다지도 비루한 말을 내뱉는단 말인가? 내가 할 말이 있으니 모든 군사들은 조용히 들으라. 옛날 환제와 영제 시절에 한나라의 대통이 쇠약해져 환관의 무리가 화를 빚기 시작했고, 나라가 어지러워지고 흉년이 계속되자 사방이 소란해졌다. 황건의 난리가 있은 뒤로 동탁, 이각, 곽사의 무리가 꼬리를 물고 일어나 한나라 황제를 겁박하고 백성들에게 잔학하게 굴었다. 묘당廟堂(조정)에서는 썩은 나무들이 벼슬을 하고 전각의 섬돌 사이에서 길짐승 날짐승들이 국록을 먹었다. 이리의 심보에다 개 같은 행실을 가진 무리들이 끊임없이 권력을 좌지우지했고, 종처럼 비굴한 얼굴에다 시녀처럼 무릎을 잘 꿇는 무리들이 분분히 정권을 잡았다. 이 때문에 사직은 폐허가 되고 만백성은 도탄에 빠지게 되었다.

내 너의 소행을 진작부터 알고 있었느니라. 대대로 동해東海 가에 살면서 처음에는 효렴孝廉으로 천거되어 벼슬길에 들어섰으니 도리로 보아 마땅히 임금을 보좌하여 나라를 바로잡으며 한 황실을 편안케 하고 유씨를 흥하게 해야 옳은 일이거늘 도리어 역적을 도와서 함께 찬탈을 꾀하다니! 너의 죄악이 깊고 무거워 천지가 용납하지 않으며 천하 사람들 모두가 너의 고기를 씹어 먹기를 원하고 있다!

다행히 하늘의 뜻으로 한나라의 운수를 끊지 않으시니 소열황제 昭烈皇帝(유비)께서 서천에서 대통大統을 이으셨다. 내 이제 소열황제의 뒤를 이은 임금(후주)의 성지를 받들고 군사를 일으켜 역적을 토벌하노라. 네 이미 아첨이나 하고 달콤한 말이나 입에 올리는 신하가 되었으면 그저 몸을 숨기고 머리를 움츠려 의식衣食이나 도모할 일이지 어찌 감히 군사의 대오 앞에 나와 망령되이 하늘의 운수를 일컫는단 말인가? 이 머리 센 필부 녀석! 수염 허연 늙은 도적놈! 네 머지않아 황천으로 돌아가면 무슨 면목으로 스물네 분의 황제를 뵙겠느냐? 늙은 도적놈은 속히 물러가고 반적反賊의 신하는 나와 승부를 결하도록 하라!"

이 말을 들은 왕랑은 기가 찼다. 그는 가슴이 꽉 막혀 마침내 외마디 소리를 크게 지르며 말 아래로 떨어지더니 땅바닥에 머리를 부딪쳐 죽고 말았다. 후세 사람이 공명을 찬양하여 지은 시가 있다.

군마 이끌고 서진 땅 출정하여 / 걸출한 재주로 만인을 대적하네. //
예리한 세 치 혀 가볍게 움직여 / 늙은 간신 꾸짖어 죽게 만드네.
兵馬出西秦, 雄才敵萬人. 輕搖三寸舌, 罵死老奸臣.

공명은 깃털 부채를 들어 조진을 가리키며 말했다.

"내 그대를 핍박하지는 않겠다. 군마를 정돈하여 내일 나와서 결전을 하라.”

말을 마치자 수레를 돌려 돌아섰다. 이에 양편 군사도 모두 물러갔다. 조진은 왕랑의 시신을 관에 넣어 장안으로 돌려보냈다.

부도독 곽회가 계책을 내놓았다.

“제갈량은 우리 군중에서 장례 치를 것을 예상하고 오늘 밤에 틀림없이 영채를 습격하러 올 것입니다. 우리는 군사를 네 길로 나누되 두 길의 군사는 후미진 산속 샛길로 가서 빈틈을 이용하여 적의 영채를 습격하고 나머지 두 길의 군사는 우리 영채 밖에 매복시켰다가 좌우에서 적을 치는 것이 좋겠습니다.”

조진은 크게 기뻐했다.

“그 계책이 내 생각과 합치되는구려.”

조진은 조준과 주찬 두 선봉을 불러 분부했다.

“자네 두 사람은 각기 군사 1만 명씩을 거느리고 지름길을 통하여 기산 뒤로 질러가게. 촉군이 우리 영채로 향하는 모습이 보이면 군사를 몰고 가서 적의 영채를 습격하라. 그러나 만약 촉군이 움직이지 않으면 즉시 군사를 거두어 돌아오고 섣불리 나아가지 말라.”

두 사람은 계책을 받아 군사를 이끌고 나갔다. 조진이 곽회에게 말했다.

“우리 두 사람이 각기 한 갈래씩 군사를 이끌고 영채 밖에 매복하기로 합시다. 영채 안에는 땔감을 쌓아 두고 몇 사람만 남겨 두었다가 촉군이 이르면 불을 놓아 신호를 올리게 합시다.”

장수들은 모두 좌우로 나뉘어 각자 준비를 하러 갔다.

이때 공명은 군막으로 돌아와서 먼저 조운과 위연을 불러 명령을 내렸다.

"자룡과 문장은 각각 수하의 군사를 이끌고 위군의 영채를 습격하시오."

위연이 나서서 말했다.

"조진은 병법에 매우 밝으니 틀림없이 우리가 장례 치르는 틈을 이용하여 영채를 습격하려는 것쯤은 알아차리고 있을 것입니다. 그러니 어찌 방비를 하지 않았겠습니까?"

공명이 웃으며 말했다.

"내가 조진에게 알리고 싶은 게 바로 우리가 영채를 습격하러 가는 일이오. 그러면 그는 틀림없이 기산 뒤에다 군사를 매복시켜 두고 우리 군사가 지나가기를 기다렸다가 우리 영채를 습격할 것이오. 이 때문에 내가 두 장군께 군사를 이끌고 산기슭 뒷길로 지나가 멀찌감치 영채를 세우게 하는 것이오. 그래서 위군들이 제멋대로 우리 영채를 습격토록 하려는 것이오. 두 분은 불이 치솟는 것을 신호로 군사를 두 길로 나누시오. 문장은 산 입구를 막고 자룡은 군사를 이끌고 되돌아 쳐 나오시오. 분명 길에서 위군과 만날 것이니 일부러 그들이 되돌아 달아나게 놓아주시오. 두 사람이 승세를 타고 공격하면 적은 틀림없이 자기네끼리 치고받으며 죽일 것이오. 그리되면 우리는 완전한 승리를 거둘 수 있을 것이오."

두 장수가 계책을 받아 군사를 이끌고 떠났다. 공명은 또 관흥과 장포를 불러 분부했다.

"너희 두 사람은 각기 한 부대의 군사를 이끌고 기산의 요로要路에 매복해 있다가 위군이 오면 놓아 보낸 다음 그들이 온 길을 통해 위군의 영채로 쳐들어가라."

두 사람이 계책을 받아 군사를 이끌고 떠나자 이번에는 또 마대, 왕평, 장익, 장억 등 네 장수에게 영채 밖에 매복해 있다가 사면에서 위군을 맞받아치라고 명령을 내렸다. 그런 다음 공명은 가짜 영채를 세우고 그 안에다 땔나무를 쌓아 불을 놓아 신호를 보낼 준비를 했다. 그리고 나서 여러 장수들을 이끌고 영채 뒤로 물러가서 동정을 살폈다.

한편 위군의 선봉 조준과 주찬은 황혼녘에 영채를 떠나 길게 열을 지어 앞으로 나아갔다. 2경 무렵이 되어 멀리 바라보니 산 앞에서 군사들이 움직이는 모습이 은은히 보였다. 조준은 혼자 생각했다.

'곽도독께서는 참으로 귀신같이 헤아리시는구나!'

그는 즉시 군사를 재촉하여 급히 나아갔다. 촉군 영채에 이르렀을 때는 3경에 가까웠다. 조준이 먼저 영채로 쳐들어갔다. 그러나 사람이라고는 단 한 명도 없는 텅 빈 영채였다. 계책에 말려든 것을 안 그는 급히 군사를 철수하여 돌아가려고 했다. 그때 영채 안에서 불길이 일어났다. 그러자 주찬의 군사가 들이닥쳐 자기편끼리 서로 치고받고 죽이는 바람에 인마가 큰 혼란에 빠지고 말았다. 조준은 주찬과 맞붙고 나서야 비로소 자기편끼리 짓밟고 있다는 사실을 알았다. 급히 양편의 군사를 한데 모으는데 별안간 사면에서 함성이 크게 진동하더니 왕평, 마대, 장억, 장익이 쇄도했다. 조준과 주찬 두 사람은 심복 군사 1백여 명을 이끌고 큰길을 향하여 정신없이 달아났다. 그런데 갑자기 북소리 나팔 소리가 일제히 울리며 한 떼의 군사가 내달아 앞길을 가로막았다. 앞장선 대장은 바로 상산 조자룡이었다. 조자룡이 버럭 고함을 질렀다.

"적장은 어디로 가느냐? 빨리 죽음을 받아라!"

조준과 주찬 두 사람은 혈로를 뚫고 달아났다. 또다시 난데없는 함성이 일어나더니 위연이 한 떼의 군사를 이끌고 돌격해 왔다. 크게 패한 조준과 주찬은 간신히 길을 빼앗아 달아나 자기의 영채로 돌아갔다. 그런데 본채를 지키고 있던 군사들은 촉군이 습격하러 온 줄로만 여기고 황망히 불을 놓아 신호를 보냈다. 그러자 왼편에서 조진이 짓쳐 나오고 오른편에서 곽회가 쇄도하며 자기편끼리 치고받고 죽였다. 등 뒤로부터 세 길의 촉군이 쳐들어오는데 중앙에선 위연, 왼편에선 관흥, 오른편에선 장포가 나타나 한바탕 크게 무찔렀다. 위군은 패해서 10여 리나 달아나고 위장 가운데 죽은 자들이 극히 많았다. 크고도 완전한 승리를 거둔 공명은 그제야 군사들을 거둬들였다. 패잔병을 수습하여 영채로 돌아간 조진과 곽회는 대책을 상의했다.

"지금 우리 군의 세력은 외롭고 촉군의 기세는 크니 장차 어떤 계책을 써서 물리친단 말이오?"

곽회가 대답했다.

"싸우다 보면 승패는 늘 있는 일이니 너무 근심하지 마십시오. 저에게 한 계책이 있으니 촉군들이 머리와 꼬리를 돌아볼 수 없게 하여 반드시 저절로 달아나게 하겠소이다."

이야말로 다음 대구와 같다.

가련한 위국 대장 일 이루기 어려우니 /
서쪽에 가서 구원병을 찾으려 하누나.
可憐魏將難成事　欲向西方索救兵

그의 계책이란 어떤 것일까, 다음 회를 보라.

94

다시 병권을 잡는 사마의

제갈량은 눈을 이용해 강병을 깨뜨리고
사마의는 날을 정하여 맹달을 사로잡다
諸葛亮乘雪破羌兵 司馬懿剋日擒孟達

곽회가 조진에게 말했다.

"서강西羌 사람들은 태조 때부터 해마다 공물貢物을
바쳐 왔고 문황제께서도 그들에게 은혜를 베푸셨습
니다. 우리는 험한 곳을 차지하여 지키면서 샛길
을 통해 강중羌中으로 사람을 보내 구원을 청하
도록 합시다. 서로 혼인을 맺고 사이좋게 지내겠
다고 약속하면 강인들은 틀림없이 군사를 일으
켜 촉군의 뒤를 엄습할 것입니다. 그때 우리가
대군을 몰아 앞뒤로 협공한다면 어찌 대승을 거
두지 못하겠습니까?"

조진은 그 계책을 따르기로 하고 즉
시 사람을 시켜 밤낮을 가리지 말고 글

*서강|강인들은 주로 지금의 감숙성, 청해성, 사천성 서북 등 중국 대륙의 서부 지역에 분포했으므로 '서
강'이라고 불렸다.

을 지니고 강인들의 땅으로 가게 했다.

서강의 국왕 철리길徹里吉은 조조 때부터 해마다 들어와 공물을 바쳤는데 그 수하에는 문관과 무장이 하나씩 있었다. 문관은 아단雅 丹 승상이요 무장은 월길越吉 원수元帥였다. 서강국에 도착한 위나라의 사자는 황금과 구슬, 그리고 조진의 서찰을 지니고 먼저 아단 승상을 찾아가 예물을 선사하며 구원을 청하는 뜻을 자세히 이야기했다. 아단이 사자를 인도해 국왕을 알현시키니 사자는 글과 예물을 바쳤다. 글을 읽어 본 철리길이 여러 신하들과 대책을 상의했다. 아단이 아뢰었다.

"우리와 위는 이전부터 왕래가 있었습니다. 이제 조도독이 구원을 청할 뿐만 아니라 우리와 혼인을 맺겠다고 약속했으니 윤허하심이 도리에 합당할까 합니다."

철리길은 그 말을 좇기로 하고 즉시 아단과 월길 원수에게 명하여 강병 15만을 일으키게 했다. 이 강병들은 모두가 무기를 잘 다루는 군사들로 활과 쇠뇌며 창칼 따위는 물론이요 단단한 몽둥이 끝에 가시를 박은 질려蒺藜와 긴 줄에 쇳덩이를 달아 맨 비추飛錘 등의 병기에도 익숙했다. 또한 얇은 철판을 대고 못을 두루 박은 전차戰車를 가졌는데 그 안에는 식량과 여러 가지 군용 기구 등을 실었다. 이 전차는 낙타로 움직이거나 노새나 말로 끌기도 하며 그 군사를 '철거병鐵車兵'이라 했다. 아단과 월길 두 사람은 국왕에게 하직하고 군사를 거느리고 곧바로 서평관으로 들이닥쳤다.

관을 지키고 있던 촉장 한정韓楨이 부랴부랴 공명에게 글을 보내 보고했다.

보고를 받고 공명이 여러 장수들에게 물었다.

"누가 감히 가서 강병을 물리치겠는가?"

장포와 관흥이 대답했다.

"저희들이 가겠습니다."

"너희 두 사람이 가는 건 좋으나 길을 모르는 게 문제로구나."

공명은 마대를 불러 분부했다.

"그대는 본래 강인의 성품을 잘 알고 있고 또 그곳에 오래 살았으니 향도嚮導가 되어 길을 안내해 주시오."

즉시 정예병 5만 명을 일으켜 관흥과 장포에게 주며 두 사람이 함께 가도록 했다.

관흥과 장포가 군사를 이끌고 떠나서 행군한 지 며칠 만에 강병과 맞닥뜨렸다. 관흥은 먼저 1백여 기를 이끌고 산비탈로 올라가 바라보았다. 강병들은 전차의 머리와 꼬리를 연결하여 도처에다 영채를 만들어 놓았는데 전차 위에는 병기들을 두루 벌여 놓아 성지城池나 다름이 없었다. 관흥은 한참을 살펴보았지만 적을 깨뜨릴 만한 계책이 서지 않았다. 영채로 돌아온 관흥은 장포, 마대와 대책을 상의했다. 마대가 말했다.

"우선 내일 진 치는 것을 보고 허실을 살핀 다음 다시 계책을 논의하세."

이튿날 아침 이들은 군사를 세 길로 나누었다. 관흥은 가운데, 장포는 왼편, 마대는 오른편에서 세 길의 군사가 일제히 전진했다. 강병의 진중에서는 손에 철추鐵鎚를 들고 허리에 보석을 박고 무늬를 새긴 보조궁寶雕弓을 찬 월길 원수가 용맹을 떨치며 말을 달려 나났다. 관흥이 세 길의 군사를 불러 진격하는데 별안간 강병들이 양편으로 갈라서며 가운데로 전차를 내보냈다. 전차들은 밀물처럼 몰려오면서 활과 쇠뇌를 일제히 발사했다. 촉군은 대패하고 마대와 장포의 양군은 먼저 퇴각했다. 관흥이 거느린 군사는 강병들에게 포위되어 서북쪽 귀퉁이로 몰려갔다.

한가운데 갇힌 관흥은 좌충우돌해 보았으나 도저히 포위를 벗어날 수가 없었다. 전차가 물샐틈없이 둘러싸니 그 견고함이 성지와 같았다. 촉군들은 서로가 서로를 돌아볼 겨를도 없을 지경이었다. 관흥은 산골짜기를 향하여 길을 찾아 달아났다. 어느새 날은 저무는데 한 무더기 검은 깃발이 벌떼처럼 몰려왔다. 한 강인 장수가 손에 철퇴를 쳐들고 큰소리로 외쳤다.

"어린 장수는 달아나지 말라! 내가 바로 월길 원수니라!"

관흥은 급히 앞으로 달아났다. 전력을 다해 말을 달리며 채찍을 가하는데 마침 물이 흐르는 계곡이 나타나며 길이 끊어졌다. 관흥은 하는 수 없이 말머리를 돌려 월길과 싸울 수밖에 없었다. 그러나 종시 간담이 서늘해 월길을 당해 내지 못하고 계곡을 향하여 달아났다. 월길이 따라잡으며 철추를 내려쳤다. 관흥은 번개같이 피했으나 타고 있던 말의 사타구니에 적중되고 말았다. 말이 냇물 속에 쓰러지며 관흥도 함께 물속으로 떨어졌다.

이때 별안간 무슨 소리가 나면서 등 뒤에서 월길이 까닭 없이 말과 함께 물에 쓰러지는 것이었다. 관흥이 물속에서 버둥거리며 일어나 보니 언덕 위에서 한 대장이 강병들을 물리치고 있었다. 관흥이 칼을 들어 월길을 찍으려 하니 월길은 물 위로 껑충껑충 뛰어 달아났다. 월길의 말을 얻은 관흥은 언덕 위로 끌고 올라가서 안장과 고삐를 정돈한 다음 칼을 들고 말에 올랐다. 문득 보니 조금 전 그 장수가 아직도 앞쪽에서 강병들의 뒤를 몰아치고 있었다. 저 사람이 목숨을 구

해 주었으니 마땅히 한번 만나야겠다고 생각
한 관흥은 곧바로 말을 다그쳐 쫓아
갔다. 차츰 가까이 다가
가니 운무 속에
어슴푸레 대장
한 사람이 나타났다. 얼굴은 무르익은 대
춧빛이요 눈썹은 누운 누에 같은데 황금
갑옷에 녹색 전포를 걸쳤다. 청룡도를 들
고 적토마를 탄 채 손으로 아름다운 수염을
쓰다듬고 있는 그는 분명 부친 관공이었다.
관흥은 소스라치게 놀랐다. 별안간 관공이
손을 들어 동남쪽을 가리키며 말했다.

"얘야 속히 이 길로 가거라. 내가 너를 보
호하여 영채로 돌아가게 해주마."

말을 마치자 관공은 사라졌다. 관흥은 동남쪽을 향해 급히 말을 몰
았다. 한밤중에 이르러 갑자기 한 떼의 군사가 도착했다. 바로 장포
였다. 장포가 관흥에게 물었다.

"자네 둘째 큰아버님을 뵙지 않았는가?"

관흥이 되물었다.

"형님이 그 일을 어떻게 아시오?"

장포가 대답했다.

"내가 철거병들에게 쫓겨 급하게 되었을 때 갑자기 둘째 큰아버
님이 공중에서 내려오셨네. 강병들이 놀라 물러가자 손을 들어 가리
키며 '너는 이 길로 가서 내 아들을 구하도록 하라' 하시기에 군사를

거느리고 곧바로 자네를 찾아온 길일세."

관흥 역시 앞에서 겪은 일을 이야기하고 함께 감탄하며 놀라워하기를 마지않았다. 두 사람이 같이 영채로 돌아가자 마대가 맞아들이며 말했다.

"저 군사들을 물리칠 계책이 없네. 내가 영채를 지키고 있을 테니 자네들 두 사람이 승상께 가서 여쭙고 계책을 써서 깨뜨리도록 하세."

이에 관흥과 장포는 밤낮을 가리지 않고 달려가 공명을 만나 뵙고 그 일을 자세히 이야기했다.

공명은 즉시 조운과 위연에게 명령을 내려 각기 한 부대의 군사를 이끌고 매복하러 가게 했다. 다시 3만 명의 군사를 점검하여 강유, 장익, 관흥, 장포를 데리고 친히 마대의 영채로 가서 묵었다. 다음날 공명이 높은 언덕에 올라가 살펴보니 전차들이 끊임없이 이어지고 인마들도 종횡으로 왕래하며 질풍같이 내달렸다. 공명이 말했다.

"이 정도야 깨뜨리기 어렵지 않구먼."

공명은 마대와 장익을 불러 이리저리 하라고 분부했다. 두 사람이 떠나자 이번에는 강유를 불러 물었다.

"백약은 전차를 깨뜨릴 방법을 알겠는가?"

강유가 대답했다.

"강인들은 용력 하나만 믿을 뿐이니 저들이 어찌 묘계를 알겠습니까?"

공명은 웃으며 말했다.

"자네가 내 마음을 아는군. 지금 먹장구름이 가득히 뒤덮고 북풍이 세차게 몰아치니 하늘에서 곧 눈이 내릴 것이야. 그리되면 내가 계책을 쓸 수 있네."

공명은 즉시 관흥과 장포에게 군사를 이끌고 매복하러 가게 하고 강유에게는 군사를 거느리고 나가 싸우되 철거병이 몰려오면 뒤로 물러서서 달아나라고 명했다. 영채 입구에는 건성으로 깃발만 세워 놓고 군마를 배치하지 않았다. 모든 준비를 마친 셈이었다.

때는 12월 말, 과연 함박눈이 펑펑 쏟아졌다. 강유가 군사를 이끌고 나가자 월길이 철거병을 이끌고 몰려왔다. 강유는 즉시 뒤로 물러나 달아났다. 강병들이 뒤를 쫓아 영채 앞까지 오자 강유는 영채를 통과하여 뒤쪽으로 달아났다. 곧바로 영채 밖에 이른 강병들이 영채 안을 살펴보는데 영채 안에서 거문고 타는 소리가 들리고 사방에는 깃발이 세워져 있었다. 그들은 급히 월길에게 돌아가 보고를 올렸다. 월길은 더럭 의심이 들어 감히 경솔하게 나아갈 수가 없었다. 아단 승상이 말했다.

"이는 제갈량이 간사스러운 계책을 써서 거짓으로 의병을 설치한 것이오. 공격하는 것이 좋겠소."

월길은 군사를 이끌고 촉군의 영채 앞으로 다가갔다. 문득 공명이 거문고를 안고 수레에 올라 기병 몇 기를 거느리고 영채로 들어가더니 뒤쪽으로 달아나는 모습이 보였다. 강병들은 영채로 돌입하여 그대로 뒤를 쫓아 산 어귀를 지났다. 작은 수레가 길을 돌아 숲속으로 들어가는 광경이 가물가물 보였다. 아단이 월길에게 말했다.

"이까짓 군사쯤이야 매복이 있다 한들 두려울 게 없소이다."

월길은 즉시 대병을 이끌고 촉군을 추격했다. 강유의 군사들이 눈

심호 그림

덮인 땅에서 분주하게 달아나는 모습도 보였다. 월길은 버럭 노기를 띠며 군사를 재촉해 급히 쫓아갔다. 산길은 눈에 뒤덮여 사면이 모두 평탄했다. 한창 추격하고 있는데 별안간 산 뒤로부터 촉군이 나타났다는 보고가 들어왔다. 아단은 대수롭지 않게 여겼다.

"설사 복병이 좀 있기로서니 두려울 게 뭐란 말이냐?"

아단은 한사코 군사를 재촉하며 진격했다. 그런데 별안간 산이 무너지고 땅이 꺼지는 것 같은 요란한 소리와 함께 강병들이 모조리 함정 속으로 떨어지고 말았다. 등 뒤에서 한창 굴러 오던 전차들은 갑자기 설 수가 없어 한꺼번에 함정 속으로 떨어져 자기네 군사들을 깔아뭉갰다. 후미에 있던 강병들이 급히 돌아서려 할 때였다. 왼편에선 관흥, 오른편에선 장포 두 군사가 쏟아져 나오며 수많은 궁노를 일제히 발사했다. 등 뒤에서는 강유, 마대, 장익 등 세 길의 군사가 또 쳐들어왔다. 철거병들은 일대 혼란에 빠지고 말았다. 월길 원수는 뒤편의 산골짜기를 바라보고 달아나다가 정면으로 관흥과 맞닥뜨렸다. 두 말이 어울렸으나 단지 한 합 만에 벼락같은 소리와 함께 내리치는 관흥의 칼에 찍혀 말 아래로 거꾸러지고 말았다. 아단 승상도 어느새 마대의 손에 사로잡혀 본부 영채로 끌려왔다. 강병들은 사면으로 뿔뿔이 흩어져 도망쳐 버렸다.

공명이 군무를 처리하려 하는데 마대가 아단을 압송해 왔다. 공명은 무사를 꾸짖어 그 결박을 풀어 준 다음 술을 내려 놀란 가슴을 진정시키며 좋은 말로 위로해 주었다. 아단은 공명의 덕에 깊이 감격했다. 공명이 타일렀다.

"우리 주공께서는 바로 대한의 황제이시오. 황제께서는 지금 나에게 역적을 토벌하라는 명령을 내리셨는데 그대는 어찌하여 도

리어 역적을 돕는단 말이오? 내 지금 그대를 놓아줄 터이니 돌아
가서 그대의 임금에게 말씀드리시오. 우리나라와 그대들은 이웃
이니 길이 좋은 동맹을 맺어 다시는 역적이 하는 말을 듣지 말라
고 말이오.”

　공명은 사로잡은 강병은 물론이고 수레와 말, 전투 기구들을 모조
리 아단에게 돌려주고 다 같이 본국으로 돌아가게 했다. 강병들은 절
을 올려 감사하고 떠났다. 공명은 삼군을 이끌고 밤낮을 가리지 않고
기산의 본부 영채로 돌아갔다. 관흥과 장포에게 명하여 군사를 거느
리고 앞서 가게 하는 한편 사람을 시켜 표문을 지니고 성도의 후주에
게 첩보를 올리게 했다.

　한편 조진은 날마다 강인의 소식을 기다리고 있는데 별안간 길에
매복시켜 둔 군사가 와서 보고를 올렸다.

　“촉군이 영채를 뽑고 군사를 수습하여 길을 떠났습니다.”

　곽회는 매우 기뻐했다.

　“이는 강병의 공격을 받고 물러간 것입니다.”

　그들은 군사를 두 길로 나누어 뒤를 쫓았다. 앞쪽에서 촉군이 어
지러이 달아나는 걸 보고 위군은 뒤를 추격했다. 선봉 조준이 정신
없이 추격하고 있는데 별안간 북소리가
크게 울리면서 한 떼의 군사가 불
쑥 나타났다. 앞장선 대장
은 바로 위연이었다.
위연이 큰소리로
외쳤다.

"반적은 달아나지 말라!"

깜짝 놀란 조준은 그대로 말을 몰아 맞붙었다. 그러나 싸운 지 3합을 못 견디고 위연의 칼을 맞고 말 아래로 떨어지고 말았다. 부선봉 주찬도 군사를 거느리고 촉군의 뒤를 쫓는데 별안간 한 떼의 군사가 뛰쳐나왔다. 우두머리 대장은 바로 조운이었다. 주찬은 미처 손을 놀려 볼 사이도 없이 조운이 내지른 창에 찔려 죽고 말았다. 두 길의 선봉들이 모두 실패하는 것을 본 조진과 곽회는 군사를 거두어 돌아가려고 했다. 그러나 배후에서 고함 소리가 크게 진동하고 북소리 나팔 소리가 일제히 울리더니 관흥과 장포의 군사들이 두 길로 쳐 나왔다. 그들은 조진과 곽회를 포위하고 한바탕 통렬하게 무찔렀다. 조진과 곽회 두 사람은 패잔병을 이끌고 혈로를 뚫고 달아나서 겨우 위기를 벗어났다. 완승을 거둔 촉군은 위수까지 그대로 추격하여 위군의 영채를 뺏어 버렸다. 두 명의 선봉 장수를 잃은 조진은 슬퍼해 마지않았다. 그는 달리 도리가 없어 표문을 닦아 조정에 구원병을 청했다.

한편 위제 조예가 조회를 열고 있는데 근신이 아뢰었다.

"대도독 조진이 여러 차례 촉군에게 패하여 두 명의 선봉 장수를 잃고 강병 또한 죽은 자가 무수하여 그 형세가 심히 위급하다 합니다. 지금 조진이 표문을 올려 구원병을 청하오니 폐하께서는 결단을 내리소서."

크게 놀란 조예는 급히 적병을 물리칠 대책을 물었다. 화흠이 아뢰었다.

"반드시 폐하께서 어가를 움직여 친정하시며 크게 제후를 모으셔야 합니다. 그래야만 사람들이 모두 목숨을 걸고 싸워서 적을 물리칠 것입니다. 그러지 않으면 장안을 잃고 관중이 위험해질 것입니다."

태부 종요가 아뢰었다.

"무릇 장수 된 사람은 다른 사람보다 지혜가 뛰어나야 사람을 제어할 수 있는 법입니다. 손자孫子가 이르기를 '상대를 알고 나를 알면 백 번 싸워 백 번 이긴다知彼知己百戰百勝'고 했습니다. 신이 요량컨대 조진은 비록 오랫동안 군사를 부려 왔으나 제갈량의 적수는 아니옵니다. 신이 온 집안 식구들의 목숨을 담보로 한 사람을 천거하는데 그 사람이라면 가히 촉군을 물리칠 수 있을 것입니다. 폐하께서는 윤허하시겠나이까?"

조예가 말했다.

"경은 원로대신이오. 어떤 인재가 있어 촉군을 물리칠 수 있는지 얼른 불러다 짐의 근심을 덜게 해주시오."

종요가 아뢰었다.

"전자에 제갈량이 군사를 일으켜 우리 지경을 침범하려 했지만 오직 이 사람을 두려워하여 실행에 옮기지 못했습니다. 이 때문에 유언비어를 퍼뜨려 폐하께서 의심하여 이 사람을 버리도록 한 후에야 비로소 기세 좋게 대군을 몰고 온 것입니다. 지금 만약 이 사람을 다시 등용하신다면 제갈량은 스스로 물러갈 것입니다."

조예가 누구냐고 묻자 종요가 대답했다.

"표기대장군 사마의입니다."

조예는 탄식했다.

"그 일은 짐도 후회하는 바이오. 지금 중달仲達은 어디에 있소?"

종요가 대답했다.

"근자에 듣자니 중달은 완성宛城에서 한가로이
지낸다 하옵니다."

조예는 즉시 조서를 내려 사자에게 절
을 지니고 완성으로 가서 사마의의 관직
을 회복시킨 다음 평서도독平西都督으로
승진시키고 남양南陽 여러 길의 군마
를 일으켜 장안으로 나아가도록
했다. 또 조예는 어가를 움직여
친정하기로 하고 사마의에게
명령을 내려 정한 날짜에 장안
에서 모이자고 했다. 사자는 밤낮을
가리지 않고 완성으로 달려갔다.

한편 공명은 출정한 이래로 여러 차례
에 걸쳐 승리를 거두자 속으로 매우 기뻤다. 그가 마침 기산의
영채 안에서 여러 사람들을 모아 놓고 군사 일을 의논하고 있는데 별
안간 영안궁永安宮(백제성)을 지키고 있는 이엄이 아들 이풍李豐을 보
내왔다는 보고가 들어왔다. 공명은 동오가 경계를 침범한 줄로 알고
심히 놀라고 의아해 하며 군막 안으로 불러들여 온 까닭을 물었다.
이풍이 대답했다.

"특별히 기쁜 소식을 알려 드리러 왔습니다."

공명이 다시 물었다.

"무슨 기쁜 소식이 있느냐?"

이풍이 대답했다.

"예전에 맹달이 위에 항복한 것은 부득이해서 한 일이랍니다. 당

시 조비는 그의 재주를 사랑하여 수시로 준마와 황금과 구슬을 내리는가 하면 함께 연輦(임금의 수레)을 타고 궁중을 출입하면서 산기상시散騎常侍로 임명하고 신성新城 태수를 겸하게 하여 상용上庸과 금성金城을 비롯한 여러 곳을 지키도록 했습니다. 서남쪽의 일은 모두 그에게 위임한 셈이지요. 그러나 조비가 죽고 조예가 즉위하자 조정의 많은 사람들이 그를 시기하는 바람에 맹달은 주야로 불안하게 지내며 종종 장수들에게 '나는 본래 촉의 장수였는데 형세가 부득이하여 이렇게 되었네.'라고 말했답니다. 요즈음 그가 여러 번 가친께 심복을 보내 편지를 전하며 승상께 여쭈어 달라고 했습니다. 지난번에 다섯 길의 군사들이 서천을 칠 때에도 그런 생각을 한 적이 있었다는데, 지금 그는 신성에 있으면서 승상께서 위를 정벌한다는 소식을 듣고 금성, 신성, 상용 세 곳의 군사를 일으켜 신성에서 일을 벌여 곧바로 낙양을 치겠다고 합니다. 승상께서 장안을 공격하시면 양경兩京(낙양과 장안)이 한꺼번에 평정된다는 것이지요. 그래서 지금 저는 맹달이 보낸 사람을 데려오고 그 사이 누차에 걸쳐 받은 서신들도 함께 가져왔습니다."

이 말을 들은 공명은 몹시 기뻐하며 이풍의 무리에게 후한 상을 내렸다. 이때 별안간 첩자가 보고를 올렸다.

"위주 조예가 장안으로 행차하면서 조서를 내려 사마의의 관직을 회복시켜 평서도독으로 승진시키고 완성 일대의 군사를 일으켜 장안에서 만나자고 했답니다."

공명은 소스라치게 놀랐다. 참군 마속이 말했다.

"짐작컨대 조예 따위야 무엇을 입에 담겠습니까? 장안으로 온다면 바로 사로잡아 버리면 그만입니다. 그런데 승상께서는 어찌 그토록 놀라십니까?"

공명이 대꾸했다.

"내 어찌 조예 따위를 두려워하겠는가? 걱정되는 바는 오직 사마의 한 사람뿐일세. 지금 맹달이 큰일을 일으켜 보려 하지만 사마의와 마주칠 경우에는 반드시 실패하고 말 것이네. 맹달은 사마의의 적수가 되지 못하니 필시 사로잡히고 말 것이다. 맹달이 죽는다면 중원을 얻기는 쉽지 않을 것이야."

마속이 물었다.

"그렇다면 어찌하여 급히 글을 보내 맹달에게 방비하라 이르지 않으십니까?"

공명은 그 말을 듣고 즉시 편지를 썼다. 그것을 심부름 온 맹달의 심복에게 주어 밤낮을 가리지 말고 달려가 맹달에게 보고하게 했다.

이때 맹달은 신성에서 오직 심복이 돌아와 보고하기만을 기다리고 있었다. 드디어 기다리던 심복이 들어와서 공명의 답장을 올렸다. 맹달이 겉봉을 뜯어 살펴보니 글 뜻은 대강 이러했다.

근자에 글을 받아 보고 옛 친구를 잊지 않는 공의 충성스럽고 의로운 마음을 알 수 있어 너무나 기쁘고 위로가 되는구려. 만약 대사를 이루게 된다면 공은 한나라 중흥의 일등 공신이 될 것이오. 그러나 각별히 조심하면서 비밀리에 일을 진행시킬지니 가벼이 다른 사람에게 부탁해서는 아니 되오. 부디 신중하시오! 부디 경계하시오! 근자에 들으니 조예가 사마의를 복권시키는 조서를 내려 완성과 낙양의 군사를 일으키게 했다 하오. 사마의가 공이 거사한다는 소식을 알게 되면 반드시 먼저 신성부터 들이닥칠 것이오. 모름지기 만반의 대비를 갖추고 절대로 등한히 보지 마시오.

맹달은 읽고 나서 실소를 금치 못했다.

"사람들이 공명은 매사에 지나치게 마음을 쓴다고들 하더니 이 글을 보니 알 만하구나."

그는 곧바로 답장을 써서 심복에게 주어 공명에게 전하게 했다. 공명이 군막 안으로 불러들이자 맹달의 심복이 답서를 올렸다. 공명이 봉한 것을 뜯어보니 글은 이러했다.

마침 가르침을 받자왔으니 어찌 감히 조금인들 태만히 할 수 있겠습니까. 삼가 말씀드리자면 사마의의 일은 두려워할 필요가 없습니다. 완성은 낙양에서 8백 리나 떨어져 있고 신성까지는 1천 2백 리나 됩니다. 만일 사마의가 이 맹달의 거사 소식을 듣는다 할지라도 반드시 위주에게 표문을 올려 아뢰어야 할 것이니 오고 가는 데 한 달은 걸릴 것입니다. 그리되면 이 달達의 성지는 이미 견고해지고 장수와 군사들은 모두 물이 깊고 지세가 험한 곳에 있게 될 것입니다. 사마의가 온다 한들 제가 무엇을 두려워하겠습니까? 승상께서는 마음을 놓으시고 오직 승전보만 기다려 주소서!

읽고 난 공명은 편지를 땅바닥에 내동댕이치며 발을 굴렀다.

"맹달은 틀림없이 사마의의 손에 죽겠구나!"

마속이 물었다.

"승상께서는 그게 무슨 말씀이십니까?"

공명이 대답했다.

"병법에 '방비가 없을 때 공격하고 생각지 못한 곳으로 나아가라' 했으니 사마의가 어찌 한 달이란 시간을 계산하지 않겠는가? 조예가 이미 사마의에게 중임을 맡긴 이상 적을 만나면 바로 제거하지 무엇 하러 조정에 아뢰고 허락을 기다리겠는가? 만약 맹달이 반기를 든 줄 알면 열흘이 못 되어 반드시 사마의의 군사가 들이닥칠 것이야. 그러면 맹달이 어찌 대응할 수 있겠는가?"

모든 장수들은 공명의 말에 탄복했다. 공명은 급히 심부름 온 사람을 돌려보내며 맹달에게 전하게 했다.

"아직 거사하지 않았다면 일을 같이 하는 사람일지라도 절대로 알려서는 안 된다고 하라. 다른 사람이 알면 반드시 실패할 것이다."

그 사람은 절하여 하직하고 신성으로 돌아갔다.

한편 완성에서 한가하게 지내고 있던 사마의는 위군이 촉군에게 여러 차례 패했다는 소식을 듣고 하늘을 우러러 길게 탄식했다. 사마의에게는 아들 형제가 있었는데 맏아들 사마사司馬師는 자가 자원子元이고 둘째 아들 사마소司馬昭는 자가 자상子尚이었다. 이들 형제는 평소에 큰 뜻을 품은 데다 병서에도 밝았다. 이날 부친 곁에서 모시고 있던 아들 형제는 사마의가 길게 탄식하는 모습을 보고 물었다.

"아버님께선 무슨 일로 그처럼 길게 탄식하십니까?"

사마의가 대꾸했다.

"너희들이 어찌 대사를 알겠느냐?"

사마사가 물었다.

"혹시 위주께서 아버님을 등용하지 않아서 그러시는 것은 아니십니까?"

둘째 사마소가 웃으며 한마디 했다.

"조만간 틀림없이 아버님을 부르는 칙명이 내릴 것입니다."

그 말이 미처 끝나기도 전이었다. 천자의 사자가 절을 지니고 당도했다는 보고가 들어왔다. 천자의 사자가 낭독하는 조서를 들은 사마의는 즉시 완성 여러 곳의 군마에게 이동 명령을 내렸다. 이때 별안간 금성 태수 신의申儀의 하인이 은밀히 아뢸 일이 있다며 뵙기를 청한다고 했다. 사마의가 밀실로 불러들여 물으니 맹달이 모반을 꾸미고 있는 일을 자세히 이야기했다. 뿐만 아니라 맹달의 심복 이보李輔와 맹달의 생질 등현鄧賢의 고발장까지 지니고 왔다. 사마의는 그 말을 듣고 두 손을 이마에 갖다 대며 말했다.

"이야말로 황상 폐하의 하늘같은 홍복이로다! 제갈량의 군사가 기산에서 우리 군사를 무찔러 조정 안팎의 사람들이 모두 간담이 떨어지는 판이다. 이 때문에 지금 천자께서 부득이 장안으로 행차하시는 터에 때맞추어 나를 등용하지 않으셨다면 맹달은 일거에 양경兩京을 끝장내고 말았으리라! 이 도적은 필시 제갈량과 내통했을 것이다. 내가 먼저 이놈을 사로잡아 버리면 제갈량은 반드시 심장이 얼어 스스로 군사를 물릴 것이다."

맏아들 사마사가 권했다.

"아버님! 급히 표문을 적어 천자께 아뢰십시오."

사마의가 대꾸했다.

"천자의 성지를 기다리다가는 오고 가는 데 한 달은 걸릴 테니 일은 늦어지고 말 것이다."

사마의는 즉시 명령을 내려 인마를 출동시키면서 이틀 길을 하루에 가도록 재촉하며 늑장을 부리는 자는 그 자리에서 목을 치겠다고 했다. 그러는 한편 참군 양기梁畿에게 격문을 주어 밤낮을 가리지 말고 신성으로 달려가서 맹달에게 출전 준비를 하라고 전하여 의심을 품지 않도록 했다. 양기는 한걸음 앞서 떠나고 뒤이어 사마의의 군사가 출발했다. 행군한 지 이틀째 되는 날 산비탈 아래로 한 부대의 군사가 돌아 나왔다. 바로 우장군 서황이었다. 서황이 말에서 내려 사마의와 인사를 나누고 물었다.

"천자의 어가조차 장안에 이르러 친히 촉군을 막으시려는 터인데 지금 도독께선 어디로 가시는 거요?"

사마의가 음성을 낮추어 대답했다.

"지금 맹달이 모반을 하여 그놈을 사로잡으러 가는 길이오."

서황이 자원했다.

"이 사람이 선봉이 되고 싶소이다."

사마의는 대단히 기뻐하며 군사를 한데 합쳤다. 서황은 선두 부대가 되고 사마의는 중군에 있고 두 아들이 후군을 맡았다. 다시 이틀을 더 갔을 때 선두 부대의 척후병이 맹달의 심복을 붙잡았다. 공명이 맹달에게 보내는 회답을 색출해 낸 그들은 맹달의 심복을 사마의에게 끌고 왔다. 사마의가 말했다.

"내 너를 죽이지 않을 터이니 처음부터 자세히 말해 보아라."

그 사람은 어찌할 도리가 없어 공명과 맹달 사이에 글이 오고 간 일을 낱낱이 털어놓았다. 사마의는 공명의 답서를 보고 나서 크게 놀랐다.

"세상에서 유능한 사람들은 보는 바가 똑 같구나. 내 기밀을 공명이 먼저 간파하다니. 그러나 다행히 천자께서 복이 있으셔서 이 소식을 얻게 되었으니 맹달이 이제는 꼼짝할 수 없게 되었다."

그러고는 밤낮으로 군사를 재촉해서 앞으로 나갔다.

이때 신성에 있던 맹달은 금성 태수 신의와 상용 태수 신탐申耽에게 날을 정해 함께 거사하기로 약속했다. 그러나 신탐과 신의는 겉으로 허락하는 체하고 날마다 군사를 조련하면서 위군이 이르기만 하면 즉시 내응할 작정을 하고 있었다. 그러면서 맹달에게는 아직 병기와 식량이며 말먹이 풀들이 완비되지 못하여 감히 약속한 날짜에 일을 일으키지 못하겠다고 알렸다. 맹달은 그들의 말을 믿고 의심하지 않았다. 그때 참군 양기가 왔다는 보고가 들어왔다. 맹달이 성으로 맞아들이니 양기가 사마의의 장령을 전했다.

"사마도독께서는 지금 천자의 조서를 받들어 여러 길의 군사를 일으켜 촉군을 물리치려고 하십니다. 태수께서는 수하의 군사들을 결집하여 도독의 출전 지시를 기다려 주시오."

맹달이 물었다.

"도독께서는 어느 날 출정하시오?"

양기가 대답했다.

"지금쯤은 아마 완성을 떠나 장안으로 가고 계실 것이오."

맹달은 속으로 쾌재를 불렀다.

'대사가 이루어지는구나!'

맹달은 잔치를 베풀어 양기를 대접하고 성밖으로 배웅한 다음 즉시 신탐과 신의에게 알렸다. 날이 밝는 대로 거사하되 깃발을 모두 대한大漢의 기로 바꾸어 달며 모든 길의 군마를 일으켜 곧장 낙양을 치자는 것이었다. 이때 또 보고가 들어왔다.

"성밖에 흙먼지가 하늘을 뒤덮는데 어느 곳의 군사들이 오는지 모르겠습니다."

맹달이 성 위로 올라가 바라보니 한 떼의 군사가 '우장군 서황'이라 적힌 깃발을 들고 나는 듯이 성 아래로 달려왔다. 깜짝 놀란 맹달은 급히 조교를 끌어올렸다. 서황의 말이 질풍 같이 달리던 기세를 멈추지 못하고 그대로 달려 곧장 해자 가까이에 이르렀다. 서황은 소리를 높여 외쳤다.

"반적 맹달은 어서 항복하라!"

크게 화가 난 맹달은 급히 활을 당겨 그를 겨누고 쏘았다. 화살은 바로 사황의 이마를 적중시켰다. 위군 장수들은 급히 서황을 구해 갔다. 성 위에서 어지러이 화살을 쏘아 내리는 통에 위군들은 물러갈 수밖에 없었다. 맹달이 막 성문을 열고 추격하려 할 때였다. 사방에서 깃발들이 해를 가리며 사마의의 군사가 들이닥쳤다. 맹달은 하늘을 우러러 길게 탄식했다.

"과연 공명의 헤아림에서 벗어나지 못하는구나!"

그는 성문을 닫고 굳게 지켰다.

한편 맹달의 화살에 이마를 맞은 서황은 군사들의 구원을 받아 영채 안으로 돌아왔다. 살촉을 뽑아내고 의원을 시켜 치료했으나 그날 밤 죽고 말았다. 이때 그의 나이는 59세였다. 사마의는 사람을 시켜 영구를 모시고 낙양으로 돌아가 안장하게 했다. 이튿날 맹달이 성 위에 올라가 두루 살펴보니 위군이 사면으로 성을 철통같이 에워싸고 있었다. 맹달은 앉으나 서나 불안했다. 놀람과 의심으로 마음을 안정시키지 못하고 있는데 별안간 두 길의 군사가 밖으로부터 쇄도했다. 깃발에는 '신탐'과 '신의'라는 글자가 크게 적혀 있었다. 구원병이 이른 줄로만 여긴 맹달은 부랴부랴 수하의 군사를 이끌고 성문을 활짝 열어젖힌 채 치고 나갔다. 그러나 뜻밖에도 신탐과 신의가 큰소리로 외치는 것이었다.

"반적은 달아나지 말라! 속히 죽음을 받아라!"

사태가 돌변한 것을 보고 맹달은 말머리를 돌려 성안으로 달아나려 했다. 그런데 성 위에서 화살이 쏟아져 내렸다. 성 위에 있던 이보와 등현이 큰소리로 욕설을 퍼부었다.

"우리가 이미 성을 바쳤노라!"

맹달이 혈로를 열고 달아나는데 신탐이 그 뒤를 바짝 쫓아왔다. 사람과 말이 다함께 지친 맹달은 미처 손도 놀려 보지 못한 채 신탐이 내지른 창에 찔려 말 아래로 떨어졌다. 신탐이 그의 머리를 잘랐다. 나머지 군사들은 모두 항복했다. 이보와 등현은 성문을 크게 열고 사마의를 영접하여 성안으로 들어갔다. 사마의는 백성들을 어루만지고 군사들을 위로한 다음 사람을 보내 위주 조예에게 이 사실을 아뢰었다. 조예는 대단히 기뻐하며 맹달의 수급을 낙양성의 저잣거리에 내걸어 모든 사람이 볼 수 있게 했다. 그리고 신탐과 신의의 관직을 높여 사마의를 따라 출정하게 하고 이보와 등현에게는 각각 신성과 상용을 지키라고 명했다.

사마의는 군사를 거느리고 장안성 밖에 이르러 영채를 세운 다음 성안으로 들어가 위주를 알현했다. 조예는 대단히 기뻐하며 말했다.

"짐이 한때 밝지 못하여 반간계에 빠지고 말았으니 후회막급이구려. 이번에 맹달이 반란을 획책했는데 경들이 제압하지 않았다면 두 서울은 끝장나고 말았을 것이오!"

사마의가 아뢰었다.

"신은 신의가 밀고한 반란의 정보를 듣고 표를 올려 폐하께 아뢸 마음은 간절했으나 사자가 오고 가는 사이 일이 지체되지나 않을까 두려웠습니다. 그래서 성지聖旨를 기다리지 않고 밤낮없이 신성으로 달려갔습니다. 만약 표문을 올려 아뢰고 성지가 내리기를 기다렸다면 제갈량의 계책에 떨어지고 말았을 것입니다."

말을 마친 사마의는 공명이 맹달에게 회답해 보낸 밀서를 바쳤다. 보고 난 조예는 대단히 기뻐했다.

"경의 학식은 손무나 오기보다 훨씬 낫구려!"

조예는 금도끼 한 쌍을 내리면서 앞으로 기밀을 유지해야 할 중대 사안이 발생하면 구태여 자기에게 아뢸 필요 없이 편할 대로 처리할 수 있는 특권을 주었다. 그리고 사마의에게 관을 나가 촉군을 격파하라는 명령을 내렸다. 사마의가 아뢰었다.

"신이 선봉으로 삼을 대장 한 사람을 천거하고자 합니다."

조예가 물었다.

"경은 어떤 사람을 천거하려 하오?"

사마의가 대답했다.

"우장군 장합이 이 소임을 감당할 만합니다."

조예는 웃으며 허락했다.

"짐도 바로 그를 쓰려던 참이었소."

드디어 장합을 선두 부대의 선봉으로 임명하고 사마의와 함께 장안을 떠나 촉군을 격파하게 했다. 이야말로 다음 대구와 같다.

이미 지략을 쓸 줄 아는 모신이 있는데 /

다시 맹장을 구하여 위엄을 돕는구나.

旣有謀臣能用智　又求猛將助施威

승부는 어떻게 될 것인가, 다음 회를 보라.

95

공성계

마속은 간하는 말 거절하다 가정을 잃고
무후는 거문고를 타면서 중달을 물리치다
馬謖拒諫失街亭 武侯彈琴退仲達

위주 조예는 장합을 선봉으로 삼아 사마의와 함께 촉군을 정벌하러
가게 하는 한편 신비辛毗와 손례孫禮 두 사람에게 5만 명의 군사를 거
느리고 조진을 도우러 가게 했다. 두 사람은 조칙을 받들고 떠났다.
사마의는 20만 명의 군사를 이끌고 관을 나가 영채를 세우
고 선봉 장합을 군막 안으로 청해 일렀다.

　"제갈량은 평생 삼가고 조심하여 감히
경솔하게 일을 행하지 않소. 내가 군사를
부렸다면 먼저 자오곡子午谷으로 해서 곧장
장안을 취했을 것이니 이것이 한층 빠른 방
법이오. 그에게 꾀가 없는 게 아니라 실수
할 게 겁나서 위험한 짓을 하지 않은 것
이오. 지금 그는 반드시 야곡斜谷으로 군
사를 내어 미성郿城을 치러 올 것이오. 미
성을 차지하고 나면 틀림없이 군사를 두

길로 나누어 한 부대는 기곡箕谷을 칠 것이오. 내 이미 자단子丹(조진
의 자)에게 격문을 띄워 미성을 막아 지키면서 촉군이 오더라도 나가
싸우지 말라고 일러두었소. 또 손례와 신비에게 기곡의 길목을 차단
하고 있다가 적군이 오면 기병奇兵을 내어 치라고 했소."

주지광 그림

장합이 물었다.

"그럼 장군께선 어느 곳으로 진군하려 하십니까?"

사마의가 대답했다.

"내 평소 진령秦嶺의 서쪽에 길이 한 갈래 있는데 지명이 가정街亭이라는 걸 알고 있었소. 그 옆에 열류성列柳城이라는 작은 성이 있는데 이두 곳은 한중의 목구멍과도 같은 곳이오. 제갈량은 자단을 속여 방비를 못하게 해 놓고 반드시 이곳을 통하여 진군할 것이오. 나와 장군이 가정을 차지하고 보면 양평관도 멀지 않소. 제갈량은 내가 가정의 요로를 차단하고 식량 수송로를 끊은 사실을 알면 농서隴西 일대를 편안히 지킬 수 없다고 판단하여 밤을 도와 한중으로 돌아갈 것이오. 저들이 돌아가려고 움직이면 나는 군사를 거느리고 샛길에서 그들을 치겠소. 그러면 완전한 승리를 얻을 수 있을 것이오. 만약 그가 돌아가지 않으면 각처의 샛길이란 샛길에는 모조리 나무와 돌을 쌓아 길을 끊고 빠짐없이 군사를 배치하여 지킬 것이오. 한 달만 군량이 없으면 촉군은 모두 굶어 죽을 터이니 제갈량은 꼼짝없이 내 손에 사로잡힐 것이오."

장합은 크게 깨닫고 땅바닥에 엎드려 절을 올렸다.

"도독께서는 참으로 지략이 귀신같으십니다!"

사마의가 다시 말했다.

"그러나 제갈량은 맹달 따위에 비할 인물이 아니오. 장군이 선봉이 되었으나 함부로 나아가서는 아니 되오. 여러 장수들에게 전하여 산의 서쪽 길을 따라 나아가되 척후병을 멀리 내보내 복병이 없는 걸 확인한 뒤에 전진하도록 해야 하오. 예사로 생각하고 게을리 하다가는 반드시 제갈량의 계책에 빠지게 되오."

장합은 계책을 받고 군사를 이끌고 나갔다.

한편 공명이 기산의 영채에 있는데 신성에서 첩자가 왔다는 보고가 들어왔다. 급히 불러들여 물어보니 첩자가 알려주었다.

"사마의가 평소보다 갑절이나 빠른 속도로 움직여 8일 만에 신성에 도달했기 때문에 맹달은 손을 놀려 볼 사이도 없었습니다. 게다가 신탐, 신의, 이보, 등현의 무리가 내응하는 바람에 맹달은 난군 속에서 죽고 말았습니다. 지금 사마의는 군사를 철수하여 장안으로 가서 위주를 만난 다음 장합과 함께 군사를 이끌고 우리 군사를 막으러 관을 나섰다고 합니다."

공명은 크게 놀랐다.

"맹달은 일을 치밀하게 처리하지 못했으니 죽어 마땅하다. 그러나 지금 사마의가 관을 나왔으니 틀림없이 가정을 쳐서 우리의 숨통 같은 길을 끊으려 들 것이다."

그러고는 물었다.

"누가 군사를 거느리고 가서 가정을 지키겠는가?"

그 말이 미처 끝나기도 전에 참군 마속이 나섰다.

"제가 가고 싶습니다."

공명이 말했다.

"가정은 비록 작지만 대단히 중요한 곳일세. 만약 가정을 잃는다면 우리 대군은 끝장이 나네. 자네가 비록 모략에 깊이 통했다고는 하나 그곳에는 성곽도 없을 뿐만 아니라 험한 곳도 없어 지키기가 극히 어렵네."

마속은 별 것 아니라는 듯 대꾸했다.

"저는 어릴 적부터 병서를 숙독해서 자못 병법을 알고 있습니다. 어찌 가정 하나쯤 지켜 내지 못하겠습니까?"

공명은 마음이 놓이지 않았다.

"사마의는 보통 인물이 아닐세. 더욱이 선봉을 맡은 장합은 위나라의 명장이니 아무래도 자네가 대적할 수 없을 것 같아 걱정일세."

마속이 장담했다.

"사마의와 장합은 말할 것도 없고 조예가 직접 올지라도 무엇을 두려워하겠습니까? 만약 실수라도 있으면 저의 온 집안 식구의 목을 베십시오."

공명이 다짐을 했다.

"군중에는 희언戲言이란 없는 법일세."

마속은 자신만만했다.

"군령장을 쓰겠습니다."

공명은 그 말을 따르기로 했다. 마속은 군령장을 써서 공명에게 바쳤다. 공명이 말했다.

"내 자네에게 정병 2만 3천 명을 주고 상장 한 명을 붙여 돕게 하겠네."

공명은 즉시 왕평을 불러 분부했다.

"내 그대가 평소 매우 신중하다는 것을 알고 있으므로 특별히 이런 중임을 부탁하오. 그대는 부디 조심하고 삼가야 하오. 요긴한 길목에 영채를 세워서 적병이 절대로 통과하지 못하게 하시오. 영채를 세운 뒤에는 주변 지세를 상세히 그려서 나에게 보내시오. 모든 일은 상의해서 움직이고 경솔하게 결정하지 마시오. 이곳을 탈 없이 지켜 낸다면 장안 공략에 가장 큰 공을 세우는 것이오. 부디 조심하고 또 조심하시오!"

마속과 왕평은 절을 올려 하직하고 군사를 이끌고 떠났다.

공명은 아무리 생각해도 두 사람이 실수를 할 것 같아 염려스러웠다. 그래서 다시 고상을 불러 분부했다.

"가정 동북쪽에 성이 하나 있는데 이름을 열류성이라 하오. 후미진 산속 좁은 길에 있어 군사를 주둔하고 영채를 세울 만한 곳이오. 그대에게 군사 1만 명을 줄 터이니 그 성으로 가서 주둔하시오. 가정이 위태로워지면 군사를 이끌고 가서 구원하시오."

고상이 군사를 이끌고 떠났다. 공명은 다시 생각해 보니 고상은 아무래도 장합의 적수가 되지 못할 것 같았다. 반드시 대장급 한 사람을 보내 가정의 오른쪽에 주둔시켜야 적을 막을 수 있을 것 같았다. 마침내 위연을 불러 수하의 군사들을 이끌고 가정 뒤쪽으로 가서 주둔하라고 명했다. 위연은 볼멘소리로 물었다.

"저는 선두 부대가 되었으니 이치로 보아 마땅히 앞장서서 적을 깨뜨려야 할 것입니다. 그런데 무슨 까닭으로 저를 한가한 곳에다 배치하십니까?"

공명이 설명했다.

"선봉이 되어 적을 격파하는 것은 편장이나 비장이 할 일이오. 지금 그대에게 가정을 지원하게 하는 것은 양평관으로 통하는 중요한 도로를 막아 한중의 숨통을 지키려는 것이오. 이야말로 막중한 임무인데 어찌하여 한가한 곳이라 하오? 행여 등한히 생각하다가 우리의 대사를 그르치지 마시오. 반드시 마음에 새겨 조심하시오!"

그 말을 듣고서야 위연은 크게 기뻐하며 군사를 이끌고 떠났다. 그제야 겨우 마음이 놓인 공명은 조운과 등지를 불러서 분부했다.

"지금 사마의가 출병했으니 사태가 지난날과는 다르오. 두 분은 각기 한 부대의 군사를 이끌고 기곡으로 나가 적을 교란하는 의병疑兵이 되어 주시오. 위군을 만나게 되면 때로는 싸우고 때로는 싸움을 피하기도 하면서 그들을 놀라게 하시오. 나는 직접 대군을 통솔하여 야곡을 거쳐 곧바로 미성을 칠 것이오. 미성을 얻는다면 장안을 깨뜨릴 수 있소."

두 사람은 명령을 받고 떠났다. 공명은 강유를 선봉으로 삼아 군사를 야곡으로 나아가게 했다.

마속과 왕평 두 사람은 군사를 거느리고 가정에 이르렀다. 지세를 둘러본 마속이 웃음을 터뜨리며 말했다.

"승상께서는 어찌 그리도 걱정이 많으신가? 이토록 궁벽한 산골에 어찌 감히 위군이 온단 말인가?"

왕평이 경계했다.

"비록 위군이 감히 오지는 못하겠지만 그래도 다섯 길이 만나는 이곳에 영채를 세우는 게 좋겠소. 그리고 군사들에게 나무를 베 오게

주지광 그림

하여 울타리를 만들어 오래 지킬 계책을 도모합시다.”

마속은 반대했다.

“길 가운데가 어찌 영채를 세울 곳이란 말이오? 바로 옆에 있는 산은 사방이 모두 막혀 있고 수목이 지극히 무성하니 이는 바로 하늘이 내린 험지요. 저 산 위에다 군사를 주둔하면 되겠소.”

이번에는 왕평이 반대했다.

“참군께서 틀렸소. 길에 주둔하며 성벽을 쌓으면 적병이 설령 10만이라도 지나가지 못할 것이오. 그러나 이 요로를 버리고 산 위에 군사를 주둔시켰다가 위군이 갑자기 몰려와서 사면으로 에워싼다면 무슨 수로 보전한단 말씀이오?”

마속은 껄껄 웃으며 대꾸했다.

“그대의 소견은 참으로 아녀자 같소이다. 병법에 ‘높은 곳에 의지해 내려다보면 그 기세는 대나무를 쪼개는 것과 같다’고 했소. 위군이 온다면 내 그놈들을 모조리 죽여 갑옷 한 조각 돌려보내지 않을 작정이오.”

왕평도 물러서지 않았다.

“내가 여러 차례 승상을 따라 싸움터를 다녔는데 승상께서는 이르는 곳마다 정성을 다해 가르쳐 주셨소. 지금 이 산을 보건대 매우 위험한 곳이오. 만약 위군이 우리가 물 긷는 길을 차단한다면 군사들은 싸워 보지도 못하고 저절로 혼란에 빠질 것이오.”

마속이 버럭 소리를 질렀다.

“허튼소리 마시오! 손자孫子는 ‘죽을 처지를 당하고서야 살아난다’고 했소. 위군이 우리의 물 긷는 길을 끊는다면 우리 군사가 어찌 죽기로써 싸우지 않겠소? 한 사람이 백 명을 당해 낼 것이오. 내가 평소에 병서를 읽어 승상께서도 모든 일을 나에게 물으시는 터에 그대가 어찌 내가 하는 일을 막는단 말이오?"

왕평은 하는 수 없다는 듯 한마디 했다.

"참군께서 기어이 산 위에 영채를 세우시겠다면 나에게 군사를 나누어 주시오. 나는 산 아래 서쪽에 작은 영채 하나를 세워 기각지세 掎角之勢를 이루겠소. 그러면 위군이 이르더라도 서로 호응할 수 있을 것이오."

마속은 그 말도 따르지 않았다. 그때 산중에 사는 백성들이 떼를 지어 나는 듯이 달려와서 위군이 이르렀다고 알렸다. 왕평이 하직하고 떠나려 하자 마속이 말했다.

"그대가 내 명령을 듣지 않으니 군사 5천 명을 주겠소. 마음대로 가서 영채를 세우시오. 내가 위군을 깨뜨리고 나면 승상 면전에서 그 공을 나누어 주지는 않을 것이오!"

왕평은 군사를 거느리고 산에서 10리 떨어진 곳에 영채를 세우고 영채의 도본을 그렸다. 사람을 시켜 밤낮을 가리지 말고 공명에게 달려가 도본을 바치고 또 마속이 산 위에 영채를 세운 일을 자세히 보고하게 했다.

한편 성안에 있던 사마의는 둘째 아들 사마소에게 앞길의 상황을 탐지해 오게 했다. 만약 가정에 촉군이 지키고 있으면 즉각 군사를 멈추고 움직이지 말라고 일렀다. 명령을 받든 사마소가 두루 살펴본 다음 돌아와 부친에게 말했다.

"가정에 지키는 군사가 있습니다."

사마의는 탄식하며 말했다.

왕굉희 그림

"제갈량은 참으로 귀신같은 사람이야. 내 능력은 그에게 미치지 못하는구나!"

사마소가 웃으며 말했다.

"아버님께서는 무슨 까닭에 스스로 기개를 떨어뜨리십니까? 제 요량에 가정은 쉽게 취할 수 있을 것 같았습니다."

사마의가 의아한 듯 물었다.

"네 어찌 감히 그런 큰소리를 치느냐?"

사마소가 대답했다.

"제가 직접 살펴보았는데 길에는 영채가 하나도 없고 군사들은 모두 산 위에 주둔하고 있더군요. 그래서 깨뜨릴 수 있음을 안 것입니다."

사마의는 크게 기뻐했다.

"적군이 과연 산 위에 있다면 이는 하늘이 나에게 공을 이루게 해 주시는 것이로다!"

사마의는 옷을 갈아입고 1백여 기를 거느리고 직접 살펴보러 나섰다. 이날 밤 하늘은 맑고 달은 밝았다. 사마의는 곧바로 산 아래에 이르러 주위를 한 차례 빙 둘러 살펴본 다음 되돌아갔다. 산 위에서 이 광경을 지켜보던 마속은 큰소리로 웃으며 말했다.

"저놈들도 목숨이 있을 테니 산을 에워싸러 오지는 않으렷다!"

마속은 수하의 장수들에게 명령을 전했다.

"적군이 오면 산꼭대기에서 붉은 깃발을 휘두를 것이니 사방으로 내려가도록 하라."

영채로 돌아온 사마의는 사람을 시켜 어떤 장수가 가정을 지키고 있는지 알아보게 했다. 나갔던 사람이 돌아와 보고했다.

"마량의 아우 마속입니다."

사마의는 웃으며 말했다.

"부질없이 헛된 이름만 날렸을 뿐 용렬한 재목이로구나! 공명이 저런 인물을 썼으니 일을 그르치지 않을 리가 있겠는가?"

그리고 또 물었다.

"가정의 좌우에 달리 군사들이 더 있더냐?"

정찰병이 보고했다.

"산에서 10리 떨어진 곳에 왕평이 영채를 세우고 있습니다."

사마의는 장합에게 한 부대의 군사를 이끌고 왕평이 올 길을 차단하게 했다. 다시 신탐과 신의에게 두 길로 군사를 이끌고 가서 산을 에워싼 채 물 긷는 길부터 끊고 촉군이 스스로 혼란에 빠지기를 기다렸다가 승세를 타고 공격하라고 했다. 이날 밤 사마의는 장수들에게 각기 분담할 일을 맡겼다.

다음날 날이 밝자 장합이 먼저 군사를 이끌고 산 뒤쪽으로 떠났다. 사마의는 대군을 몰고 한꺼번에 나아가 단숨에 산을 사면으로 에워싸 버렸다. 마속이 산 위에서 내려다보니 위군이 산과 들을 새까맣게 뒤덮었는데 정기와 대오가 너무나 엄숙하고 정연했다. 이 광경을 본 촉병들은 모두 간담이 서늘해져 감히 산에서 내려갈 엄두가 나지 않았다. 마속이 붉은 깃발을 휘둘렀지만 군사나 장수들은 서로 밀치기만 하며 누구 하나 감히 움직이려는 자가 없었다. 크게 화가 난 마속은 손수 장수 두 명을 죽여 버렸다. 군사들은 놀라고 두려웠지만 하는 수 없이 산에서 내려가 위군을 들이쳤다. 그러나 위군은 끄떡도 하지 않았다. 촉군은 물러나 다시 산 위로 올라왔다. 일이 뜻대로 되지 않자 마속은 군사들에게 영채 문을 굳게 지키게 하고 밖에서 호응해 주기만을 기다렸다.

이때 왕평은 위군이 이른 것을 보고 군사를 이끌고 달려오다가 바로 장합과 마주쳤다. 싸움이 수십 합을 넘어서자 왕평은 그만 기운이 다하고 형세가 고단해져 물러날 수밖에 없었다. 위군이 진시(오전 8시경)부터 산을 에워싸기 시작해서 술시(오후 8시경)가 되자 산 위에는 물이 떨어졌다. 군사들이 음식을 먹지 못하여 영채 안은 몹시 술렁거렸다. 소동이 점점 커지더니 한밤중이 되자 산 남쪽에 있던 군사들이 영채 문을 활짝 열고 산에서 내려가 위군에게 투항해 버렸다. 마속이 힘껏 제지했으나 도저히 막을 도리가 없었다. 사마의가 또 군사들을 시켜 산기슭을 따라 돌며 불을 지르게 하니 산 위의 촉병은 더욱 혼란에 빠졌다.

아무리 해도 지켜 내지 못할 것을 짐작한 마속은 하는 수 없이 남은 군사들을 몰아 산을 내려가서 그대로 서쪽으로 달아났다. 사마의는 큰길을 열어 주어 마속이 그 길로 달아나게 했다. 등 뒤에서는 장합이 군사를 거느리고 추격했다. 그대로 쫓아 30여 리쯤 갔을 때였다. 앞쪽에서 북소리 나팔 소리가 일제히 울리며 한 떼의 군사가 나타났다. 그들은 마속을 놓아 보내고 장합을 가로막았다. 장합이 보니 그는 바로 위연이었다. 위연은 칼을 휘두르며 말을 달려 곧바로 장합에게 덤벼들었다. 장합은 즉시 군사를 돌려 달아났다. 위연은 군사를 휘몰아 그 뒤를 쫓아가서 다시 가정을 탈환했다. 그 기세로 뒤를 쫓아 50여 리쯤 갔을 때였다. 함성이 '와!' 하고 일어나면서 양편에서 복병이 일제히 나타났다. 왼편에선 사마의, 오른편에선 사마소가 위연의 배후로 돌아와 그를 한가운데 놓고 에워쌌다. 쫓기던 장합마저 되돌아와 세 길의 군사가 한데 합쳤다. 위연은 좌충우돌했지만 포위망을 벗어나지 못한 채 군사들만 태반이나 잃고 말았다. 한창 형세가 위급한 때 별안간 한 떼의 군사가 쳐들어왔다. 바로 왕평이었다. 위연은 크게 기뻐 소리쳤다.

"내가 살았구나!"

두 장수가 군사를 한데 뭉쳐 크게 한바탕 몰아치자 비로소 위군이 물러났다. 두 장수가 황망히 영채로 돌아갔으나 이미 영채 안에 꽂힌 것은 모두가 위군의 깃발들이었다. 신탐과 신의가 영채 안에서 치고 나왔다. 왕평과 위연은 고상에게 의지하려고 그 길로 곧장 열류성으로 말을 달렸다. 이때 고상은 가정이 적의 손에 떨어졌다는 소식을 듣고 열류성의 군사를 모조리 일으켜 구하러 오는 길이었다. 때마침 길에서 위연과 왕평을 만나게 되었고 두 사람은 앞에서 일어난 일을 하소연했다. 고상이 말했다.

"오늘 밤에 위군의 영채를 습격하여 가정을 되찾는 게 좋겠소."

세 사람은 산비탈 아래서 의논을 정했다. 그들은 날이 어두워지기를 기다려 군사를 세 길로 나누었다. 위연이 군사를 이끌고 먼저 나아가 가정에 이르렀다. 그러나 사람 하나 보이지 않았다. 위연은 크게 의심이 들어 감히 경솔하게 나아가지 못하고 길 어귀에다 군사를 매복시키고 기다렸다. 그때 고상이 군사를 거느리고 당도했다. 두 사람은 똑같이 위군이 어디에 있는지 모르겠다는 말만 했다.

어찌할 바를 모르고 있는데 웬일인지 왕평의 군사마저 보이지 않았다. 이때 별안간 '쾅!' 하는 포성과 함께 불빛이 하늘을 찌르고 북소리가 땅을 흔들었다. 그와 동시에 위군이 일제히 뛰쳐나와 위연과 고상을 가운데 두고 에워쌌다. 두 사람은 이리저리 내달리며 위군을 들이쳤으나 포위망을 벗어날 수가 없었다. 그 다급한 순간 갑자기 산비탈 뒤에서 우레 같은 고함 소리가 나며 한 떼의 군마가 치고 나왔다. 바로 왕평이었다. 왕평은 고상과 위연을 구해 내자 그 길로 열

류성으로 달려갔다. 성 아래 당도할 무렵이었다. 성 부근에서 어느새 한 부대의 군사가 치고 나오는데 깃발에는 '위 도독 곽회魏都督郭淮'라는 글자가 큼직하게 적혀 있었다.

원래 조진은 곽회와 의논하고 사마의가 공을 독차지할 게 두려워 곽회에게 군사를 나누어 주고 가정을 공격하게 했던 것이다. 사마의와 장합이 이미 공을 이루었다는 소식을 들은 곽회는 군사를 이끌고 곧장 열류성을 습격했다. 그러다 마침 세 장수와 맞닥뜨린 그는 한바탕 크게 무찔렀다. 촉군에는 부상당한 군사가 극히 많았다. 위연은 양평관을 잃지나 않을까 두려워 왕평, 고상과 함께 황급히 양평관을 향해 달려갔다.

곽회가 군사를 거두고 나서 좌우의 부하들에게 말했다.

"내 비록 가정은 얻지 못했으나 열류성을 손에 넣은 것만 해도 큰 공이다."

그는 군사를 이끌고 성 아래에 이르러 문을 열라고 소리쳤다. 그런데 문득 성 위에서 '쾅!' 하고 포 소리가 울리더니 기치들이 모두 일어섰다. 맨 앞에 세운 큰 깃발에는 '평서도독 사마의'라는 글자가 큼직하게 적혀 있었다. 사마의는 머리를 보호하는 현공판懸空板을 막대기로 받쳐 세우고 가슴을 보호하는 호심목護心木 난간에 기대어 큰 소리로 웃고 있었다.

"곽백제伯濟(곽회의 자)는 어찌 이리 늦으셨소?"

곽회는 깜짝 놀랐다.

"중달의 귀신같은 지모는 내가 미칠 바가 아니구려!"

성으로 들어가 서로 인사를 마치고 나자 사마의가 입을 열었다.

"지금 가정을 잃었으니 제갈량은 반드시 달아날 것이오. 공은 속히 자단子丹(조진의 자)과 함께 밤낮을 가리지 말고 추격하시오."

곽회는 그 말에 따라 성을 나갔다. 사마의는 장합을 불러 말했다.

"자단과 백제는 내가 큰 공을 독차지하지나 않을까 두려워 이 성을 치러 온 것이오. 그러나 이는 내가 혼자서 성공한 것이라기보다는 요행이었을 따름이오. 요량컨대 위연과 왕평, 마속과 고상의 무리는 틀림없이 먼저 가서 양평관을 지킬 것이오. 내가 만약 양평관을 치러 갔다가는 제갈량이 반드시 뒤따라 엄습할 것이니 그 계책에 걸리고 말 것이오. 병법에 '돌아가는 군사는 습격하지 말고 궁지에 몰린 도적은 쫓지 말라'고 했소. 장군은 지름길로 해서 기곡의 뒤로 돌아 퇴각하시오. 나는 직접 군사를 이끌고 야곡의 촉군을 맡겠소. 그들이 패해서 달아날 경우 정면으로 막아서는 아니 되고 절반쯤 지나친 뒤 중도에서 끊도록 하시오. 그러면 촉군이 버리는 치중을 모조리 얻을 수 있을 것이오."

장합은 계책을 받아 절반의 군사를 이끌고 떠났다. 사마의는 명령을 내렸다.

"곧바로 야곡을 취한 다음 서성西城으로 나아갈 것이다. 서성은 비록 궁벽한 산속의 작은 현이지만 촉군이 군량을 쌓아 둔 곳이요 또한 남안南安, 천수天水, 안정安定의 세 군으로 통하는 길목이다. 이 성을 얻으면 세 군을 수복할 수 있다."

이리하여 사마의는 신탐과 신의를 남겨 열류성을 지키게 하고 자신은 직접 대군을 거느리고 야곡을 향해 진군했다.

한편 공명은 가정을 지키라고 마속 등을 보낸 뒤에도 마음이 놓이지 않아 머뭇거리고 있었다. 이때 왕평이 보낸 사람이 영채의 위치를 그린 도본을 갖고 왔다는 보고가 들어왔다. 공명이 불러들이자 좌우의 부하들이 그림을 바쳐 올렸다. 상 위에 그림을 펼쳐 놓고 살펴보던 공명은 소스라치게 놀랐다. 그는 상을 치며 소리쳤다.

"무지한 마속이 우리 군사를 함정에 빠뜨렸구나!"

좌우의 사람들이 물었다.

"승상께서는 무엇 때문에 그토록 놀라십니까?

공명이 대답했다.

"이 도본을 보니 중요한 도로는 버려두고 산에다가 영채를 세웠소. 위군이 대대적으로 몰려와 사방으로 에워싸고 물 긷는 길을 끊는다면 이틀이 못 가서 군중에 자중지란이 일어날 것이오. 가정을 잃으면 우리는 어떻게 돌아간단 말이오?"

장사長史 양의楊儀가 나서며 말했다.

"제가 비록 재주 없으나 마유상幼常(마속의 자)을 대신하고 그를 돌려보내겠습니다."

공명은 양의에게 영채 안치하는 법을 일일이 일러주었다. 양의가 막 떠나려 할 때였다. 갑자기 파발마가 달려와 보고를 올렸다.

"가정과 열류성을 모두 잃었습니다!"

공명은 발을 구르며 땅이 꺼지도록 한숨을 쉬었다.

"대사를 그르치고 말았구나! 이는 나의 잘못이로다!"

급히 관흥과 장포를 불러 분부했다.

"너희 두 사람은 각기 정예병 3천 명을 이끌고 무공산武功山의 샛길로 가라. 위군을 만나더라도 전력을 다해 싸우지 말고 그저 북을 치고 고함을 질러 적군을 놀라게 하여 의심만 품게 하라. 그러면 적은 스스로 달아날 것인데 그때도 뒤쫓지 말라. 적군이 모두 물러나면 그때는 즉시 양평관으로 가라."

공명은 다시 장익에게 한 발 앞서 군사를 이끌고 가서 검각劍閣을 수리하여 돌아갈 길을 준비하게 했다. 다시 군령을 전해 대군이 은밀히 행장을 수습하여 떠날 채비를 하게 했다. 또 마대와 강유에게는 뒤를 차단하되 먼저 산골짜기에 매복하고 있다가 모든 군사들이 다 물러간 다음 군사를 거두라고 명했다. 그리고 심복들을 천수, 남안, 안정 등 세 군으로 보내 관리와 군사, 백성들에게 두루 일러 모두 한중으로 들어가게 했다. 마지막으로 기현에도 심복을 보내 강유의 노모를 한중으로 모시고 가도록 했다.

모든 배치를 마친 공명은 먼저 5천 명의 군사를 이끌고 서성현으로 물러가며 식량과 말먹이 풀을 운반했다. 그런데 갑자기 정찰병이 10여 차례나 연달아 달려와 소식을 전했다.

"사마의가 15만 대군을 이끌고 서성을 향해 벌떼처럼 몰려들고 있습니다!"

이때 공명 옆에는 대장은 한 명도 없고 한 무리의 문관들이 있을 따름이었다. 수하에 거느린 5천 명의 군사 또한 절반은 식량과 말먹이 풀을 나르도록 먼저 보내고 보니 성중에는 겨우 2천 5백 명이 남아 있었다. 그런 판에 이 소식을 듣고 관원들은 낯빛이 새하얗게 질렸다. 공명이 성 위에 올라가 바라보니 과연 흙먼지가 하늘을 찌르는 가운데 위군이 두 길로 나뉘어 서성현으로 몰려오고 있었다. 공명이 명령을 내렸다.

"깃발을 감추고 군사들은 각자 맡은 성포城鋪(성 위의 초소)를 지키라. 함부로 움직이거나 큰소리로 떠드는 자는 그 자리에서 목을 벨 것이다! 네 대문을 활짝 열어젖히고 각 성문에 스무 명씩 군사를 배치하여 백성처럼 꾸미고 물을 뿌리며 거리를 쓸게 하라. 위군이 오더라도 함부로 움직이지 말라. 나에게 계책이 있느니라.”

공명은 곧바로 학창의를 입고 관건을 쓰고 두 동자에게 거문고를 들려서 성 위의 적루敵樓 앞으로 갔다. 그러고는 난간에 기대어 앉아

진전승 그림

향을 피우고 거문고를 타기 시작했다.

사마의의 선두 부대 척후병들이 성 아래까지 정탐하러 왔다가 이 광경을 보게 되었다. 그들은 감히 나아가지 못하고 급히 사마의에게 달려가 보고했다. 사마의는 웃으면서 믿으려 하지 않았다. 그는 삼군을 멈추어 세우고 직접 말을 달려 와 멀찌감치 바라보았다. 과연 공명은 성루 위에 앉아 있었다. 만면에 웃음을 띤 채 향을 피워 놓고 거문고를 타고 있었다. 왼쪽에는 한 동자가 두 손에 보검을 받쳐 들었고, 오른쪽에도 한 동자가 주미麈尾(사슴 꼬리로 만든 먼지떨이)를 들고 있었다. 성문 안팎에는 스무 명 정도의 백성이 머리를 숙이고 물을 뿌리며 빗자루로 거리를 쓸고 있는데 그 태도가 너무나 자연스럽고 태평했다. 사마의는 덜컥 의심이 났다. 그는 곧바로 중군으로 돌아가 전군과 후군을 바꾸어 북쪽 산길을 향해 퇴각했다. 둘째 아들 사마소가 물었다.

"혹시 제갈량이 군사가 없어서 일부러 저러고 있는 것이 아닐까요? 아버님께서는 무엇 때문에 곧바로 군사를 물리십니까?"

사마의가 대답했다.

"제갈량은 평생토록 신중하여 위태로운 짓이라곤 한 적이 없는 사람이다. 지금 성문을 활짝 열어 놓고 있는 것을 보면 틀림없이 매복이 있을 게다. 전진하다가는 그의 계책에 떨어질 것이다. 너희들이 그것을 어찌 알겠느냐? 속히 퇴군해야 한다."

이렇게 해서 두 길로 몰려오던 군사는 모조리 물러갔다. 위군이 멀리 사라지는 광경을 보고 공명은 손뼉을 치며 웃음을 터뜨렸다. 관원들 치고 놀라지 않는 사람이 없었다. 그들은 공명에게 물었다.

"사마의는 위의 명장입니다. 지금 정예 군사 15만 명을 통솔하여 이곳까지 와 놓고선 승상을 보자마자 서둘러 물러가 버리니 무슨 까닭입니까?"

공명이 설명했다.

"이 사람은 내가 평생토록 신중하여 틀림없이 위태로운 짓은 하지 않을 것이라 여긴 것이오. 그런데 지금 이런 광경을 보고는 복병이 있지 않을까 의심해서 물러간 것이오. 나는 위험한 짓을 하고 싶어서 한 게 아니라 사세가 부득이하여 그리했을 따름이오. 이 사람은 필시 군사를 이끌고 산 북쪽의 샛길로 갔을 것이오. 내 이미 관흥과 장포를 보내 그곳에서 적을 기다리도록 했소."

사람들은 모두 놀라며 탄복했다.

"승상의 신묘한 계책은 귀신도 헤아리지 못할 것입니다. 저희들의 소견이라면 틀림없이 성을 버리고 달아났을 것입니다."

공명이 말했다.

"우리 군사라야 겨우 2천 5백 명뿐이니 성을 버리고 달아나도 멀리 피하진 못할 것이오. 결국 사마의 손에 사로잡히지 않았겠소?"

후세 사람이 시를 지어 찬탄했다.

석 자 길이 거문고로 대군을 이겨내니 /
제갈량이 서성에서 적을 물리칠 때라. //
십오만 군사 말머리 돌리던 곳을 /
현지인들 지금도 손짓하며 의심하네.
瑤琴三尺勝雄師, 諸葛西城退敵時 十五萬人回馬處, 土人指點到今疑

공명은 말을 마치고 손뼉을 치면서 껄껄 웃었다.

"내가 사마의였다면 결코 그냥 물러가지는 않았을 것이야."

공명은 사마의가 반드시 다시 올 것이라 짐작하고 즉시 서성의 백성들에게 촉군을 따라 한중으로 들어가게 했다. 공명 자신도 서성을 떠나 한중을 향해 달려갔다. 천수, 안정, 남안 세 군의 관리와 군사, 백성들도 속속 뒤를 따랐다.

한편 사마의가 무공산 샛길로 달아나고 있는데 별안간 산비탈 뒤에서 함성이 하늘까지 잇닿아 일어나고 북소리가 땅을 뒤흔들었다. 사마의가 두 아들을 돌아보며 말했다.

"내가 달아나지 않았다면 틀림없이 제갈량의 계책에 떨어졌을 것이다."

문득 큰길 위로 한 부대의 군사가 쇄도하는데 깃발에는 '우호위사 호익장군 장포右護衛使虎翼將軍張苞'라는 글자가 큼직하게 적혀 있었다. 위군은 모두 갑옷을 벗고 무기를 내던지며 달아났다. 그러나 불과 한 마장을 가지 못해 다시 산골짜기에서 고함 소리가 땅을 뒤흔들고 북과 나팔 소리가 하늘로 울려 퍼졌다. 앞쪽에서 큰 깃발이 하나 나타났는데 거기엔 '좌호위사 용양장군 관흥左護衛使龍驤將軍關興'이란 글자가 적혀 있었다. 골짜기에서도 호응하는 소리가 울리는데 촉군은 대체 얼마나 되는지 숫자를 가늠할 수도 없었다. 게다가 위군은 잔뜩 의심을 품고 있던 터라 감히 오래 머물지 못하고 치중을 깡그리 버려둔 채 달아나는 수밖에 없었다. 관흥과 장포는 장령을 준수하여 감히 뒤를 쫓지 않고 군기와 식량, 말먹이 풀들만 잔뜩 얻어서 돌아갔다. 산골짜기 안에 보이는 것은 모두가 촉병뿐이라 사마의는 감히 큰길로 나아가지 못하고 가정으로 돌아갔다.

이때 조진은 공명의 군사가 퇴각했다는 소식을 듣고 급히 군사를 이끌고 추격했다. 그러나 산 뒤에서 '쾅!' 하는 포성이 울리면서 촉군이 산과 들을 새까맣게 뒤덮고 달려왔다. 앞장선 대장은 강유와 마대였다. 소스라치게 놀란 조진이 급히 군사를 물리는데 어느새 선봉 진조陳造가 마대가 휘두른 칼에 목이 달아나고 말았다. 조진은 군사들을 이끌고 쥐새끼처럼 달아나 돌아갔다. 촉군은 밤낮을 가리지 않고 달려 모두들 한중으로 돌아갔다.

한편 조운과 등지는 기곡의 길에 군사를 매복해 놓고 있었다. 공명이 회군 명령을 내렸다는 소식을 접하자 조운이 등지에게 말했다.

"우리 군사가 물러가는 것을 알면 위군이 반드시 뒤를 쫓을 것이오. 내가 먼저 한 부대의 군사를 거느리고 뒤쪽에 매복하고 있을 터이니 공은 내 깃발을 앞세우고 군사를 이끌고 서서히 물러가도록 하시오. 내가 한 걸음 한 걸음씩 천천히 호송하겠소."

이때 곽회는 군사를 이끌고 다시 기곡 길로 돌아와 선봉 소옹蘇顒을 불러 분부했다.

"촉장 조운은 용맹이 빼어나 무적일세. 자네는 조심하여 방비하게. 그들의 군사가 물러간다면 틀림없이 계책이 있을 것이네."

소옹은 흔연히 말했다.

"도독께서 후원만 해주신다면 제가 조운을 사로잡겠습니다."

그는 곧바로 선두 부대 3천 명을 이끌고 기곡箕谷으로 달려 들어갔다. 이제 막 촉군을 따라잡을 즈음이었다. 문득 산비탈 뒤에서 붉은 깃발 하나가 불쑥 나타났다. 거기엔 흰 글씨로 '조운'이라 적혀 있었다. 소옹은 황급히 군사를 거두어 퇴각했다. 그러나 몇 리를 가지 못해 고함 소리가 요란하게 울리더니 한 무리의 군사가 들이닥쳤다. 앞장선 대장이 창을 꼬나들고 말을 내달리며 벽력같이 소리쳤다.

"네 이놈, 조자룡을 아느냐?"

소옹은 소스라치게 놀랐다.

"어떻게 이곳에 또 조운이 있단 말인가?"

소옹은 미처 손을 놀려 볼 사이도 없이 조운이 내지른 창에 찔려 말 아래로 떨어져 죽고 말았다. 남은 군사들은 흩어져 달아났다. 조운이 길을 따라 구불구불 나아가는데 등 뒤에서 다시 한 무리의 군사가 도

대굉해 그림

착했다. 바로 곽회의 부장 만정萬政이 이끄는 부대였다. 위군의 추격이 급한 것을 본 조운은 고삐를 당겨 말을 세우더니 창을 꼬나든 채 길목에 서서 적장이 와서 덤비기를 기다렸다. 촉군은 이미 30여 리나 지나간 상태였다. 조운을 알아본 만정은 감히 앞으로 나아갈 수가 없

왕굉희 그림

었다. 조운은 황혼이 될 때까지 기다리다가 비로소 말머리를 돌려 천천히 물러갔다. 곽회가 군사를 거느리고 당도하자 만정은 조운의 영용함이 예전이나 다름이 없어 감히 가까이 다가가지 못했다고 보고했다. 곽회가 군중에 명령을 전해 급히 촉군을 추격하게 하자 만정은 수백 기의 장사들을 거느리고 뒤를 쫓았다. 그들이 어느 큰 숲에 이르렀을 때 별안간 등 뒤에서 벼락같은 호통 소리가 터져 나왔다.

"조자룡이 여기 있다!"

호통 소리에 놀라 말에서 굴러 떨어진 장사가 1백여 명이나 되었다. 나머지 무리들도 모두 고개를 넘어 도망쳐 버렸다. 만정은 억지로 용기를 내어 맞섰으나 조운이 쏜 화살이 투구 꼭지에 단 술을 맞히자 놀란 나머지 시냇물에 풍덩 빠지고 말았다. 조운은 창끝으로 그를 가리키며 호통 쳤다.

"네 목숨만은 살려주마! 돌아가서 곽회더러 속히 추격하라고 일러라!"

만정은 목숨을 건져 돌아갔다. 조운은 인마를 거느리고 수레를 호송하며 한중을 향하여 가는데 가는 길에 터럭 만한 손실도 보지 않았다. 조진과 곽회는 세 군郡을 탈환하여 그것으로 자신들의 공로로 삼았다.

한편 사마의는 다시 군사를 나누어 전진했다. 그러나 이때 촉군은 이미 모두 한중으로 돌아간 뒤였다. 사마의는 한 부대의 군사를 이끌고 다시 서성으로 가서 그곳에 남아 있는 백성들과 궁벽한 산속에 사는 은자들에게 지난 일들을 물어보았다. 모두가 공명은 단지 2천 5백 명의 군사를 데리고 있었으며 성안에는 무장도 없이 몇 명의 문관뿐 달리 매복한 군사들도 없었다고 했다. 무공산의 백성들도 알려주었다.

"관흥과 장포는 각기 3천 명의 군사를 거느리고 산을 돌며 함성을 올리고 북을 치며 쫓는 시늉을 하여 위병을 놀라게 했습니다. 달리 군사가 없었으므로 감히 싸울 엄두를 내지 못했습니다."

사마의는 후회하여 마지않으며 하늘을 우러러 탄식했다.

"내 능력이 공명보다 못하구나!"

그는 마침내 각처의 관원과 백성들을 위로하고 어루만진 다음 군사를 거느리고 곧장 장안으로 돌아가 위주를 알현했다. 조예가 공로를 치하했다.

"오늘날 다시 농서의 여러 군을 얻은 것은 모두가 경의 공로요."

사마의가 아뢰었다.

"지금 촉군은 모두 한중에 있는데 아직 모조리 섬멸하지 못했습니다. 신에게 대군을 주신다면 여러 부대와 힘을 합쳐 서천을 거두어 폐하께 보답하겠나이다."

조예는 크게 기뻐하며 사마의에게 즉시 군사를 일으키라고 명했다. 이때 반열에서 한 사람이 나서며 아뢰었다.

"신에게 한 가지 계책이 있으니 족히 촉을 평정하고 오의 항복을 받아 낼 수 있나이다."

이야말로 다음 대구와 같다.

촉중의 장수와 재상 바야흐로 귀국하자 /
위나라 임금과 신하 다시 꾀를 부리네.
蜀中將相方歸國　魏地君臣又逞謀

계책을 드린 사람은 누구일까, 다음 회를 보라.

96

읍참마속

공명은 눈물을 뿌리며 마속의 목을 베고
주방은 머리카락을 잘라서 조휴를 속이다
孔明揮淚斬馬謖　周魴斷髮賺曹休

이때 나서서 계책을 바친 사람은 바로 상서尙書 손자孫資였다. 조예
가 물었다.

"경에게 어떤 묘계가 있소?"

손자가 아뢰었다.

"예전에 태조 무황제(조조)께서 장로를 아우르실 때 위
험한 고비를 넘기고 나서 나중에 성공하셨습니다. 그래
서 매양 신하들에게 말씀하셨지요. '남정南鄭 땅은 참
으로 하늘이 만든 감옥天獄이더군. 그 중에서도 야곡
길은 5백 리나 이어진 바위에 뚫린 동굴이라 군사를
쓸 곳이 못 되되더군.'이라고 하셨습니다. 지금 만약
천하의 군사를 모조리 일으켜 촉을 정벌한다면 동오
가 또 지경을 침범할 것입니다. 차라리 지금 있는 군
사들을 대장들에게 나누어 주고 각기 험한 요해처
를 지키게 하시고 힘을 기르고 날카로운 기세를 축

적하시는 것이 좋겠나이다. 그러면 몇 년이 지나지 않아 중원은 강성해지고 오와 촉 두 나라는 반드시 서로 물고 뜯을 것입니다. 그때 가서 손을 쓰신다면 어찌 승산이 없겠나이까? 폐하께서는 깊이 헤아리소서."

조예가 사마의에게 물었다.

"이 주장이 어떠하오?"

사마의가 아뢰었다.

"손상서의 말씀이 지극히 타당합니다."

조예는 손자의 말을 좇기로 하고 사마의에게 명하여 여러 장수들에게 각 요해처를 나누어 지키게 하라고 하고 곽회와 장합을 남겨 장안을 지키게 했다. 그리고 삼군에 큰 상을 내린 다음 행차를 낙양으로 돌렸다.

한편 공명이 한중으로 돌아와 군사를 점검해 보니 조운과 등지가 보이지 않았다. 매우 걱정이 된 그는 곧 관흥과 장포에게 각기 한 무리의 군사를 이끌고 가서 후원하게 했다. 두 사람이 막 떠나려 할 즈음 별안간 조운과 등지가 당도했다는 보고가 들어왔다. 사람 하나 말한 마리 다치지 않고 치중 등도 유실된 것이 없다는 것이었다. 공명은 크게 기뻐하며 친히 장수들을 이끌고 나가 그들을 맞이했다. 조운이 황망히 말에서 내려 땅에 엎드리며 말했다.

"패군지장을 승상께서 어찌 수고로이 멀리까지 나와서 맞으십니까?"

공명은 급히 조운을 부축하여 일으키며 손을 부여잡고 말했다.

"내가 현명한 이와 우매한 자를 알아보지 못하는 바람에 이 지경에 이르고 말았구려! 여러 곳의 장병들이 패하거나 손실을 보았는데 자룡만은 사람 하나 말 한 필 잃지 않았으니 대체 어찌된 일이오?"

등지가 입을 열었다.

"저는 군사를 이끌고 앞서 오고 조장군 홀로 뒤를 끊으며 적장을 베고 공을 세우셨습니다. 적군들이 놀라고 두려워했기 때문에 군사나 치중을 하나도 잃어버리지 않은 것입니다."

공명이 감탄했다.

"진정한 장군이로다!"

공명은 황금 50근을 조운에게 선사하고 비단 1만 필을 내어 조운의 수하 장병들에게 상으로 내렸다. 그러나 조운은 사양했다.

"삼군은 한 치의 공도 세우지 못했으니 우리 모두 죄를 지은 것입니다. 이러고도 상을 받는 다면 이는 승상께서 상벌이 분명치 못하신 것이 됩니다. 잠시 곳간에 넣어 두셨다가 이번 겨울에 군중에 하사하셔도 늦지 않을 것입니다."

공명은 다시 한번 감탄했다.

"선제께서 살아 계실 때 매양 자룡의 덕을 칭찬하시더니 지금 보니 과연 그러하구려!"

이로부터 공명은 조운을 더욱 존경했다.

이때 문득 마속, 왕평, 위연, 고상이 당도했다는 보고가 들어왔다. 공명은 먼저 왕평을 군막으로 불러들여 엄하게 꾸짖었다.

"내 그대에게 마속과 함께 가정을 지키라 일렀거늘 어찌하여 마속을 말리지 않고 이렇듯 일을 그르치고 말았단 말인가?"

왕평이 사실대로 털어놓았다.

"저는 길 가운데 토성을 쌓고 영채를 세워 지키자고 두 번 세 번 권했습니다. 그러나 참군께선 크게 화를 내며 제 말을 듣지 않았습니다. 그래서 저는 따로 5천 명의 군사를 이끌고 산에서 10리 떨어진 곳에 영채를 세웠습니다. 위군이 갑자기 몰려와 산을 사면으로 에워싸기에 제가 군사를 이끌고 가서 10여 차례나 들이쳤지만 끝내 들어갈 수 없었습니다. 이튿날이 되자 아군은 맥없이 무너져 항복하는 자가 부지기수로 나왔습니다. 저는 외로운 군사로 홀로 버텨낼 도리가 없어 위문장文長(위연의 자)에게 구원을 청하러 갔습니다. 그런데 중도에서 또 위군을 만나 산골짜기 속에 갇혔다가 죽을힘을 다해 혈로를 뚫고 나왔습니다. 그러나 영채로 돌아가 보니 어느새 위군이 점령했더군요. 그길로 열류성으로 가다가 길에서 고상을 만났고 곧바로 군사를 세 길로 나누어 위군의 영채를 습격하여 가정을 탈환하려 했습니다. 가정으로 가는 길에는 매복한 군사가 한 명도 눈에 띄지 않아 의심이 들었습니다. 그래서 높은 곳에 올라가 둘러보니 위연과 고상이 위군에게 포위되어 있었습니다. 저는 곧 겹겹의 포위망 속으로 치고 들어가 두 장수를 구하고 참군과 합세했습니다. 저는 양평관이 적의 손에 떨어지지나 않을까 염려되어 급히 되돌아가서 관을 지켰습니다. 제가 말리지 않은 게 아닙니다. 승상께서 믿지 못하시겠다면 각 부대의 장교들에게 물어보십시오."

공명은 왕평을 호통 쳐 물리친 다음 마속을 군막으로 불러들였다. 마속은 스스로 몸을 결박한 채 군막 앞으로 와서 무릎을 꿇었다. 공명은 낯빛을 바꾸고 꾸짖었다.

"너는 어릴 때부터 병서를 많이 읽어 전법을 잘 알지 않느냐? 나는 가정은 바로 우리의 근본이라고 거듭해서 간곡하게 당부하고 경고했다. 너 또한 온 집안 식구들의 목숨을 걸고 이 중한 소임을 맡았다. 네가 진작 왕평의 말만 들었다면 어찌 이런 화가 생겼겠느냐? 이제 군사는 패하고 장수들은 죽고 땅을 잃고 성은 함락되었으니 이 모두가 다 너의 잘못이다! 이런데도 군율을 밝히지 않는다면 무엇으로 여러 사람을 복종시키겠느냐? 네가 법을 범했으니 나를 원망하지 말라. 네가 죽은 뒤 너의 처자식에겐 내가 다달이 녹봉과 식량을 지급할 것이니 걱정하지 않아도 될 것이다.”

공명은 즉시 좌우의 부하들에게 마속을 끌어내다 목을 치라고 호령했다. 마속은 눈물을 흘리며 말했다.

“승상께서는 저를 자식처럼 보셨고 저 또한 승상을 아버지처럼 섬겼습니다. 저의 죄는 실로 죽음을 면하기 어렵습니다. 바라옵건대 승상께서는 순임금이 곤鯀(우임금의 아버지)을 죽이고 우禹를 등용한 의˚를 헤아리시어 제 자식들을 돌봐 주신다면 저는 죽어 구천에 가더라도 여한이 없겠습니다!”

마속은 말을 마치고 통곡했다. 공명도 눈물을 뿌리며 말했다.

“내 너와는 형제 같은 정의가 있으니 네 아들이 바로 내 아들이다. 구태여 여러 말로 부탁할 것도 없다.”

좌우의 무사들이 마속을 끌어내어 원문 밖에서 목을 치려 할 때였다. 마침 참군 장완蔣琬이 성도에서 와서 그 광경을 보고 깜짝 놀랐다. 장완은 목청을 돋우어 소리쳤다.

˚곤을……등용한 의 | 상고시대 순임금이 나라를 다스릴 때 홍수가 범람하여 곤鯀에게 치수治水를 맡겼으나 실패하자 순임금은 곤을 죽이고 곤의 아들 우禹에게 치수를 맡겼다. 우는 치수에 성공하고 순으로부터 임금 자리를 물려받았다.

"잠깐 기다리라!"

장완은 즉시 안으로 들어가 공명을 만류했다.

"옛적에 초楚나라가 성득신成得臣을 죽이자 진문공晉文公이 기뻐했습니다.* 천하가 아직 평정되지 못했는데 지모 있는 신하를 죽인다면 어찌 애석한 일이 아니겠습니까?"

공명은 눈물을 흘리며 대답했다.

"옛날 손무孫武(손자)가 천하를 제압할 수 있었던 것은 법을 밝게 썼기 때문이오. 지금 사방이 나뉘어 서로 다투며 막 싸움이 시작되었는데 법을 폐한다면 무엇으로 도적을 토벌하겠소? 마속은 목을 잘라야 하오."

조금 뒤 무사가 마속의 머리를 계단 아래 바치자 공명은 목 놓아 울었다. 장완이 물었다.

"지금 유상幼常(마속의 자)이 죄를 지어 군법을 적용한 것인데 승상께서는 어째서 그토록 우십니까?"

공명이 대답했다.

"나는 마속을 위해 우는 것이 아니오. 지난날 선제께서 백제성에서 돌아가시기 전에 나에게 '마속은 말이 실제보다 앞서니 크게 써서는 아니 된다'고 당부하셨는데 지금 과연 그 말씀대로 되었소. 그래서 나의 어리석음이 몹시 한스럽고 선제의 밝으신 헤아림을 생각하고 통곡하는 것이오!"

이 말을 들은 대소 장병들은 누구 할 것 없이 모두가 눈물을 흘렸

---

* 초나라가……기뻐했습니다│성득신은 춘추시대 초楚나라의 장수. 초나라가 성복城濮에서 진晉나라와 싸워서 패하자 초나라 왕은 주장이었던 성득신을 핍박했다. 이 때문에 성득신이 결국 자결하자 진 문공이 매우 기뻐했다.

다. 죽을 때 마속의 나이 39세요, 때는 건흥 6년(228년) 여름 5월이었
다. 후세 사람이 지은 시가 있다.

가정을 지키지 못한 죄 가볍지 아니하니 /
함부로 떠벌인 마속의 병법 한탄스럽구나. //

대돈방 그림

원문에서 머리 베어 엄한 군법 밝히더니 /

눈물 뿌리며 다시금 선제 밝음 생각누나.

失守街亭罪不輕, 堪嗟馬謖枉談兵. 轅門斬首嚴軍法, 拭淚猶思先帝明.

공명은 마속을 목 베고 그 수급을 각 영채에 두루 돌려 보였다. 그
런 다음 다시 시신에 봉합하고 관을 갖추어 장례를 치러 주었다. 그
는 몸소 제문을 지어 제사를 지내고 마속의 가솔을 정성껏 위로하고
돌보면서 다달이 녹미祿米(녹봉으로 주는 쌀)를 지급했다. 그러고는 직
접 표문을 지어 장완을 통해 후주에게 아뢰고 스스로 승상의 직에서
물러나기를 청했다. 장완은 성도로 돌아가 후주를 알현하고 공명의
표문을 올렸다. 후주가 받아서 살펴보니 표문은 다음과 같았다.

신은 용렬한 재주로 마땅히 사양해야 될 직위를 차지하고 앉아 친히
백모와 황월을 잡고 삼군을 지휘했나이다. 그러나 법과 규정을 분명
히 밝히지 못하였고 일에 임하여는 삼가고 경계하지 못하여, 가정에
서는 명령을 어기는 결함이 생겼고 기곡에서는 경계하지 못한 실수가
생겼나이다. 이 모든 허물은 신에게 있으니, 밝지 못하여 사람을 제대
로 알아보지 못하였고 일을 헤아림에 어두웠나이다. 전투에 패하면
원수元帥에게 책임을 묻는 것이 『춘추』의 법이오니 신이 어찌 죄를 벗
겠나이까? 바라옵건대 신은 스스로 벼슬을 세 등급 낮추고자 하오니
이로써 신의 잘못을 벌하소서. 신은 부끄럽기 그지없는 마음으로 엎
드려 명을 기다리옵니다.

표문을 읽고 후주가 입을 열었다.

"승패는 병가의 상사인데 승상께선 어찌 이런 말씀을 하시는가?"

시중 비의가 아뢰었다.

"신이 듣건대 나라를 다스리는 자는 반드시 법을 받들기를 중히 여긴다고 하옵니다. 법이 제대로 행해지지 않는다면 무엇으로 사람들을 복종시키겠나이까? 승상이 싸움에 패하여 스스로 벼슬을 깎는 것은 정녕 합당한 일이옵니다."

후주는 그 말을 받아들였다. 곧 조서를 내려 공명의 벼슬을 우장군右將軍으로 강등하고 승상의 일을 대리하면서 전과 마찬가지로 군마를 총지휘하게 했다. 그리고 비의를 한중으로 보내 조서를 전하게 했다. 공명이 조서를 받고 관직이 강등되자 비의는 공명이 부끄러워하지나 않을까 염려되어 하례하는 말을 했다.

"촉중의 백성들은 승상께서 처음에 네 현을 빼앗았다는 소식을 들었을 때 매우 기뻐했습니다."

그 말에 공명은 안색이 변했다.

"그게 무슨 말이오? 얻었다가 다시 잃었으니 얻지 못한 것이나 마찬가지요. 공이 그것으로 나를 축하하다니 너무나 부끄러워 실로 낯을 들 수가 없구려."

비의가 다시 말했다.

"근자에 승상께서 강유를 얻었다는 소식을 들으시고 천자께서 매우 기뻐하셨습니다."

공명은 화를 냈다.

"싸움에 패하고 돌아오고 한 치의 땅도 뺏지 못했으니 이는 나의 큰 죄요. 강유 하나를 얻은 것이 위나라에 무슨 손해란 말이오?"

비의가 또 말했다.

"승상께서는 지금 웅병 수십만을 통솔하고 계시니 다시 위를 정벌할 수 있지 않겠습니까?"

공명이 대답했다.

"예전에 대군이 기산과 기곡에 주둔하고 있을 때 우리 군사가 적군보다 많았건만 적을 깨뜨리기는커녕 도리어 적에게 격파되었소. 그러니 승패는 군사의 숫자에 달린 것이 아니라 군사를 지휘하는 주장에게 달린 것이오. 지금 나는 군사와 장수를 줄이고 상벌을 분명히 하고 허물을 되짚어 생각하면서 장차 어떤 상황에도 대처할 수 있는 방법을 찾으려 하오. 그러지 않고서야 군사가 아무리 많은들 무슨 소용이겠소? 지금부터 누구든 나라의 장래를 멀리 염려하는 사람이라면 부지런히 나의 잘못을 공격하고 나의 단점을 책망해 주어야 하오. 그래야만 모든 일이 이루어지고 도적을 소멸시켜서 공이 이루어질 날을 발돋움하며 기다릴 수 있을 것이오."

비의와 장수들은 모두 공명의 말에 감복했다. 비의는 성도로 돌아갔다.

공명은 한중에 머물면서 군사들을 아끼고 백성들을 사랑하며 장병들을 격려해 무예를 가르쳤다. 그리고 성을 공격하고 물을 건너는 기구를 만들고 식량과 말먹이 풀을 쌓으며 싸움에 쓸 뗏목을 마련하여 뒷날 중원을 도모할 준비를 했다. 첩자가 이 일을 탐지하여 낙양에 들어가 보고했다.

위주 조예는 이 소식을 듣고 즉시 사마의를 불러 서천을 정벌할 대책을 상의했다. 사마의가 아뢰었다.

"촉은 아직 공격할 수가 없습니다. 지금은 날씨가 극도로 더워 촉군은 나오지 않을 것입니다. 만약 우리 군사가 그 땅으로 깊이 들어간다고 하더라도 저들이 험한 곳을 지키고 있으면 급히 함락시키기가 어렵습니다."

조예가 물었다.

"촉군이 다시 쳐들어온다면 어찌해야 하오?"

사마의가 대답했다.

"신은 이미 헤아려 보았습니다. 이번에 제갈량은 필시 한신韓信이 은밀히 진창陳倉을 지나던 계책을 본뜰 것입니다. 신이 한 사람을 천거하겠습니다. 그를 진창의 길목으로 보내 성을 쌓고 지키게 하면 만에 하나 실수가 없을 것입니다. 이 사람은 신장이 9척이요 팔이 원숭이처럼 길어 활을 잘 쏘며 모략이 뛰어납니다. 제갈량이 침공해 오더라도 이 사람이라면 족히 감당할 것입니다."

조예가 크게 기뻐하며 물었다.

"그는 어떤 사람이오?"

사마의가 아뢰었다.

"태원太原 사람으로 이름은 학소郝昭이고 자를 백도伯道라 하는데 지금 잡호장군雜號將軍으로 하서河西를 지키고 있습니다."

조예는 그 말을 좇아 학소를 진서장군鎭西將軍으로 높이고 사자를 보내 진창의 길목을 지키라는 조서를 내렸다.

이때 갑자기 양주 사마揚州司馬 대도독大都督 조휴가 표문을 올렸다. 동오의 파양鄱陽 태수 주방周魴이 군을 바치고 항복하고자 하면서 은밀히 사람을 보내 일곱 가지 사실을 진언했는데, 동오를 깨뜨릴 수 있으니 속히 군사를 일으켜 공격하라는 내용이었다.

조예는 표문을 어상御床 위에 펼쳐 놓고 사마의와 함께 읽었다. 사마의가 아뢰었다.

"이 말이 참으로 일리가 있습니다. 오는 틀림없이 망할 것입니다. 원컨대 신이 한 부대의 군사를 이끌고 가서 조휴를 돕겠나이다."

별안간 반열 가운데서 한 사람이 나섰다.

"오나라 사람들은 말을 곧잘 뒤집으니 깊이 믿어서는 안 됩니다. 게다가 주방은 지모가 있는 사람이니 반드시 항복하려는 것은 아닐 것입니다. 이는 다만 적을 유인하려는 속임수일 뿐입니다."

사람들이 보니 그는 건위장군建威將軍 가규賈逵였다. 사마의가 말했다.

"이 말도 듣지 않을 수는 없으나 이 기회 또한 놓쳐서는 아니 됩니다."

위주 조예가 결정했다.

"중달이 가규와 함께 조휴를 돕도록 하시오."

두 사람은 명을 받들고 떠났다. 이에 조휴는 대군을 이끌고 환성皖城을 치러 가고, 가규는 전장군 만총滿寵과 동완東莞 태수 호질胡質을 거느리고 양성陽城을 거쳐 곧장 동관東關으로 향했다. 사마의는 수하의 군사를 이끌고 곧장 강릉을 치러 갔다.

한편 오주 손권은 무창의 동관에서 여러 관원들을 모아 놓고 상의하고 있었다.

"이번에 파양 태수 주방이 은밀히 표문을 올려 위의 양주 도독 조휴가 우리 지경을 침범할 생각을 품고 있다고 알려 왔소. 지금 주방은 짐짓 휼계를 써서 은밀히 일곱 가지 조목을 알려 주어 위군을 우리 땅 깊숙이 유인하기로 하였다니 군사를 매복시켜 조휴를 사로잡을 수 있게 되었소. 지금 위군이 세 길로 나누어 들어온다는데 경들의 고견은 어떠하오?"

고옹이 나서서 말했다.

"이 대임은 육백언伯言(육손의 자)이 아니고는 감당할 수 없나이다."

손권은 크게 기뻐하며 육손을 불러 보국대장군輔國大將軍 평북도
원수平北都元帥로 봉하고 어림대군을 통솔하여 모든 일을 맡아 하게
했다. 동시에 백모白旄와 황월黃鉞을 내려 문무백관이 모두 그의 명
을 받들게 했다. 또 손권은 친히 육손을 위해 채찍을 잡아 주었다. 명
을 받든 육손은 사은하고, 두 사람을 좌우 도독으로 천거하여 군사
를 나누어 세 길의 적군을 맞겠다고 했다. 손권이 어떤 사람들이냐
고 물으니 육손이 대답했다.

"분위장군奮威將軍 주환朱桓과 수남장군綏南將軍 전종全琮인데, 이
두 사람이 저를 보좌할 만합니다."

손권은 그 말을 좇아서 주환을 좌도독으로, 전종을 우도독으로 삼
았다. 이리하여 육손은 강남 81주와 형호荊湖의 군사 70여만 명을 통
솔하면서 주환은 왼편, 전종은 오른편, 자신은 가운데 위치하여 세
길로 진군하기로 했다. 주환이 계책을 바쳤다.

"조휴는 위주의 친척이기 때문에 중임을 맡았을 뿐 지모와 용맹
을 갖춘 장수는 아닙니다. 지금 주방이 꾀는 말을 듣고 우리 땅으로
깊이 들어왔으니 원수께서 군사를 몰아 공격하시면 반드시 패할 것
입니다. 패한 뒤에는 틀림없이 두 길로 달아날 것인데 왼편은 협석夾
石이고 오른편은 바로 괘차挂車입니다. 두 길 모두 궁벽한 산속의 좁
은 길이라 매우 험준합니다. 저와 전자황子璜(전종의 자)이 각기 군사
를 이끌고 산속 험한 곳에 매복하면서 미리 나무와 큰 돌로 길을 끊
어 놓으면 조휴를 사로잡을 수 있을 것입니다. 조휴를 사로잡고 나면

그길로 기세 좋게 전진하여 손바닥에 침 뱉는 것처럼 쉽게 수춘壽春을 얻을 것입니다. 수춘만 얻으면 허창과 낙양까지 엿볼 수 있을 터이니 이야말로 만세에 한번 만나기도 어려운 기회입니다.”

그러나 육손은 고개를 저었다.

“그것은 좋은 계책이 아니오. 나에게 묘한 생각이 있소.”

주환은 불평을 품고 물러갔다. 육손은 제갈근 등에게 강릉을 지키며 사마의를 대적하게 했다. 여러 길의 군마는 육손의 명령에 따라 각기 이동했다.

한편 조휴의 군사가 환성 가까이 이르자 주방이 마주 나와 조휴의 군막 아래에 이르렀다. 조휴가 말했다.

“근자에 족하의 글을 보고 족하가 제시한 일곱 가지 조항이 꽤나 일리가 있다고 생각되어 천자께 아뢰었소. 그리하여 대군을 일으켜 세 길로 진군해 온 것이오. 강동 땅을 얻게 되면 족하의 공은 작지 않을 것이오. 족하는 꾀가 많아 말씀하신 내용이 진실이 아닐 수도 있다고 염려하는 사람도 있었지만 나는 족하가 나를 속이지는 않으리라고 생각하오.”

주방은 그 말을 듣고는 대성통곡을 하며 종자가 찬 검을 뽑아 자기 목을 베려 했다. 조휴가 급히 만류했다. 주방은 검을 든 채 말했다.

“저는 일곱 가지 일을 진언하면서 심장과 간까지 토해 낼 수 없는 것이 한스러웠습니다. 그런데 지금 도리어 의심을 사게 되었으니 필시 동오 사람들이 반간계를 쓴 것 같습니다. 공께서 그 말을 믿으신다면 저는 틀림없이 죽겠지만 저의 충심을 하늘만은 아실 것입니다!”

그는 말을 마치고 다시 자기 목을 베려 했다. 깜짝 놀란 조휴는 황급히 주방을 끌어안으며 만류했다.

"나는 농을 했을 따름이오. 족하는 어찌 이러시오?"

주방은 검으로 자신의 머리카락을 싹둑 자르더니 땅바닥에 내던졌다.

"저는 충심으로 공을 대하건만 공께서는 농으로 대하시니 부모께서 주신 머리카락을 베어 이 마음을 나타냅니다!"

이에 조휴는 주방을 깊이 믿고 잔치를 베풀어 대접했다. 잔치가 끝나자 주방은 하직하고 돌아갔다. 문득 건위장군 가규가 뵈러 왔다는 보고가 들어왔다. 조휴가 들어오라고 하여 물었다.

"그대가 이곳에 무얼 하러 왔소?"

가규가 대답했다.

"저의 요량에는 동오의 군사는 틀림없이 모두 환성에 주둔하고 있을 것입니다. 도독께선 경솔히 나가지 마십시오. 제가 양쪽에서 협공하기를 기다려 치신다면 적병을 격파할 수 있을 것입니다."

조휴는 화가 났다.

"그대가 내 공로를 빼앗을 셈인가?"

가규가 말했다.

"듣자니 주방이 머리카락을 잘라 맹세했다는데 이것은 거짓입니다. 옛날에 요리要離가 제 팔을 잘라 경기慶忌를 찔러 죽인 선례*가 있으니 깊이 믿어서는 아니 됩니다."

조휴는 크게 노했다.

---

*요리가……선례ㅣ춘추 말엽 오吳나라 공자 광光이 오왕 요僚를 찔러 죽이고 왕이 되었다. 이 사람이 합려闔廬인데, 왕이 된 후 요리要離에게 요의 아들 경기慶忌를 암살하라고 했다. 요리는 스스로 자신의 한쪽 팔을 자르고 광에게 당한 것이라 속여 경기의 신임을 얻고는 방비가 허술한 틈을 타고 경기를 암살했다.

"내가 지금 막 진군하려는 판인데 네가 어찌 이 따위 말로 군심을 태만하게 만든단 말이냐?"

조휴는 좌우의 무사들에게 가규를 끌어내어다 목을 치라고 했다. 장수들이 만류했다.

"출전하기도 전에 대장의 목을 치는 것은 군사에 이롭지 못합니다. 잠시 용서해 주시기 바랍니다."

조휴는 그 말을 듣고 가규의 군사를 영채에 남겨 자신의 지휘를 받게 하고 몸소 한 부대의 군사를 이끌고 동관을 치러 갔다. 주방은 가규가 병권을 빼앗겼다는 소식을 듣고 속으로 은근히 기뻐했다.

"조휴가 가규의 말을 들었다면 동오는 패했을 것이야! 이는 하늘이 나에게 공을 이루게 하시는 것이다!"

그는 즉시 사람을 환성으로 보내 이 사실을 육손에게 보고하게 했다. 육손이 장수들을 불러 명령을 내렸다.

"앞쪽의 석정石亭은 비록 산길이지만 군사를 매복할 만하오. 적보다 먼저 가서 석정의 넓은 곳을 차지하고 진세를 벌인 다음 위군을 기다리도록 하시오."

그러고는 서성을 선봉으로 내세워 군사를 이끌고 전진하게 했다.

이때 조휴는 주방에게 군사를 이끌고 전진하게 했다. 한참 가다가 조휴가 물었다.

"저 앞은 어디요?"

주방이 대답했다.

"앞쪽은 석정입니다. 군사를 주둔할 만합니다."

조휴는 그 말을 좇아 대군을 통솔하여 수레와 무기를 비롯한 군수 물자를 모조리 석정으로 가지고 가서 그곳에 주둔했다. 이튿날 정찰병이 보고했다.

"앞쪽에 오군이 산 어귀를 점거하고 있는데 숫자는 알 수 없습니다."

조휴는 깜짝 놀랐다.

"주방은 군사가 없다고 했는데 어떻게 준비했단 말인가?"

급히 주방을 불러다 물어보려고 했다. 그러나 주방은 수십 명을 이끌고 어디론가 가 버렸다고 했다. 조휴는 크게 후회했다.

"내가 적의 계책에 걸려들었구나! 그렇다 해도 두려울 건 없어!"

즉시 대장 장보張普를 선봉으로 삼아 군사 수천 명을 이끌고 가서 동오의 군사와 싸우라고 했다. 양편 군사들이 진을 치고 마주 보자 장보가 말을 타고 나가며 꾸짖었다.

"적장은 일찌감치 항복하라!"

서성이 마주하여 말을 달려 나왔다. 싸움이 시작된 지 몇 합이 못 되어 장보는 서성을 당해 내지 못하고 고삐를 잡아당겨 말머리를 돌리며 군사를 거두었다. 진영으로 돌아와 조휴를 찾은 그는 서성의 용맹을 당해 낼 수가 없다고 말했다. 조휴가 말했다.

"내 기병奇兵을 써서 이기겠다."

장보는 군사 2만 명을 거느리고 석정 남쪽에 매복하고 설교薛喬는 군사 2만 명을 거느리고 석정 북쪽에 매복하라고 하고 명을 내렸다.

"내일 내가 직접 1천 명의 군사를 이끌고 나가 싸움을 걸다가 일부러 패한 척하며 달아나 적을 북쪽 산 앞으로 유인하겠다. 그런 다음 포를 울려서 그것을 군호로 삼면에서 협공하면 반드시 크게 이길 수 있을 것이다."

두 장수는 계책을 받아 각기 2만 명의 군사를 거느리고 밤이 되기를 기다려 매복할 곳으로 갔다.

한편 육손은 주환과 전종을 불러 분부했다.

"그대들은 각기 3만 명의 군사를 이끌고 석정 산길을 통해 조휴의 영채 뒤로 질러가서 불을 놓아 신호를 보내시오. 나는 직접 대군을 인솔하고 가운뎃길로 나갈 것이오. 이리하면 조휴를 사로잡을 수 있을 것이오."

이날 황혼녘에 두 장수는 계책을 받아 군사를 이끌고 나아갔다. 2경쯤 주환이 한 부대의 군사를 거느리고 막 위군의 영채 뒤로 질러가다가 장보의 복병과 마주쳤다. 장보는 그들이 동오의 군사인 줄 모르고 다가와서 말을 물었다. 이때 주환이 단칼에 장보를 베어 말 아래로 떨어뜨렸다. 위군은 곧 달아났다. 주환은 후군에게 불을 놓으라고 명령했다. 전종 역시 위군의 영채 뒤로 질러가서 곧바로 설교의 진으로 뚫고 들어가 그 자리에서 한바탕 크게 몰아쳤다. 설교가 패하여 달아나니 위군은 큰 손실을 입고 본채로 돌아갔다. 그 뒤를 쫓아서 주환과 전종이 두 길로 쳐들어갔다. 조휴의 영채 안은 그대로 발칵 뒤집혀 자기네끼리 치고받는 난리가 일어났다.

조휴는 황급히 말에 올라 협석 길을 향해 달려갔다. 서성이 대부대의 군마를 이끌고 큰길로 달려오며 무찔렀다. 위군은 죽는 자가 부지기수였고 목숨을 부지한 자들은 무기를 버리고 갑옷을 벗어던지며 달아났다. 협석 길에 있던 조휴는 너무나 놀란 나머지 죽을힘을 다해 달아났다. 그때 또 한 떼의 군사가 샛길에서 뛰쳐나왔다. 앞장선 대장은 바로 가규였다. 조휴는 놀라고 당황한 가슴이 조금 진정되자 부끄러움을 실토했다.

"내가 공의 말을 듣지 않다가 결국 이런 패전을 당했구려!"

가규가 재촉했다.

"도독께선 속히 이 길로 빠져나가십시오. 오군이 나무와 돌로 길을 막아 버린다면 우리는 모두 위험해집니다."

이에 조휴는 급히 말을 몰아 나가고 가규는 뒤를 차단했다. 가규는 수목이 무성한 곳과 험준하고 좁은 길에 깃발을 많이 꽂아 적군이 의심하도록 만들었다. 서성이 뒤쫓아 도착했는데 산비탈 아래에 깃발이 나부끼는 것을 보고는 매복이 있을지도 모른다고 의심하여 감히 더 추격하지 못하고 군사를 거두어 돌아갔다. 이리하여 가규는 조휴의 목숨을 구했다. 조휴가 패했다는 소식을 들은 사마의 역시 군사를 이끌고 물러갔다.

한편 육손은 승리의 소식을 기다리고 있었다. 얼마 후 서성, 주환, 전종이 모두들 돌아왔다. 노획한 수레와 마소, 나귀와 노새, 군수물자와 전투 기구들이 헤아릴 수 없을 정도였고 항복한 군사는 수만 명이 넘었다. 육손은 대단히 기뻐하며 태수 주방을 비롯한 여러 장수들과 함께 군사를 돌려 동오로 돌아갔다. 오주 손권은 문무 관료들을 거느리고 무창 성武昌城 밖까지

나와 영접하며 왕이 사용하는 일산을 육손의 머리 위에 씌우고 성안으로 모셔 들이게 했다. 전투에 참가한 장수들은 빠짐없이 벼슬을 높이고 상을 내렸다. 손권은 주방의 머리카락이 없는 것을 보고 위로했다.

"경이 머리카락을 잘라 이토록 큰일을 이루었으니 공명功名을 죽백竹帛에 기록할 것이오."

즉시 주방을 관내후關內侯로 봉하고 크게 연회를 베풀어 고생한 군사들의 승전을 경축했다. 육손이 아뢰었다.

"이번에 조휴가 크게 패하는 바람에 위나라는 이미 간담이 떨어졌을 것입니다. 주공께선 국서國書를 지어 사자를 파견하여 서천으로 들어가 제갈량에게 군사를 진격시켜 위를 치라고 하십시오."

손권은 그의 말을 따르기로 하고 사자에게 국서를 주어 서천으로 들여보냈다. 이야말로 다음 대구와 같다.

동쪽 나라에서 계책을 잘 쓰는 바람에 /
서천에서 또다시 군사를 움직이게 되네.
只因東國能施計　致令西川又動兵

공명이 다시 위를 토벌한다면 승부가 어떻게 될 것인가, 다음 회를 보라.